庫

32-435-2

車　輪　の　下

ヘルマン・ヘッセ作
実 吉 捷 郎 訳

岩 波 書 店

Hermann Hesse

UNTERM RAD

1905

目次

第一章

仲買人兼代理業者のヨオゼフ・ギイベンラアト氏は、何かの美点なり特色なりで、同じ町民たちをしのいでいるわけでは、決してなかった。かれらと同じように、かっぷくのいい、健康そうな体格、率直な、心からの金銭崇拝《すうはい》とむすびついた、かなりの商才、さらに、小庭のついた小住宅と、墓地には累代の墓と、いくらか合理化されて、みすぼらしくなった教会主義と、神および官憲に対する適度の尊敬と、そして市民的な礼節という鉄則に対する、盲目的な恭順とをもっていたのである。酒量はずいぶん多いほうだったが、酔っぱらうことは一度もなかった。副業として、いろいろとまともでない取引きを、もくろみはするが、形式上ゆるされる限度をこえてまで、遂行することはなかった。まずしい人たちのことをすかんぴん、富んだ人たちのことを成金とののしった。かれは市民クラブの一員で、金曜日ごとに、「鷲屋《わしや》」で九柱戯《くちゅうぎ》の仲間いりをしたし、さらに、パン焼き日にはいつでも出てきたし、試食やソオセエジ・スウプの集まりにも、欠席したことはなかった。仕事のときには、安い葉巻を、食後と日曜日には、上等の品を吸った。

かれの内生活は、俗物のそれであった。かれのたまたま持っていた情操は、とうにほこりにまみれていて、因習的な、あらっぽい家族精神と、自分のむすこを自慢する気持ちと、ときおり見せる、まずしい者たちへの気前のよさ——という以外の要素は、ほとんどないくらいだった。かれの精神的な資質というものは、生得《しょうとく》の、せまくかぎられた、ぬけめのなさと打算以上には、出なかった。読むものは新聞だけだったし、芸術を味わいたい気持ちは、市民クラブが毎年上演するしろうと芝居を見るのと、そのあいまに、サアカスを見にゆくのとで、充分みたされていた。

かれがどんな隣人と、勝手に名前や住居をとりかえたにしても、そこになんの変化も起こらなかったであろう。たましいの底の底にあるもの、あらゆる優越した勢力や人物に対する、ゆだんのない不信、そしてすべての非凡なもの、自由なもの、上等なもの、精神的なものに対する、ねたみから生まれた強い敵意——それをかれは、この町のほかの家長たちすべてと共有していた。

かれのことは、このくらいにしておく。深刻な皮肉屋でなければ、この平板な生活と、その生活の無意識な悲劇を、えがくには耐えないだろうと思う。ところが、この男には、たったひとりの男の子があった。そしてこの子のことを語ろうと思うのである。

ハンス・ギイベンラアトは、うたがいもなく天分にめぐまれた子供であった。そのすがたをながめただけで、かれがどんなに上品な、かけはなれた様子で、ほかの子供のあいだを走りまわっているかが、すぐにわかった。シュワルツワルト地方にあるこの小さな町は、今までにこんな人物を生みだしたことは、一度もなかった。きわめてせまい世界の外に及ぶだけの、眼光と感化をもったような人間が、ここからは、まだひとりも出ていなかったのである。この少年が、その真剣な目と、聡明《そうめい》な額《ひたい》と、気品のある歩きぶりとを、どこから得ているのか、それはだれにもわからない。あるいは、母からであろうか。かの女《じょ》は何年も前に亡《な》くなっていた。そして生前のかの女には、たえず病身で、心配ばかりしていたという以外、何ひとつ目立ったところはなかった。父親は問題にならなかった。してみると、これまでの八百年乃至《ないし》九百年のあいだ、なるほど多くの有為な市民は生みだしたが、いまだかつて、ひとりの俊才または天才をも生みだしたことのない、この古い小さな町に、事実、あるとき神秘な火花が、天《あま》くだったわけなのである。

近代的に訓練された観察者だったら、あの病弱だった母親と、この家系のりっぱな古さとを思い起こしながら、過度の知性というものを、きざしかけた頽廃《たいはい》の兆候として、論じることもできたろう。しかしこの町は、そういう種類の人間を、ひとりも宿らせていないのを、大いによろこんでいたのである。そして官吏《かんり》や教師のなかの、比較的若くてぬけめのない連中だけが、「近代人」というものの存在を、雑誌の論文によって、おぼろげに知っていたにすぎなかった。ここではまだ、ツァラトゥストラの言葉を知らないままで、生活することも、知識人であることもできたのである。夫婦関係は堅実で、幸福な場合が多かったし、生活全体がすくいがたく古風な様相をおびていた。ゆっくり腰をおちつけている裕福な人たち——その中には、最近二十年間のうちに、工員から工場主になった連中もかなりいたが——かれらはなるほど役人の前で帽子をぬぎはするが、仲間うちでは、役人のことを、すかんぴんとか、こっぱ役人と呼んでいた。それでも、ふしぎなことに、かれらは自分のむすこたちを、できることなら、大学に通わせて、官吏にならせるのを、最高の名誉とこころえていた。残念ながら、それはほとんどいつでも、美しい、みたされぬ夢にとどまっていた。というのは、子弟たちはたいていの場合、すでにラテン語学校をさえ、あえぎにあえぎながら、何度も落第したのち、やっと卒業するしまつだったからである。

ハンス・ギイベンラアトの天分については、うたがいの余地がなかった。教師たちも、校長も、近隣の人たちも、町の牧師も、同級生たちも、そしてどんな人でも、この少年が秀才であり、総じて何か特別な存在だということを、異議なく認めていた。これでかれの未来は、決定され確立されていたわけだった。なにしろ、シュワアベンの諸州では、天分にめぐまれた少年たちにとって、両親が富んでいないかぎり、たったひとつの細い小道があるだけだったのである。つまり、州試験を経て神学校へ、そこからチュウビンゲン大学へ、さらにそこから説教壇か、または講壇へ――という道である。年々歳々、この州の四十人か五十人ぐらいの子弟たちが、この静かで安全な道を踏んで行く。堅信礼をすませたばかりの、やせ細った、過労ぎみの少年たちが、官費で、人文的な学問のさまざまな分野をへめぐってから、八年か九年ののちに、かれらの人生行路のうちの、たいていは長いほうの部分をふみはじめるわけで、その行路をたどりながら、ほどこされた恩恵を、国家に返済することになっているのである。

わずか二、三週間後に「州試験」が、またおこなわれるはずであった。「国家」がこの州の精華をえりぬいてささげる例年の大供物《だいくもつ》が、そういう名で呼ばれているのである。そしてその期間中は、ほうぼうの小さな町々や村々から、多くの家庭のためいきや祈りや念願が、試験の施行地である首都へと向けられるのである。

ハンス・ギイベンラアトは、この小さな町が、そのはげしい競争におくり出そうとしている、ただひとりの受験生であった。その名誉は大きなものだった。しかしかれはその名誉を、決してただで得ているわけではなかった。毎日四時までかかる学校の授業につづいて、校長のところで、ギリシャ語の特別講義があった。そのあと六時には、町の牧師さんが親切にも、ラテン語と宗教の復習を、一時間やってくれた。そして週に二度は、夕食後になお、数学教師の自宅で、一時間にわたる指導がおこなわれた。ギリシャ語では、不規則動詞のつぎに、不変化詞をつかって表現すべき、連結文の多様さに重きがおかれた。ラテン語では、平明簡潔な文体で書くこと、そして特に、詩形上のいろいろ微妙な点をおぼえておくことが、眼目とされた。数学では、こみいった比例法に、最も力がそそがれた。先生が何度も強調したところによると、この比例法というものは、なるほど一見したところでは、のちの勉学や生活に対して、なんの値打ちもないように思われるが、しかしそれはただ一見したところにすぎない。実際は非常に大切なもの、いや、多くの主要科目よりも大切なものであった。なぜなら、これは論理的な能力をきたえあげるし、あらゆる明白な、冷静な、効果的な思考の、基《もと》になっているからである。

とはいえ、精神的な負担が過重にならないように、そして知性の練磨《れんま》にまぎれて、情操が忘れられたり、枯れたりしないようにというので、ハンスは毎朝、学校のはじまる前の一時間を、堅信礼のための聖書講読に出ることを許された。そのときは、ブレンツ（ドイツ、ルウテル派の宗教改革者、一四九九―一五七〇）の信仰問答書を読んだり、その問答を興味ふかくそらで覚えて暗誦《あんしょう》したりすることから、宗教生活のさわやかないぶきが、若い人たちのたましいにしみわたるのであった。惜しいことにハンスは、自分でこのすがすがしい時間をだいなしにして、その祝福をわれとわが身からうばってしまった。つまり、ギリシャ語とラテン語の単語や練習問題を書きこんだ紙片を、そっと問答書の中にはさんでおいて、ほとんど一時間中、そういう世俗的な学科にかかりきっていたのである。それでも、ともかくかれの良心は、それほど鈍っていたわけではなかったので、かれはその場合たえず、せつないうしろめたさと、かすかな不安な気持ちを感じていた。監督牧師がそばに来たり、またはそれどころか、かれの名前を呼んだりすると、かれはその都度《つど》、いくじなく身をすくめた。そして何か答えなければならないときには、額に汗を浮かべながら、胸をどきどきさせていた。しかし答えは申しぶんなく正しいものだったし、発音の点でも同様だった。そして監督牧師はそこを高く買っていた。

書いたり暗記したり、復習したり予習したりするための練習問題——昼間のうち、授業時間のたびに、だんだんたまってくるそういう問題は、そのあと、夜おそくなってから、のんびりした灯光《とうこう》のもと、自宅でかたづけることができた。家庭的な平和によって、祝福ゆたかにとりまかれた、このしずかな勉強には、担任の先生が特に深い、有益な効果を期待していたが、これが火曜日と土曜日には、たいてい十時ぐらいまでで終わったけれど、そのほかの日には、十一時十二時まで、そして時にはもっとおそくまでつづけられた。父親は油をむやみに使うと言って、いささか不服をとなえたが、しかしこの勉強ぶりを、満足げな誇らしさでながめていた。ふと暇ができたときや、それから、いうまでもなくわれわれの人生の七分の一をなしている日曜日には、学校で読まれていない二、三の著者のものを読むことや、文法の復習が、切にすすめられた。

「もちろん程々に、程々にね。週に一、二回散歩することは必要だし、ふしぎなききめがある。天気のいいときには、何か本を外へ持って出てもいいじゃないか——外の新鮮な空気の中で、どんなにわけなく楽しく、勉強ができるか、それがわかるだろうよ。ともかく元気を出すことだね。」

ハンスはそこで、できるだけ元気を出した。そのとき以後は、散歩をも学習に利用した。そしてものしずかに、おびえたように、寝足りない顔つきと、青いふちのできた、疲れた目をしながら、歩きまわっていた。

「ギイベンラアトのことを、どうお思いですか。きっと及第するでしょうね。」と担任教師が、あるとき校長に言った。

「しますよ、しますよ。」と校長は歓声をあげた。「あれはごく頭のいい連中のひとりです。あれの様子をよく見てごらんになるがいい。それこそ霊化されたように見えるじゃないですか。」

最近一週間は、その霊化がいちじるしいものになっていた。きれいな、きゃしゃな童顔には、おちくぼんだ、そわそわした目が、どんよりした熱気をはらんで、もえていたし、美しい額には、才智を物語る、こまかいしわが、ひきつるように動いていたし、もとから細い、やせた両腕と両手が、ボッティチェリを思わせるような、ものうげな典雅なおもむきで、だらりと垂れていた。

さて、いよいよ時が来た。ハンスはあしたの朝、父とともにシュツットガルトへ出かけて、その地での州試験で、かれが神学校のせまい僧房門をくぐるにふさわしいかどうかを、示すことになったのである。かれはたった今、校長のところへ別れのあいさつに行ってきたところだった。

「今晩はね、」と最後にあのいかめしい支配者は、いつになくやさしい調子で言った。「もう何も勉強してはいけないよ。そう約束してもらいたいな。あしたは絶対に元気で、シュツットガルトに着かなければね。これから一時間散歩をして、そのあと早く寝床におはいり。若い者はそれ相当に眠らないとね。」ハンスは、心配していた山ほどの忠告のかわりに、これほどまでの好意に接したのを、意外に思った。そしてほっとしながら、校舎を出た。キルヒベルクの大きなぼだい樹が、おそい午後の暑い日ざしのなかで、あわく輝いていた。市場《いちば》では、ふたつの大きな噴泉が、さらさらと水音を立てながら、きらきら光っていた。つらなる屋根屋根の不規則な線の上から、近くにある、青ぐろいもみのしげった山がのぞいていた。少年はそれらすべてを、なんだか久しく見ずにいたような気がした。そしてすべてが美しい、心をそそるもののように思われた。頭が痛いことは痛かったが、しかし今日はむろん、もうなんにも勉強する必要はなかったのである。

　ゆっくりとかれは、市場を横ぎり、古い市役所のそばを通り、市場《いちば》小路《こうじ》をぬけ、刃物《はもの》鍛冶屋《かじや》のそばをすぎて、古い橋のところまでそぞろ歩いて行った。そこへ来ると、しばらくあちこちとぶらついていたが、結局、はばのひろい欄干《らんかん》に腰をおろした。何週間も何カ月も、かれは毎日毎日、きまって四度ずつここを通っていたのだが、橋のたもとにある、小さいゴシック風の礼拝堂にも、河にも、水門にも、水車場《すいしゃば》にも、水浴場に近い草生《くさふ》や、しだれ柳の立ちならんでいる両岸にさえも、目をとめたことがなかった。その岸にそって、いくつものなめし皮工場が、つらなっているし、そこは河がみずうみのように、ふかく、緑色に、静かによどんでいて、まがりくねった、とがった柳の枝が、水の中にまで垂れさがっていたのである。

　このときかれはふと、自分がここで半日を、そして終日をすごしたことが、どんなに多かったか、いくたびここで泳いだり、もぐったり、舟をこいだり、魚を釣ったりしたかを、また思い浮かべた。ああ、魚釣り。もうそんなことは、じっさいほとんど忘れはててしまった。しかも去年、試験勉強があるからと言って、釣りを禁じられたときは、じつにはげしく泣きわめいたものだった。魚釣り。それはなんといっても、長い小学校時代を通じて、いちばんの楽しみであった。柳のまばらな木かげの中に、じっと立つ。近くで水車のせきが水音を立てている。深い、しずかな水。そして河面《かわも》にちらつく光。長い釣りざおがゆれるともなくゆれている。魚が餌《え》にかかって、糸をひっぱるときのときめきと、冷たい、よくふとった、ぴちぴちはねる魚を、手につかむときの、なんともいえないよろこび。

かれはじっさい、威勢のいい鯉《こい》を、ずいぶん釣りあげたことがあるし、銀いろうぐいだの、ひげの長い鯉だの、そのほか味のいいうぐいだの、小さい、色の美しいやなぎばえだのも、釣ったことがある。長いあいだ、かれは水面をながめていた。そして緑色の河の片隅全体を見ているうちに、浮かない、悲しい気持ちになってきた。そして美しい、自由な、野放図な、少年の日のよろこびが、はるか昔のことのように感じられた。かれは無意識に、ポケットからパンをひときれ取り出すと、それを大小の玉にまるめて、水の中へ投げこんでから、その玉が沈んで行って、魚たちにぱくりと食われるありさまを、見守っていた。まずはじめ、ゴルトファルレとかブレッケとかいう、ごく小さなのが出てきて、小さいほうの玉を、がつがつしながら食いつくしてから、大きいのを、どんよくな鼻づらで、雷光がたに押しまくった。するとこんどは、黒い、ひろい背中を、おぼろげに水底からきわだたせながら、かなり大きな銀いろうぐいが一ぴき、ゆっくりと用心ぶかく近よってきて、パンの玉のまわりを、ゆうゆうと泳ぎまわってから、突然ひらいたまるい口の中に、それを消えこませてしまった。ゆるやかに流れている水のおもてからは、しめっぽく暖かいにおいが、立ちのぼってきたし、白い雲がふたひらみひら、緑色の水面にぼんやりうつっていたし、水車小屋では丸のこぎりが、うめくような音を立てていたし、ふたつのせきは、すずしい低い水音を、入りまじらせていた。少年は、堅信礼がおこなわれた日曜日のことを、考えた。それはつい先ごろのことだったが、そのときかれは、自分が儀式と感動のさなかに、心の中で、あるギリシャ語の動詞を暗誦しているのに気がついて、はっとした。そのほかにも近ごろは、考えをもつれさせたり、学校でも、目の前にある問題のかわりに、前の時間の、またはあとの時間の問題を考えたりすることが多かった。試験はきっとうまく行くであろう。

ぼんやりした気持ちで、かれはすわっていた場所から立ちあがったが、どこへ足をむけたらいいか、迷っていた。だれかの力づよい手に、肩をつかまれて、やさしい男声に話しかけられたとき、かれは激しくおどろいた。

「こんちは、ハンス。すこしいっしょに歩かないかね。」

それは靴屋の親方のフライクだった。ハンスはこの人のところで、以前にはときおり、夕方のひとときをすごしたものだったが、今ではもう久しく行ったことがない。いっしょに歩きながら、この信心ぶかい敬虔《けいけん》主義者のことばに、ハンスはうわのそらで耳をかたむけていた。フライクは試験のことを話した。少年の成功を祈って、かれを勇気づけた。フライクのことばの最後の目的は、こういう試験なぞというものは、なんといっても、外形的な偶然なものにすぎぬことを、教えようというのであった。落第したって、決して恥ではない、いくらよくできる者だって、そういう目にあうかもしれないのだ、だから万一そんなことになるようだったら、神さまはひとつひとつのたましいについて、特別なおぼしめしを持っておられて、ひとつひとつに独自の道を歩かせてくださる、ということを、よく考えてもらいたい——というわけだった。

ハンスはこの男に対して、かなり気がとがめていた。この男と、かれのおちつきはらった、堂々とした風格には、敬意を感じていたのだが、それでもハンスは、この祈禱《きとう》好きな連中をひやかすような、いろんな冗談を聞いて、時にはわるいと思いながらも、いっしょになって笑ったことがある。それにかれは、自分の卑屈なのを、恥じなければならなかった。というのは、しばらく前から、かれはするどく質問されるのがいやさに、ほとんどびくびくして、靴屋を避けて来たのである。ハンスが教師たちの自慢のたねになって、自分でもいくらか高慢になって以来、フライク親方は、いかにも妙な目でかれをながめたり、たしなめようとしたりすることが、多かった。それがもとで、少年のたましいは、この好意ある指導者から、しだいに離れてしまった。ハンスの少年らしい反抗心は今がさかりだったたし、何にかぎらず、自尊心をきずつけるようなことに対して、かれは敏感だったからである。このときかれは、話している相手とならんで歩いていたのが、その相手がどんなに案じながら、かつ、やさしく、上から自分を見おろしているかを知らずにいた。

クロオネン小路《こうじ》で、ふたりは町の牧師に出会った。靴屋はおもおもしい、冷淡な調子で、あいさつしたが、急にいそいで行ってしまった。それは、町の牧師が新時代風の男で、復活をさえ信じていない、という評判だったからである。牧師は少年といっしょに歩き出した。

「どうだね。」とかれは聞いた。「こうなってしまうと、気がらくだろう。」

「ええ、ぼくぜんぜん平気です。」

「ともかくがんばることだ。知っているだろう。われわれはきみにいっさいの希望をかけているのさ。ラテン語では、特にいい点を取ってくれるものと、期待しているよ。」

「でも、もしぼくが落第したら――」とハンスは、おずおずした調子で言った。

「落第する?」牧師は、愕然《がくぜん》として立ちどまってしまった。「落第なんぞするはずは絶対にない。絶対にないとも。とんでもない考えだ。」

「そんなこともあるかもしれない、とそう思っただけです。」

「あるものか、ハンス、あるものかね。そのことなら、ちっとも心配することはないよ。じゃ、お父さんによろしく言っておくれ。そうして勇気を出すんだね。」

ハンスはかれを見送った。そのあと、靴屋のゆくえをさがした。靴屋はいったい、なんと言ったかしら。心を正しく持って、神をおそれてさえいれば、ラテン語なんぞ、たいした問題ではない、というわけだった。あの男ならなんとでも言える。そこへこんどはあの牧師さんだ。もし落第したら、こんりんざい、牧師さんの前にすがたを現わすわけには行かない。

浮かぬ気持ちになって、ハンスはしのび足で家に帰ってくると、坂になっている小さい庭へはいって行った。そこには、朽《く》ちかけた、もう久しく使ったことのない、小さなあずまやが立っていた。この中にかれは、むかし板囲《いたがこ》いを作って、三年のあいだ、家うさぎをそこに飼っていたことがある。去年の秋、うさぎは取りあげられてしまった——試験のためである。かれにはもう、楽しみごとなぞに使う時間はなかったのだ。

庭にも、かれはもう久しくはいったことがなかった。からっぽの板仕切は、今にもたおれそうになっていたし、壁のすみにあった鍾乳石の一団は、くずれおちていたし、小さな木製の水車は、ゆがんでこわれたまま、水管のそばに横たわっていた。かれは、自分がこれらすべてを建てたり、彫ったりして、自分なりにそれを楽しんでいたころのことを、考えた。じっさい、あれからもう二年——長い長い時間がたっている。かれはその小さな車輪を取りあげると、あちこち折りまげてから、さんざんにこわして、垣根ごしに投げすててしまった。こんながらくたは、いらないのだ。こんなことは、もう何もかも、とっくにおしまいなのだ。そのときふと、学友のアウグストのことが、かれの頭に浮かんだ。アウグストは、水車を作ったり、うさぎ小屋をなおしたりするのを、手つだってくれたのである。午後中ずっと、ふたりはよくここで遊んだ。ぱちんこで石をとばしたり、猫を追いかけたり、テントを張ったり、おやつに、なまのにんじんを食べたりしたものだった。しかしやがて例の猛勉強がはじまった。そしてアウグストは、一年前に学校をやめて、機械工の徒弟になった。それ以来、たった二度しか顔を見せたことがない。むろん、かれもやはり、今ではもう暇がないのである。

雲のかげが、さっと谷を渡って行った。太陽はもう山の端《は》にかかりかけていた。少年は一瞬、身を投げ出して、大声で泣かずにはいられないような気持ちだった。そうするかわりに、かれは馬車置場から手斧《ておの》を取ってくると、きゃしゃな腕でそれをふりおろしながら、うさぎ小屋をこなみじんにたたきこわしてしまった。板ぎれが四方へとび散った。釘《くぎ》が音を立てて折れまがった。去年の夏からまだ残っている、くさりかけたうさぎのえさが、出てきた。それらすべてを、かれはたたきのめした——まるで、そうすれば、うさぎや、アウグストや、あらゆる古い、子供っぽいわざを、打ちころすことができるかのように。

「おやおや、いったいどういうことなんだ。」と父親が、窓のところからさけんだ。「そこで何をしているんだね。」

「たきぎですよ。」

それ以上、かれは返事をしないで、斧をほうり出すと、中庭をぬけて往来へ出てから、岸にそって川下《かわしも》のほうへ走って行った。むこうの醸造所《じょうぞうじょ》の近くに、いかだが二つ、つながれたまま浮かんでいた。あのようないかだで、かれは以前、暑い夏の午後に、よく何時間もかかって、河をくだって行ったことがある——丸太と丸太のあいだで、ひたひたと音を立てる水の上を進んでゆくうちに、興奮とねむけを同時に感じながら。かれはゆるく結ばれて浮いている丸太の上に、とびのって、積み重ねてある柳の枝の上に寝そべりながら、いかだがあるいは早く、あるいはゆるやかに、草原や畑や村々や、すずしい森のはずれをすぎ、橋や開かれた水門をくぐって進んで行くのだ、そして自分はそのいかだの上に寝ているのだ、そしていっさいは、自分がまだカップベルク(山の名)のふもとで、うさぎのえさを取ったり、川岸の製革場《せいかくじょう》で釣りをしたりして、まだ頭痛も心配も知らなかった昔と、ちっとも変わってはいないのだ――と思いこもうとした。

疲れて、むしゃくしゃしながら、かれは夜食をとりに帰ってきた。父親はシュットガルトへのさしせまった受験旅行のせいで、手のつけられないほど興奮していた。そして本はみんなカバンにつめたか、黒い服はちゃんと用意してあるか、途中でなお文法書を見るつもりか、気持ちはいいか、など十何べんもたずねた。ハンスは手みじかな、かみつくような返事をして、ろくに物も食べず、まもなく、おやすみなさいと言った。

「おやすみ、ハンス。ようく眠るんだぞ。じゃ、あしたは六時に起こしてやる。それから字典も忘れてはいないだろうな。」

「ええ。『字典』は忘れちゃいませんよ。おやすみなさい。」

自分の小部屋で、かれはなお長いこと、灯《ひ》もつけずに起きていた。これが今までのところ、試験さわぎがかれに与えた、唯一の祝福であった――自分が主人公で、じゃまをされることのない、自分自身のこの小さい部屋が。ここでかれは、疲労やねむけや頭痛とたたかいながら、晩の長い幾時《いくとき》かを、シイザアとかクセノフォンとか、文法書とか辞書とか、数学の問題とかいうものと取り組んですごしたのである――ねばりづよく、反抗的に、野心的に、時にはまた、絶望にちかい気持ちで。しかしこの部屋で、かれは、失われた少年の楽しみのどれよりも貴《とうと》く思われるような、そういう数時間を持ったこともある。つまり、自負と酔心地と勝利感にみちた、あの夢のようにふかしぎな数時間で、そういう時かれは、学校、試験、そのほかいっさいを超越して、もっと高いもののいる領域へ、夢とあこがれをよせたのである。すると、自分はじっさい、頰《ほお》のふくれた、温厚な同輩たちとはちがった、一段とすぐれた人間で、おそらくいつかは、はるかな高みから、超然としてかれらを見おろすことができるかもしれない、という不敵な幸福な予感に、とらわれるのであった。今もまたかれは、まるでこの小部屋には、ひときわ自由な、ひときわすがすがしい空気がみちているかのように、ほっと息をついて、ベッドに腰をおろすと、夢と願望と予感のうちに、幾時間かをぼんやりすごしてしまった。しだいしだいに、あかるい色のまぶたが、かれの大きな、過労ぎみの目にかぶさってきて、もう一度ひらかれて、またたいたと思うと、また合わされた。青白い少年の首が、やせ細った肩の上におちかかって、ほそい両腕が力なくのばされた。かれは服を着たまま、寝こんでしまったのである。そしてまどろみのものしずかな、母のような手が、かれの不安な童心に立つ波をしずめ、きれいな額の小さなしわを消した。

空前のことだった。校長先生が、早朝にもかかわらず、したしく停車場へ足をはこんだのである。ギイベンラアト氏は、黒いフロックコオトを着こんでいたが、興奮とうれしさとほこらしさとで、ちっともじっとしていることができなかった。そわそわしながら、校長とハンスのまわりを、ちょこちょこ歩きまわったり、駅長から、そしてすべての駅員たちから、旅行の平安とむすこの試験の大成功を祈る、と言われたり、小さいたいカバンを左手にもったり、右手にもったりしていた。雨がさは、はじめ小脇にかかえていたが、次にはひざのあいだにはさんだ。二、三度取りおとしたが、そのときには、ふたたび拾いあげるために、一々カバンを下へおいた。かれは往復切符《おうふくきっぷ》でシュットガルトへゆくのではなく、アメリカへ旅立つのだ、と思われそうであった。むすこはまったく平気な顔をしていたが、それでも内心の不安に、喉《のど》をしめつけられていたのである。

列車が着いて、とまった。かれらは乗りこんだ。校長が手をふってあいさつした。父親は葉巻に火をつけた。下のほうの谷の中に、町と河が消えて行った。旅行はふたりにとって、苦痛であった。

シュットガルトに着くと、父親は急に生気をとりもどした。そして快活に、あいそよく、社交的になりはじめた。二、三日だけ首都へやってきた、小都市ずまいの人の狂喜が、かれを活気づけたのである。しかしハンスは、前よりもしょんぼりした、おじけづいた気持ちになっていた。この都の光景を見ると、何やら深い重圧感におそわれた。見もしらぬ多くの顔、傲然《ごうぜん》とした高さの、ぎょうぎょうしくかざり立てられた家々、長い、うんざりするような道、鉄道馬車、そして街路の騒音が、かれをいじけさせたし、悲しませたのである。ある伯母《おば》の家に泊ったのだが、そこでは、なじみのない部屋部屋、伯母の親切とおしゃべり、長いあいだ所在なくすわっていること、そして父親のくりかえす、はげますような忠言というものが、少年をすっかりまいらせてしまった。よそよそしい、とまどったような気持ちで、かれはなすこともなく、部屋にじっとすわっていた。そして見なれぬ周囲のありさまや、伯母とかの女《じょ》の都会風な衣裳《いしょう》や、大型の模様のついた壁紙や、置時計や、壁にかけてある画《え》や、または窓ごしにさわがしい街路などをながめていると、かれはなんだかひどく裏切られたような気がした。そしてそんなときには、自分はもう長い長いあいだ家をはなれていて、すべて苦心しておぼえたことを、そのあいだに残らず忘れてしまったのだ——というふうに思われるのだった。

午後になると、かれはもう一度、ギリシャ語の不変化詞をさらっておこうと思った。しかし伯母は、散歩に行こうと言い出した。一瞬、ハンスの心眼の前に、草原の緑や森のざわめきが、浮かびあがった。だからかれは喜んで賛成した。ところが、あまりにもまもなくさとった——この大都会では、散歩もまた、故郷とはちがった種類の楽しみであるのを。

父親は市中に人をたずねるので、ハンスは伯母とふたりきりで出かけた。早くも階段の途中で、災難がはじまった。二階にくると、ふとった、高慢な様子の淑女《しゅくじょ》に出会ったのである。伯母はかの女に、ひざをかがめながら会釈したが、その婦人はたちまち、弁舌さわやかにおしゃべりをはじめた。立ち話は十五分以上もつづいた。ハンスは階段の手すりにおしつけられたまま、かたわらに立っていた。婦人の小犬に、においをかがれたり、吠《ほ》えつかれたりしながら、ふたりが自分のことも話しているのを、漠然とさとった。この見しらぬ婦人が、何度も何度も、鼻めがねごしに、かれを上から下までながめたからである。そのあと往来へ出たと思うと、伯母はすぐ一軒の店にはいって行った。そして出てくるまでに、ずいぶん時間がかかった。そのあいだハンスは、おずおずと往来に立っていて、通行人におしのけられたり、街の悪童たちにからかわれたりした。伯母は店の中からもどってくると、一枚のチョコレエトをかれに渡した。そしてかれは、チョコレエトが好きではなかったものの、ていねいに礼をのべた。次の町角で、ふたりは鉄道馬車にのりこんだ。すると今度は、たえまのない鈴の音《ね》を聞きながら、満員の車で、いくつもいくつも町筋を通りぬけて行くことになったあげく、やっと大きな並木路《なみきみち》と遊園に着いた。そこには噴水があがっていたし、垣をめぐらした花壇が花ざかりだったし、金魚が小さな人工の池で泳いでいた。ふたりは前後左右に、それから円をえがきながら、ほかの散歩者たちのむらがる中を、歩きまわった。そして無数の顔と、優雅な衣服とそうでないのと、自転車と病人用の遊動椅子《ゆうどういす》と乳母車とを見た。雑然とした人ごえを聞いた。そしてあたたかい、ほこりっぽい空気を吸った。結局ふたりは、ほかの人たちとならんで、とあるベンチに腰をおろした。伯母はそのあいだじゅう、ほとんどずっとしゃべりまくっていたが、このとき、ためいきをつくと、やさしく少年にほほえみかけて、さあ、さっきのチョコレエトをお食べ、とうながした。かれはことわった。

「まあ、おどろいた。まさかおまえ、遠慮してるんじゃなかろうね。かまわずにお食べ、お食べ。」

そこでかれは、例の小さい板チョコを取り出すと、しばらく銀紙をむしってから、結局ほんのわずかばかりかみ取った。チョコレエトはどうしてもきらいだったのだが、かれは伯母にそれを言うだけの勇気がなかったのである。かれがまだ、口に入れたものを吸ったり、むりに飲みこんだりしているうちに、伯母は群集の中に、ひとりの知人を発見して、急いで走り去った。

「ここにちゃんとすわったままでおいでよ。すぐまたもどってくるからね。」

ハンスはほっとしながら、この機を利用して、チョコレエトを、ずっと遠くの芝生のなかへ投げこんでしまった。そのあと、拍子をつけて両脚《りょうあし》をぶらつかせながら、多勢《おおぜい》の人たちをながめていた。そして不仕合わせな気持ちになった。最後にかれはまたしても、不規則動詞を暗誦しはじめた。ところが、死ぬほどおどろいたことに、ほとんどなんにもおぼえていなかった。しかもあしたは州試験なのだ。

伯母がもどってきた。そして今年の州試験には、百十八名の志願者がある由《よし》を、今のあいだに聞き知ってきた。しかし合格するのは三十六名にすぎないというわけだった。それを聞くと、少年はすっかり気をおとしてしまった。そして帰り道には、もう一言も口をきかなかった。家に着くと、頭痛がして、また何も食べようとせず、しかもひどくすてばちな態度を見せたので、父はかれをはげしく叱《しか》りつけたし、伯母までがかれのことを、いやな子だと言った。その夜かれは、おそろしい夢の場面に追跡されながら、重苦しく深く眠った。かれは自分が、百十七名の仲間といっしょに、試験場にいるところを見た。試験官は、故郷の町の牧師に似ていたり、と思うと、伯母に似ていたりした。そしてハンスの前に、チョコレエトの山を積みあげて、それを食えと命じた。そして涙ながらに食べながら、かれはほかの連中が、つぎつぎに席を立って、小さなドアから消えてゆくのを見た。みんなそれぞれの山を食べ終わったのだが、かれのは、みるみるうちに、だんだん大きくなって、机やベンチをこえてふくれあがりながら、かれの息の根をとめようとするかに見えた。

次の朝、ハンスがコオヒイを飲み飲み、試験におくれてはたいへんだと思って、時計から目をはなさずにいた時刻に、故郷の小都市では、多くの人たちが、かれのことをしのんでいた。まずはじめに、靴屋のフライクであった。かれは朝食のスウプの前に、いつもの祈りをとなえた。家族の者も職人もふたりの徒弟も、みんないっしょにまるく食卓をかこんでいた。そして親方は、常例の朝の祈りに、今日は次の言葉をそえた。――「おお、主《しゅ》よ、こんにち試験にのぞむ生徒、ハンス・ギイベンラアトの上にも、御手《みて》をのべさせたまえ。かれを祝福し、かれに勇気を与えたまいて、願わくはかれをして、おん身の神聖なる御名《みな》を、正しく勇ましく宣《の》べ知らせる者とならしめたまわんことを。」

町の牧師は、ハンスのために祈りこそしなかったが、それでも朝食のとき、細君にこう言った。――「今ごろあのギイベンラアトは、試験場へ出かけるところだね。あの子は今に頭角をあらわすよ。きっと人の注意をひくようになるよ。とすれば、わしがラテン語の授業で、あの子に力をそえてやったことが、損にはならないわけだ。」

担任の教師は、授業をはじめる前に、生徒にむかってこう言った。――「さて、今シュツットガルトでは、州試験がはじまったところだ。そこでギイベンラアトの成功を、みんなで祈ってやろうじゃないか。もっとも、そんなことをするには及ばないがね。何しろきみたちみたいななまけ者が、十人かかっても、ギイベンラアトにはかなわんのだからな。」そして生徒たちも、このときほとんど残らず、この欠席者のことを考えていた。しかし中でも、かれの合格か不合格かについて、たがいに賭《かけ》の約束をしていた、多くの連中は、そうだった。

そしてそもそも、心からの祈りや、誠意のこもった関心というものは、ややもすれば、大きなへだたりをこえて、遠くまで作用するものなので、ハンスもまた、故郷でみんなが自分のことを思っているのを、感じることができた。なるほどかれは、父親にともなわれて、胸をどきどきさせながら、試験場へはいって行ったし、助手のさしずに、びくびくした、こわいような気持ちでしたがったし、青白い少年たちでみたされたその部屋のなかを、罪人が拷問室《ごうもんしつ》を見まわすように見まわした。しかし教授があらわれて、静粛《せいしゅく》を命じてから、ラテン語の作文のためのテキストを書きとらせたとき、ハンスはほっとしながら、それをおかしくなるくらいやさしいと思った。さっさと、ほとんど快活な気持ちで、下書《したがき》を作ってから、こんどは慎重に、きれいにそれを清書した。そしてかれはいちばん早く答案を提出したうちのひとりであった。なるほどそのあとで、かれは伯母の家へ帰る道をまちがえて、二時間も暑い街路をさまよったが、それでもそのために、かれのとりもどした心のバランスが、たいして乱されるようなことはなかった。それどころか、伯母と父から、なおしばらく逃《のが》れていられるのが、かれにはうれしかった。そして首都の見もしらぬ、そうぞうしい通りを歩きながら、なんだか自分が向こうみずな冒険家になったような気がした。苦心して道を聞き聞き、ようやく家にたどりつくと、かれは質問の雨をあびせられた。

「どんなぐあいだったね。どういう様子だったね。やることはちゃんとやったのかい。」

「やさしかった。」とかれは得々《とくとく》として言った。「あれならぼく、五年生のときだって、訳せたろうと思うな。」

そしてかれは、さかんな食欲をみせながら食事をした。

午後は暇だった。父親はかれをひきずるようにして、二、三の親戚や友人の家をまわって歩いた。その中の一軒で、かれらはある黒服の、内気な少年を見出《みいだ》した。やはり州試験を受けるために、ゲッピンゲンから来ている少年だった。少年たちはふたりきりでほっておかれて、たがいにおずおずと、物めずらしそうに見合っていた。

「ラテン語の問題、きみはどう思った？　やさしかったねえ。」

「すごくやさしかったさ。しかしそれがくせものなんだぜ。やさしい問題のときが、いちばんよくしくじるもんだよ。注意をしないからね。それに隠されたわながが、きっとあの中にあったろうと思うな。」

「そう思うかい。」

「むろんだよ。先生たちはそれほどばかじゃないさ。」

ハンスはいささかおどろいた。そして考えこんでしまった。しばらくして、かれはためらいがちに聞いた。「きみそこにまだテキスト持ってる？」

相手はノオトを持ち出してきた。そこでふたりはいっしょに、問題全体を、一語一語検討した。このゲッピンゲン生まれの少年は、ラテン語に熟達しているらしかった。すくなくともかれは、ハンスがいまだかつて聞いたことのない、文法上の名称を二度もつかった。

「それからあしたは何の番だっけな。」

「ギリシャ語と作文さ。」

やがてゲッピンゲンの少年は、ハンスの学校から、受験生が何人きているのか、とたずねた。「ひとりも来てない。」とハンスは言った。「ぼくだけだ。」

「おやおや。ぼくたちゲッピンゲンの連中は十二人だよ。なかに三人、すごく頭のいいのがいてね、この三人はトップのほうではいるだろうと、期待されているんだ。去年のトップは、やっぱりゲッピンゲン出だったよ。——きみはもし落っこったら、ギムナジウム(七年制文科高等学校)へ行くの？」

そんな話はまだ、一度も出たことがなかった。

「わからない……いや、行かないと思う。」

「そうかい。ぼくはこんど落っこっても、どっちみち大学へ行くんだ。そうなれば、お母さんがウルムへ行かせてくれるんだよ。」

それを聞くと、ハンスは大いに感服してしまった。それにすごく頭のいい三人をふくむ、十二人のゲッピンゲン少年も、かれを不安がらせた。こうなっては、もはやとうてい、かれなぞの出る幕ではない。

家に帰ると、かれは机にむかった。そしてmiに終わる動詞を、もう一度しらべた。ラテン語に対しては、まるでなんの心配もなかった。その場合は自信があった。しかしギリシャ語との関係は、一種異様なものだった。かれはギリシャ語が好きだった。熱中しているくらいだった。しかしただ読むことに熱中していただけである。とりわけクセノフォンは、いかにも美しく、しなやかに、いきいきと書かれていた。すべては晴れやかな、きれいな、力づよいひびきと、軽快な、自由な精神をもっていたし、それに何もかもわかりやすかった。ところが、文法ということになってくると、または、ドイツ語をギリシャ語に訳させられるとなると、たちまちかれは、矛盾する規則や形式の迷路にまよいこんでしまって、この外国語に対して、むかしギリシャ語のアルファベットも知らなかったときの、あの第一課で感じたのと、ほとんど同じような不安な気おくれを感じるのであった。

次の日は、はたしてギリシャ語の番だった。そしてそのあとが、ドイツ語の作文だった。ギリシャ語の問題はかなり長くて、ちっともやさしくなかった。作文の題目は、あつかいにくいうえに、意味をとりちがえるおそれがあった。十時ごろから、場内はむしむしと暑くるしくなってきた。ハンスはペンのぐあいがわるくて、ギリシャ語を清書し終わるまでに、紙を二枚むだにしてしまった。作文を書いているとき、かれはずうずうしい隣席の生徒のために、すっかり閉口させられた。その生徒は質問を書いた紙を、ハンスのほうへ押しつけて、かれの脇腹《わきばら》をつきながら、返答をせまったのである。同じベンチの隣席者との交渉は、もっともきびしく禁ぜられていて、容赦《ようしゃ》なく試験から除外されるという結果になるのであった。おそろしさにふるえながら、ハンスはその紙片に、「うっちゃっといてくれ。」と書いて、質問者に背中を向けてしまった。じっさいまた、いかにも暑かった。しんぼうづよく規則的に、場内をくまなく歩きまわって、一刻もじっとしていない、監督の先生でさえ、何べんかハンカチで顔をぬぐった。堅信礼のときの厚い服を着ているハンスは、汗をかいたし、頭が痛くなるし、結局、ひどくなさけない気持ちで答案を出した。それがまちがいだらけで、これではもう試験もだめだろう、という気がしたのである。

食事のとき、かれはひとことも口をきかず、何を聞かれても肩をすくめるばかりで、罪人のような顔をしていた。伯母はなぐさめたが、父親は興奮して、ふきげんになった。食事がすむと、かれは子供を隣室へともなって、もう一度、聞きただそうとした。

「うまく行かなかったの。」とハンスは言った。

「なぜよく注意しなかったんだ。気をおちつけることだって、できるじゃないか。冗談じゃない。」

ハンスはだまっていた。そして父親がののしりはじめると、かれは赤くなって、こう言った。

「だってお父さんは、ギリシャ語なんかちっともわからないじゃありませんか。」

いちばん困ったのは、かれが二時には口頭試問を受けに行かねばならぬことだった。それがかれにはもっともこわかったのである。その途中、燃えるように暑い街路を歩きながら、かれはとてもなさけない気持ちになった。そして悩みと不安とめまいのために、ほとんど目が見えなくなってしまった。

十分間、かれは三人の先生を前に、大きな緑のテエブルにむかって腰かけたまま、いくつかのラテン文を翻訳したり、かけられた質問に答えたりした。次に十分間、かれは別の三人の先生の前に腰かけて、ギリシャ語を訳したり、ふたたびさまざまなことを聞かれたりした。しまいに、ギリシャ語の不規則動詞の不定過去を、何かひとつ言ってみろと言われたが、かれはなんとも答えなかった。

「もう行ってよろしい。そこの右がわのドアだ。」

かれは行きかけたが、戸口のところで、やっと不定過去が頭に浮かんだ。かれは足をとめた。

「行きたまえ。」と先生たちがかれに呼びかけた。「行きたまえ。それとも気持ちでもわるいのかね。」

「いいえ。でも今、不定過去を思い出したんです。」

かれはその過去形を、部屋の中へむかってさけんだが、先生のひとりが笑い出すのを見ると、のぼせあがったまま、さっと逃げ出した。そのあとかれは、質問と自分の答えを思い出そうとしてみたが、何もかも心の中で入りみだれてしまった。かれはただ、三人のいかめしい老先生と、大きな緑色の卓面《テエブル》と、ひらかれた本と、その上におかれた自分のふるえる手だけを見た。やれやれ、自分はどんな答えをしてしまったのだろう。

往来を歩きながら、かれはなんだか、すでに何週間もここにいるような、そしてもうここを立ち去ることができなくなったような、そんな心持ちであった。生家の庭の景色も、もみの木の緑におおわれた山々も、河岸の釣り場も、何か非常に遠いもの、ずっと前にいつかあったもののように思われた。おお、今日のうちにも帰郷できればいいのに。もはや逗留《とうりゅう》していてもしょうがないではないか。試験はどっちみち失敗してしまったのだ。

かれはミルクパンをひとつ買って、午後中ずっと、街から街へとうろつきまわっていた――ただ父親に問いつめられずにすまそうと思ってである。ようやく帰宅すると、みんなはかれのことを案じていた。そしてかれが疲れきった、なさけない様子をしていたので、家人はたまご入りのスウプを飲ませてから、かれをベッドにはいらせた。あしたはまだ、算数と宗教がある。それがすめば、うちへ出発することができるのだ。

あくる日の午後は、上出来だった。きのう主要科目であれだけしくじったあとで、きょう何もかもうまく行ったというのが、かれには痛烈な皮肉と感じられた。どうでもいいことだ。さあ、はやく立とう、うちへ帰ろう。

「試験がすんだから、ぼくたちもううちへ帰ってもいいんです。」とかれは伯母に告げた。

父親は、きょうはまだ逗留しようと言った。カンシュタット区へ出かけて、そこにある温泉場の遊園で、コオヒイを飲むつもりだったのである。しかしハンスがいかにも哀願的にたのんだので、父親はかれに、今日のうちにひとりで出立《しゅったつ》することを許した。かれは汽車までつれてゆかれて、切符をうけとって、伯母から接吻《せっぷん》と食べ物を、はなむけにもらってから、疲れきって、なんにも考えずに、緑色の丘陵地帯を、故郷へと進んで行った。青黒いもみにおおわれた山々が、あらわれるころになって、はじめてよろこびと解放の感じが、少年をおそった。年とった女中や、自分の小部屋、校長、見なれた、天井の低い教室、そしていっさいを少年は楽しみにしていた。

さいわいと、駅にはひとりも物見高い知人はいなかった。そこでかれは、小さな包みをもったまま、こっそりと家に急ぐことができた。

「シュットガルトは、おもしろうござんしたかい。」と老アンナがたずねた。

「おもしろい？　ほんとにおまえ、試験なんぞおもしろいものだと思っているのか。ぼくは帰ってきたのが、うれしいくらいなんだよ。お父さんは、あしたにならないと、帰っていらっしゃらない。」

かれは新鮮なミルクを一ぱい飲むと、窓につるしてあった水泳パンツを取りこんでから、その場をかけ去ったが、ほかの連中みんなの水浴場になっている、あの草原へはむかわなかった。

かれは町をずっと出はずれて、「ワアゲ」と呼ばれているところまで行った。そこは水が深くゆるく、背《せい》の高いやぶのあいだを流れている個所《かしょ》であった。そこへ来ると、かれは服をぬいで、さぐるように手を、その次に足を、冷たい水の中へ入れてみて、ちょっと身をふるわせたが、やがてひとおもいに、さっと河の中へとびこんだ。ゆるい流れにさからって、ゆっくり泳ぎながら、かれはここ二、三日の汗と不安が、からだから消えてゆくのをおぼえた。そしてかれのきゃしゃな肉体を、河がさわやかに抱きかかえているあいだに、かれのたましいは、新しいよろこびで、美しいふるさとをわがものにした。かれは一段と早く泳いだり、とまったり、また泳いだりしながら、気持ちのいい涼しさと疲れとにいだかれるのを感じた。浮き身になったなり、かれはふたたび、下流へながされるままにまかせて、金色の輪になってむらがる蠅《はえ》の、かすかな羽音に耳をすましたり、夕空を切って、小さい、すばやいつばめが飛ぶのや、その夕空が、すでにすがたを消した太陽に、山々のむこうで、ばら色に映《は》えているのを、見たりした。かれがもとのように服をつけて、夢見心地でぶらぶらと家路をたどったとき、谷間はもう影が濃くなっていた。

かれは小売商人ザックマンの庭のそばを、とおりすぎた。この庭で、かれはごく小さい子供のころ、二、三の仲間といっしょに、まだ熟さないすももをぬすんだことがある。その次に大工のキルヒナアの仕事場があって、白いもみの角材があちこちにおいてあった。この角材の下で、昔かれはいつでも、釣りに使うみみずを見つけたものである。検査官ゲッスラアの小さい家のそばもとおった。このゲッスラアの娘エンマに、かれは二年前、スケエトをしたとき、気に入られたくてならなかったことがある。かの女《じょ》はこの町でのいちばん愛くるしい、いちばん気品の高い女生徒で、かれと同い年だった。そしてあの頃かれは、いつか一度かの女と話すか、握手をするかしたいと、何よりも切に念じた。そういうことには、一度もならなかった。かれはあまりにもきまりがわるかったのである。それ以来、かの女はある寄宿学校へ入れられてしまって、かの女がどんな顔だったか、かれはもうほとんどおぼえていなかった。それでも、あのころの悪童行状記は、この時またかれの胸に、はるか遠くのほうから来るように浮かんできた。しかもそれは、あれ以来経験したすべてのこととは、くらべものにならないほど、強い色彩と、妙に心をさわがせるような香りをもっていた。あれはまだ、夕方になると、みんながナショルト家のリイゼのそばに、門道のところにすわって、じゃがいもの皮をむきながら、いろんな物語に耳をかたむけた頃だった。日曜には、朝、非常に早く、ズボンを高くまくりあげながら、うしろめたい気持ちのまま、下流の水門のそばで、ざりがにをつかまえたり、小魚をとったりしに行って、そのあと、ぐしょぬれになった晴着すがたで、父親になぐられたものだった。あの時分、世の中には、謎《なぞ》のような、ふしぎなことがらや人間が、じつに多かった。首のまがった、小男の靴屋シュトロオマイヤア。かれが自分の女房を毒殺したことは、たしかにわかっていた。それから突拍子もない「ベックさん」。杖《つえ》と食べ物袋をもったなり、この地方一帯を巡回していたが、みんなはかれをさんづけで呼んでいた。それは、かれが昔は金満家で、四頭の馬とりっぱな馬車をもっていたからだった。ハンスはかれらについて、もはや名前だけしか知らなかった。そしてあの埋もれた小さな、ちまたの世界が、どこかへ行ってしまって、しかも生き生きした、経験しがいのあるものが、それにかわって、何ひとつ現われてこなかったのを、かれは漠然と感じた。

次の日は、まだ休暇だったので、かれは午前中ゆっくり眠って、自由の身を楽しんだ。正午には父親を出迎えた。父はまだ、シュツットガルトでのあらゆる享楽で、気持ちよく心をみたされていた。

「おまえ合格したら、何かほしいものを言ってもいいよ。」とかれは上きげんで言った。

「よく考えてみるがいい。」

「だめですよ。」と少年はためいきついた。「ぼくきっと不合格ですもの。」

「ばかを言うな。そんなことがあるものか。それよりも、何かほしいものを言ってみろ——おれが後悔しないうちにな。」

「休みになったら、また釣りがしたいんだけど。いいでしょうか。」

「いいよ。試験が受かっていたら、してもいいよ。」

次の日、それは日曜だったが、雷鳴と豪雨があった。そしてハンスは、何時間も本を読んだり考え込んだりしながら、自分の部屋にすわっていた。かれはシュットガルトでの成績を、もう一度くわしく反省してみたが、自分はひどく運がわるかった、ほんとならもっとずっといい答案が書けたものを、という結論に、何べんも何べんも到達した。あれではもう、とうてい合格点には足りないであろう。あのまぬけな頭痛。つのってくる不安感が、しだいしだいにかれを抑圧して行った。そしてとうとう、重たい心痛がかれを父親のところへかり立てた。

「ねえ、お父さん。」

「なんの用だね。」

「聞きたいことがあるんです。さっきのほしいもののことで。ぼくはいっそ釣りなんかしないでおこうと思って。」

「そうか。なぜ今になってまた、そんなことを言うんだね。」

「なぜって、ぼく……あの聞こうと思ったんです——いいか、どうか……」

「はっきり言いなさい。くだらん芝居をするじゃないか。だから、何なのだ。」

「不合格だったら、ぼくギムナジウムへ行ってもいいかしら。」

ギイベンラアト氏は口がきけなかった。

「なに？　ギムナジウムだと？」とかれはやがて、はげしい調子で言いはじめた。「おまえがギムナジウムへ行くというのか。だれにそんなことを吹きこまれたんだ。」

「だあれにも。自分でそう思っているだけです。」

死の恐怖が、あきらかにかれの顔によまれた。父はそれに気づかなかった。

「よせ、よせ。」と父は不快そうに笑いながら言った。「そんなことは途方もない話だ。ギムナジウムへか。おまえは、おれを商業顧問官だとでも思っているのかい。」

かれは猛烈な拒絶の身ぶりを見せたので、ハンスはあきらめて、がっかりしながら部屋を出て行った。

「なんという子だ。」と父はかれのうしろから、不満の声をあびせた。「まったくおどろいた。こんどはギムナジウムまでねらっているんだからな。だめなことさ。そう思いどおりにゆくものか。」

ハンスは半ときのあいだ、窓べりに腰かけたなり、みがきたての床板をじっと見つめながら、もしもこれでほんとうに、神学校へもギムナジウムへも大学へも、行かれなくなったら、どんな始末になるだろうと、それを想像してみようとした。そうなったら、自分は徒弟として、チイズ商のところか、またはどこかの事務所へ、行かされることになるだろう。そして自分がけいべつしているし、絶対に追いぬこうとしているあの平凡なあわれな連中のひとりに、一生涯なってしまうだろう。かれのきれいな、かしこそうな学生顔はゆがんで、怒りと悩みにあふれた渋面《じゅうめん》になった。かれは憤然としてとびあがると、ぱっとつばをはいて、そこにおいてあったラテン語の名文集をつかむなり、その本を力いっぱい、すぐそばの壁にむかって投げつけた。それからかれは、雨の中へ走り出た。

月曜の朝、かれはまた学校へ行った。

「どうだね。」と校長が聞きながら、かれに手をさし出した。「きのうすぐに来てくれるかと思っていたよ。いったい試験のできはどうだったね。」

ハンスはうなだれた。

「おや、どうした。うまく行かなかったのかね。」

「そうだと思います。」

「まあ、しんぼうするんだな。」と老先生はなぐさめた。「たぶん今日の午前中に、シュツットガルトから通知があるだろうよ。」

午前はおそろしく長かった。なんの通知も来なかった。そして昼食のとき、ハンスは内心のむせび泣きのために、ほとんど物を飲みくだすこともできなかった。

午後になって、二時にかれが教室へはいっていくと、担任の教師はもう来ていた。

「ハンス・ギイベンラアト。」とかれは大声でさけんだ。

ハンスは進み出た。先生はかれに握手をもとめた。

「おめでとう、ギイベンラアト。きみは州試験に二番で合格したんだよ。」

おごそかな静寂がみなぎった。ドアがあいて、校長がはいってきた。

「おめでとう。さあ、今度はきみ、どう言うかね。」

少年は意外感とよろこびで、しびれきったようになっていた。

「おや、なんにも言わないのかい。」

「こうとわかっていたら、」とかれは思わず口走った。「ぼく首席にさえなることができたかもしれません。」

「もううちへ帰りたまえ。」と校長は言った。「そしてお父さんに知らせてあげたまえ。もうこれぎり学校へ来るには及ばないよ。あと一週間で、どっちみち休暇がはじまるんだからね。」

めまいを感じながら、少年は往来へ出て、ぼだい樹が立っているのを、広場が日ざしの中に横たわっているのを見た。すべては元のとおりだったが、しかしすべては、前よりも美しく、前よりも意味ふかく、前よりもよろこばしかった。自分は合格したのだ。

自分は二番なのだ。最初のよろこびのあらしが吹きすぎると、熱い感謝の念が、かれをみたした。これでもう町の牧師をよける必要はない。これで勉学ができる。これでチイズ商店をも、事務所をも怖《おそ》れる必要はないのだ。

しかもこうなれば、また釣りに行くこともできる。父親は、かれが帰りついたとき、ちょうど表口《おもてぐち》に立っていた。

「何かあったのかい。」と父親は何気なく聞いた。

「たいしたことじゃありません。ぼく学校をやめさせられました。」

「なんだと？　どうしたわけだ？」

「もう神学校の学生だからですよ。」

「そうか。そりゃそりゃ。おまえ合格したのか。」

ハンスはうなずいた。

「いい成績でか。」

「ぼく二番になったんです。」

老父も、さすがにそこまでは期待していなかったのである。かれは言うべき言葉を知らなかった。たえまなくむすこの肩をたたきながら、笑ったり、頭をふったりしていた。やがて、何か言おうとして口をひらいた。しかしなんにも言わずに、ふたたび頭をふるだけだった。

「たいしたこった。」と結局かれはさけんだ。「たいしたこった。」

ハンスは家の中へかけこむと、階段をのぼって、屋根裏まで行って、空《あ》いた屋根部屋の中の押入れをさっとひらいて、その中を掻《か》き探して、いろんな紙箱だのひものたばだの、キルクの細片だのを、ひきずり出した。これがかれの釣り道具だったのである。それにこんどは何より先に、りっぱな釣りざおを、切ってくる必要があった。かれは父親のところへおりて行った。

「パパ、ポケットナイフを貸して。」

「何につかうんだね。」

「さおを作らなきゃならないの、釣りざおを。」

パパはポケットに手を入れた。

「そら。」とかれは顔をかがやかして、おうように言った。「ここに二マルクある。自分のナイフを買ったらよかろう。しかしハンフリイトの店へは行かずに、むこうの小刀《こがたな》鍛冶《かじ》のとこへ行きなさいよ。」

そこでかれは宙をとんで行った。小刀鍛冶屋は試験のことをたずねて、吉報を耳にすると、とくべつ上等なナイフを出してくれた。河下《かわしも》の、ブリュウエル橋の下流に、美しい、すらりとした、にれとはしばみの木立《こだち》があったが、そこへ来て、かれは長いあいだえらびぬいたあと、申しぶんのない、腰がつよくてよくしなう枝を一本切ると、それを持っていそいでうちへ帰った。

顔を紅潮させながら、目をかがやかせながら、かれは釣り仕度という楽しい仕事にとりかかった。これはかれにとって、釣りそのものとほぼ同じくらい、好ましいわざなのであった。昼すぎ全体と夕方いっぱい、かれはそれにかかりきっていた。糸は白いのと褐色のと緑色のとによりわけられ、ていねいに点検され、つくろわれ、ところどころ昔のままに、結び玉になったり、こんがらかったりしているのが、ほどかれた。あらゆる形や大きさの、キルクの細片や羽茎は、吟味されたり、または新しく彫られたりしたし、さまざまな重さの小さい鉛の細片は、糸に重みをつけるために、たたかれて球《たま》にされたうえ、きざみ目をつけられた。そのつぎは釣り針だったが、これはまだすこしたくわえが残っていた。それがあるいは、四本あわさった黒い縫い糸、あるいは楽器の弦《いと》のきれはし、あるいは馬の毛をより合わせたひもに、くくりつけられた。暮れがた近く、万事がととのった。そしてハンスはこれで、長い七週間の休暇のあいだ、決して退屈しないですむ、という自信がついた。釣りざおを持っていれば、かれはいつでも終日、水ぎわで過ごすことができたからである。

第二章

夏休みというものは、こうでなければいけない。山の上のほうには、りんどう色の青空。何週間も、ぎらぎらするような暑い日がつづく。ただ時たま、はげしい、束《つか》のまの雷雨が来るだけ。河は、多くの砂岩石塊《さがんせっかい》や、もみの木かげや、せまい渓谷《けいこく》のあいだをとおって流れているのに、夕方おそくなってからでも水浴ができるほど、水があたたまっていた。この小都市は、干し草と二番刈りの草のにおいに、ぐるりとつつまれていた。いくつかの穀物畑の細い帯は、黄色く、また金褐色になっていた。小川のほとりには、白い花をつけた、毒にんじんまがいの草が、人の丈《たけ》ほど高く生《お》いしげっていた。その花は傘のような形で、いつも小さな小さなこがね虫が、いっぱいたかっていた。そしてこの草のうつろになっている茎を切ると、笛やパイプができるのであった。森のはずれには、黄色い花をつけた、もくもくした、堂々たるびろうどもうずいかが、長い列をなして、はでなすがたを見せていた。みそはぎと柳そうが、細くてつよい茎にのって、ゆらゆらとゆれながら、むらさきがかった赤い色で、斜面全体をおおっていた。森の奥のもみの下かげには、いかめしく、美しく、異様なすがたで、銀のむく毛のある、はばのひろい根生葉《ねばえば》と、ふとい茎と、上のほうまでつらなった、美しい赤色の蕚状花《がくじょうか》とをもった、丈の高い、まっすぐにのびた、赤いジギタリスが、立っていた。そのわきには、いろんな種類のきのこ類が生《は》えていた。赤い、かがやくばかりの紅天狗茸《べにてんぐだけ》、厚い、はばのひろいあわたけ、怪奇なばらもんじん。赤い、枝の多いほうきだけ。そして妙に匂いのない、病的に肥大したしゃくじょうそう。森と牧場とのあいだにある、多くの荒野めいた草地には、根づよいえにしだが、樺色《かばいろ》の焔《ほのお》のようにもえ立っていた。その次には、エリカの長い、うすむらさきの帯、その次には牧場そのものがつづいた。牧場ではたいてい、すでに二番刈りがおこなわれていて、そこには、たねつけばな、せんおう、サルビア、まつむしそうなどが、色あざやかに生いしげっていた。濶葉樹《かつようじゅ》の林の中では、あとりがたえまなく歌っていたし、もみの森の中では、きつね色のりすが、こずえをつたわって走っていたし、草地や石垣や、水のない溝のところでは、緑色のとかげが、気持ちよさそうに日なたで、ちらちら光っていたし、牧場じゅう一面に、かんだかい、けたたましい、あきることを知らぬ蝉《せみ》の歌が、いつ終わるともなくひびきわたっていた。

町は、このころになると、非常に田園風な印象を与えた。干し草車や干し草のにおいや、鎌を砥《と》ぐ音が、街路と空中にみちあふれていた。もしあのふたつの工場がなかったとしたら、だれでも、村にいるような気がしたであろう。

休暇第一日のあさ早く、老アンナがまだ起きたか起きないうちに、ハンスはすでにじりじりして、台所に立ったまま、コオヒイを待っていた。火をおこすのを手つだったり、パンを鉢《はち》から取ってきたりしてから、新鮮な牛乳で冷《さ》ましたコオヒイを、いそいで飲みくだすと、パンをポケットにねじりこんだなり、かけ去った。かみ手の鉄道の土手で、足をとめたかれは、ズボンのポケットから、まるいブリキの入れ物をとり出すと、一心にばったをつかまえはじめた。汽車が通りすぎて行った――線路がここで大きくまがっているので、快速力ではなく、かなりのんびりと。窓がみんなあいていて、乗客はすくなく、長い、陽気な旗のような煙と蒸気が、あとからなびいていた。かれは汽車を見送りながら、白っぽい煙がうずをまいては、たちまち明るい、朝らしく澄んだ空気のなかへ消えてゆくさまを、見まもっていた。これらすべてを見るのは、なんと久しぶりだろう。かれは、失われた美しい時を、いま二倍にしてとりかえそうとするかのように、そしてもう一度おもう存分、のんきな気持ちで、おさない少年になろうとするかのように、大きく息をしたのである。

ばったの入れ物と、新しい釣りざおを持ったまま、橋をわたって、裏がわの庭園をぬけて、馬の淵《ふち》という、河のいちばん深い個所《かしょ》にむかって進んで行ったとき、かれの胸はひそかな狂喜と狩猟欲で、どきどきした。そこには、柳の幹《みき》にもたれながら、ほかのどんなところよりも、気楽に、じゃまされずに釣りのできる場所があった。かれは釣り糸をほどいて、小さなばらだまをくくりつけると、ふとったばったを、なさけ容赦《ようしゃ》もなく、針に刺しとおしてから、大きくはずみをつけて、釣り針を河の真ん中へ投げた。昔ながらのなじみぶかい遊びがはじまった。小さなしろうぐいが、密集しながら、えさのまわりにむらがって、それを針からもぎとろうと試みた。まもなく、えさは食い取られてしまった。二ひき目のばったがつけられた。それからもう一ぴき、それから四ひき目、五ひき目とつけられた。ますます慎重に、かれはそれを針にとめたが、結局ばらだまをもうひとつくくりつけて、糸を重たくした。すると最初の魚らしい魚が、えさをつついた。魚はそれをすこしひっぱったと思うと、またはなしてから、もう一度つついた。やがて魚は食いついた――その感じは、じょうずな釣り人なら、糸とさおを通じて指先に、さっと伝わってくるものなのである。魚はかかった。そしてはっきり見えてきたとき、ハンスにはあかはらだとわかった。はばのひろい、淡黄色に光る腹と、三角形の頭と、とりわけ、腹鰭《はらひれ》の美しい、肉いろのつけねとを見れば、すぐにそれとわかるのである。どのくらいの目方だろうか。しかしかれがまだ見当をつけかねているうちに、魚は死物狂いにひとはねして、おびえたように水面を旋回したかと思うと、逃げ去ってしまった。三、四度水中で輪をえがいてから、銀色のいなずまのように水底に没してゆくのが、まだ見えていた。食いつき方が足りなかったのである。

釣り人の心には、このとき狩りの興奮と熱狂的な注意ぶかさが、めざめてきた。かれのまなざしは、ほそい褐色の糸が、水面に接している個所へ、するどくひたむきにそそがれていた。かれの頬《ほお》は紅潮し、かれの動作は、きっぱりとして、敏活で確実だった。二ひき目のあかはらがえさにかかって、釣り出されてきた。つぎには、釣るのが気の毒なくらいの、小さな鯉《こい》。そのつぎはつづけざまにはぜが三びき。このはぜは、父親の好物だったので、とくにかれをよろこばせた。それは小さいうろこのあぶらぎったからだと、こっけいな白いひげの生えた、ふとい頭と、小さな目と、ほっそりした腹をもっている。色は緑と褐色のあいだで、この魚が陸にあがると、鋼青色《こうせいしょく》にかわるのである。

かれこれするうちに、日は高くのぼった。かみ手の水門に立つ泡《あわ》が、雪のように白くかがやいて、水の上には、あたたかい空気が微動していた。目をあげると、ムック山《ベルク》の上方に、てのひら大の、まぶしく光る小さな雲が、三つ四つ浮かんでいるのが見えた。暑くなってきた。このいくつかの動かない小さな雲――静かに白々と、青空のあまり高くないところに、浮かびながら、長く見つめていられないくらいに、光がいっぱいしみこんでいる雲ほど、清らかな真夏の日の暑さを、表現するものはない。これがなかったら、青空を見ても、河の水鏡のぎらつくのを見ても、どれほど暑いかに、気のつかないことが多いであろう。ところが、泡のように白い、かたくまるまった、これら二、三片の真昼の雲を見るがはやいか、われわれは突然、太陽が燃えているのを感じて、日かげを求めたり、汗ばんだ額《ひたい》に手をやったりするのだ。

ハンスはしだいしだいに、釣り針をするどく見張らないようになってきた。かれはすこし疲れていたし、どっちみち正午ちかくには、ほとんど何も釣れないのが常なのである。うぐいは、いちばん古いのも、いちばん大きいのも、この時刻には、日に当たろうとして、上のほうへ浮いてくる。夢みるように、大きく黒く水をさばきながら、川上《かわかみ》へむかって、水面とすれすれに泳いで行きながら、ときおり突然、これといった理由もなしに、びくっとおどろく。そしてこの時間には、決して針にかからないのである。

かれは糸を柳の枝ごしに、水中へたらしておいて、地面にすわりこむと、緑の河面《かわも》をながめた。魚たちはそろそろ浮きあがってきた。黒い背中が、つぎつぎに水面にあらわれた――暑さで上のほうへおびき出され、魔法にかけられた、しずかな、ゆっくり泳いでいる行列だった。かれらはあたたかい水の中で、さぞかしいい気持ちであろう。ハンスは深靴をぬいで、両足を水中へぶらさげた。水は表面のところがひどくなまぬるいのである。かれは、つかまえた魚たちを、じっと見まもった。かれらは大きな如露《じょろ》の中で泳いでいて、ときどきかすかな水音を立てるだけであった。なんと美しいことだろう。

白、褐色、緑、銀、淡い金色、青、そのほかの色彩が、うろこやひれの動くたびごとに、きらきら光るのである。

あたりはしずまりかえっていた。橋を渡る車の音も、ほとんど聞こえないし、水車のかたこと言う音も、ここではもうほんのかすかに聞こえるだけだった。ただ白い水門の、たえまない、やわらかなざわめきだけが、しずかに涼しげに、ねむけをさそうように、かみ手のほうからひびいてくるし、いかだの丸太にあたって、流水が低い音でごぼごぼ鳴っているだけだった。

ギリシャ語とラテン語、文法と文体論、算数と暗誦《あんしょう》と、それから長い、おちつきのない、追い立てられるような一年間の、やりきれない騒動全体が、ねむけをもよおすほどあたたかい時間の中に、音もなく没してしまった。ハンスはすこし頭痛がしていたが、いつもほどひどくはなかった。そして今は、また水ぎわにすわってもいいことになったのだ。かれは水門のところで泡がとびちっては消えるのを見た。目をほそめて釣り糸のほうを見やった。そしてかれのかたわらの如露の中では、かれのつかまえた魚たちが泳いでいた。これはいかにも快適なことだった。そのあいまに、かれは突然、自分が州試験に合格したこと、そして二番になったことを、ふと思い浮かべた。すると、素足で水をたたいたり、両手をズボンのポケットにつっこんだりしながら、あるメロディを口笛で吹きはじめるのだった。なるほどかれは正しく本格的に口笛を吹くことが、できなかった。それは昔からのなげきで、そのためかれはすでに、学校友だちから、ずいぶんばかにされたものだった。ただ歯をつかって、しかもかすかにしか、かれは吹けなかった。しかし自家用としては、それで充分だった。しかも今はだれも聞いている者なぞ、いるはずはなかった。ほかの連中は、今ごろ教室にいて、地理をおそわっている。ただかれひとりが、自由放免の身なのである。みんなはずいぶんかれをいじめた。アウグストのほかには、だれとも友だちにならず、かれらのけんかざたや遊びを、ろくろくおもしろがらなかったからである。さあ、これでかれらは、自分を見送ることになるだろう――あのまぬけども、あの石頭どもが。かれはその連中をけいべつしきっていたので、口をゆがめるために、一瞬間、口笛を吹くのをやめてしまった。やがてかれは糸を巻きおさめながら、笑わずにはいられなかった。もはやえさはひとかけらも、針についていなかったからである。入れ物に残っていたばったは、釈放されたが、悲しそうに、しぶしぶと、短い草の中へはいこんで行った。近所のなめし皮工場《こうば》では、もう昼休みだった。食事に行かねばならぬ時刻である。

昼の食卓では、ほとんど一語も話されなかった。

「何か釣れたかね。」と父親が聞いた。

「五ひき。」

「へえ、そうかい。だがな、親をとらないように、気をつけろよ。そうしないと、あとで子がいなくなってしまうからな。」

それなりで、会話は発展しなかった。じつに暑かった。そして食後すぐに泳ぎに行ってはいけないというのが、じつに残念だった。いったいなぜだろう。からだに悪いというのだ。悪いことがあるものか。そのことなら、ハンスのほうがよく知っていた。かれは禁制をおかして、ずいぶん度々出かけたことがある。しかし今はちっとも行かない。わんぱくをするには、もうなんといっても、成長しすぎている。あきれたことに、試験のときかれは、「あなた」と呼びかけられたのである。

結局、一時間ばかり、庭のあかばりもみの木かげで横になっているのも、決してわるくはなかった。かげは充分あるし、本を読んだり、蝶々《ちょうちょう》をながめたりもできるわけだ。そこでかれは、その木かげに二時まで横になっていたが、もうすこしで寝込んでしまうところだった。しかし、さあ、こんどは水浴だ。例の水浴場の草地には、小さな子供たちが数人いるだけだった。もっと大きな連中は、みんな学校に行っているのだ。そしてハンスは、それを心からいいあんばいだと思った。ゆっくりゆっくりかれは服をぬいで、水にはいって行った。あたたかさと涼しさとを、かわるがわるに楽しむすべを、かれは心得ていた。いくらか泳ぎつづけては、もぐったり、水をばたばた言わせたりしたかと思うと、こんどは腹ばいになって岸に身を伏せては、たちまちかわいてゆく肌の上に、日光が燃えるのを感じるのであった。小さい子供たちは、敬意をこめて、かれのまわりをそっと歩いた。そうだとも、かれは有名な人物になっていたのだ。そうしてじっさいかれは、ほかの連中とまったく様子がちがっていた。ほそい、日にやけた首すじの上には、知的な顔と自信ありげな目をもった、上品な首が、のびのびと優雅なかたちで、のっていた。なお、かれは非常にやせていて、手足がほそく、きゃしゃなからだつきで、胸と背のところで、あばらぼねが数えられるくらいだった。そしてふくらはぎは、ほとんどふくれていなかった。

ほとんど午後いっぱい、かれは太陽と水のあいだを、あちこちと動きまわっていた。四時すぎになると、かれの同級生の大部分が、わいわい言いながら、急いでかけつけてきた。

「やあ、ギイベンラアト。きみはもう、気楽なもんだね。」

かれは気持ちよさそうにのびをした。「うん、まあ、どうやらね。」

「いつ神学校へ行くことになってるの。」

「九月になってからさ。今は休暇だ。」

かれはみんなのうらやむにまかせていた。うしろのほうで、あざけりの声が高くなって、ひとりが

シュルツェのうちのリイザベット、
おれもあの子にあやかりたいね、
あの子は昼でも床《とこ》のなか、
おれはそういう身分じゃないや。

という歌の文句をうたっても、かれは一向平気だった。
かれはただ笑っていたのである。そのあいだに、児童たちは服をぬいだ。さっそく水にとびこむ者もあれば、わざわざ念入りにからだを冷やす者もあったが、その前になおしばらく草に身を横たえる者が、ずいぶん多かった。潜泳のじょうずな者は、感嘆された。臆病者は、うしろから水の中へ突きおとされて、悲鳴をあげた。みんな追いかけっこをしたり、走ったり、泳いだり、岸でからだを干している者たちに、水をはねかしたりした。水音とさけび声は、たいへんなものだった。そして河面全体が、白い、ぬれた、光る肉体で、かがやきわたっていた。

一時間ののち、ハンスはそこを立ち去った。魚がまた食いつく、あたたかいたそがれどきが来た。夕食まで、かれは橋のうえで釣りをしたが、ほとんどなんにも釣れなかった。魚たちは、がつがつと針をねらって、たえまなくえさが食い取られてしまうのだが、針にはなんにもかかっていなかった。針にはさくらんぼをつけておいたのだが、それはたしかに大きすぎたし、やわらかすぎたのである。かれはあとでもう一度やってみることにきめた。

夕食のときかれは、知人たちが多勢《おおぜい》、祝賀に来てくれた、と聞かされた。そしてその日の週刊新聞を見せられた。そこには「公報」の欄に、こういう記事がのっていた。

「当市は初級神学校の入学試験に、今回ただ一人の受験者たるハンス・ギイベンラアトを派遣したり。喜ぶべきことに、同人は右の試験に第二位を以《もっ》て合格せる旨《むね》、只今《ただいま》通報あり。」

かれはその新聞をたたんで、ポケットに入れたきり、なんにも言わなかったが、誇りとよろこびにあふれて、胸がさけそうなのであった。すこしたって、かれはまた釣りに出かけた。えさとして、こんどはチイズをいくきれか持って行った。これは魚の好物だし、うす暗がりでも、魚によく見えるのである。

さおはそのままに残しておいて、かれはごく簡単な手釣りの道具だけを、たずさえて行った。これが、かれには最も好ましい釣りかただった。さおも浮きもついていない糸を、手ににぎっているのだから、釣り具全体がひもと針とで、できているわけであった。これはいくぶんよけいに骨が折れるが、しかしこのほうがはるかにおもしろかった。こうしていれば、えさのどんなにわずかな動きでも、自由に調節できるし、つついたり、食いついたりするのが、一々感じられるし、ひもの微動で、まるで目の前にでもいるように、魚の様子が観察できるのであった。もちろん、この釣りかたは、こつをのみこむ必要があるし、指先が器用でなければだめだし、スパイのようにゆだんなく見張らなければいけない。

このせまい、ふかく切れこんで、うねうねとまがっている渓谷《けいこく》は、たそがれの来るのが早かった。水は黒く音もなく、橋の下によどんでいた。しも手の水車場には、もうあかりが見えた。話し声と歌声が、ほうぼうの橋や小路《こうじ》の上を、流れて行った。空気はいくらかむし暑く、河の中では、たえまなく、黒ずんだ魚が、ぱっとはねあがった。こういう日ぐれには、魚が妙に興奮していて、雷光がたに、さっとあちこちへ走ったり、空中にとびあがったり、釣り糸にぶつかったり、めくらめっぽうにえさにとびかかったりするのである。チイズの最後の残りまで使いきったとき、ハンスは四ひきの小さな鯉《こい》を釣りあげていた。それをかれは、あした町の牧師のところへ、もってゆくつもりであった。

あたたかい風が、渓谷のしも手へむかって吹いていた。夕やみは濃くなったが、空はまだあかるかった。暮れてゆく小さな町全体の中からは、教会の尖塔《せんとう》と城の屋根だけが、黒くするどく、あかるい天にむかってそびえていた。ずっと遠くのどこかで、雷雨があるにちがいなかった。ときどき、おだやかな、はるかに遠い雷鳴が、聞こえていた。

十時になってベッドにはいったとき、ハンスはほんとに久しぶりで、頭も手足も、こころよく疲れていた。そして眠たかった。美しい自由な夏の日が長くつらなって、なぐさめるように、いざなうように、かれの前に横たわっていた。ぶらぶらしたり、泳いだり、釣りをしたり、夢を見たりして、すごすべき日々なのである。ただ、さらに首席にならなかったという一事が、かれにはくやしかった。

すでに午前の早い時刻に、ハンスは町の牧師邸《ぼくしてい》の玄関に立って、例の魚をさし出した。牧師が書斎から出てきた。

「ああ、ハンス・ギイベンラアトか。おはよう。おめでとう。心からお祝いするよ。——そこに持っているのは何かね。」

「魚を二、三びきだけです。きのうぼくが釣ったんです。」

「ほほう。これはみごとだ。どうもありがとう。さあさあ、中へはいりたまえ。」

ハンスはよく見おぼえている書斎へとおった。ここは、じつをいうと、牧師の部屋らしくは見えなかった。鉢植の花のにおいも、たばこのにおいもしない。りっぱな蔵書は、ほとんどみんな新しい、きれいにラックを塗った、金ぴかの背中を見せていて、ふつう牧師の蔵書に見られるような、色のあせた、ゆがんだ、虫に食われかかった、かびくさい書物は、どこにも見えなかった。さらにくわしく見れば、きちんと並べてある書籍の標題から、ある新しい精神が、だれにでも感じ取られた。ほろびようとしている世代の、古めかしく尊厳な先生たちの中に生きているのとは、ちがった精神なのである。牧師蔵書中の花形――ベンゲル、エティンガア、シュタインホオファア、それからメエリケが「塔上の風見」の中で、じつに美しく詠《えい》じている、敬虔《けいけん》な詩人たちは、ここには欠けているか、すくなくとも近代的著作の山にかくれて、見えなくなっていた。すべては、雑誌のとじ合わせたものや、高脚《たかあし》の机や、紙のたくさんのっている大きな机などと相まって、学識ゆたかな、おごそかなおもむきを示していた。ここでは、大いに勉強がおこなわれている、という印象が与えられた。じっさいまた、勉強は大いにおこなわれていたのである。ただし説教や問答教示や聖書講義などについてというよりも、むしろ学術雑誌のための調査や論文、自分の著作のための準備研究についてであった。夢見心地の神秘説と予感にみちた沈思とは、この場所から追放されていた。素朴な情操的神学――科学の深淵をのりこえて、民衆の渇いたたましいのほうへ、愛と同情をそそぎながらかたむいてゆく、そういう神学も、やはり追放されていた。そのかわりにここでは、聖書批判が熱心におこなわれたし、「歴史上のキリスト」が探究されたのである。

神学はたしかに、ほかの分野と同じ事情をもっている。芸術である神学というものと、科学であるか、またはすくなくとも科学であろうと努めている神学というものがある。これは昔も今も変わっていない。そしていつでも科学は、新しい革袋に気をとられて、古い酒を忘れてしまったし、その一方、芸術家はのんきにいろいろと浅薄《せんぱく》な誤りを固執しながらも、多くの人たちをなぐさめたり、喜ばせたりしてきた。批判と創造、科学と芸術のあいだには、昔ながらの、不釣り合いな戦いがあって、その場合、そうなってもだれの得にもならないのに、いつでも前者は正しいとされるが、しかし後者は、信仰と愛情となぐさめと美と永世感のたねをまいては、再三再四いい土壌を見出すのである。なぜなら、生は死よりも強いし、信仰は疑惑よりも優勢だからである。

はじめてハンスは、高脚机と窓とのあいだにある、小さい革のソファに腰かけた。町の牧師は、きわめてあいそがよかった。まったく友だちめいた調子で、かれは神学校のことや、そこの生活や勉学の模様について語った。

「きみがあそこで経験する、いちばん重要な新しいことは、」とかれはしまいに言った。「新約聖書のギリシャ語の手ほどきだね。きみにとっては、それで新しい世界がひらけてくるだろうよ――仕事とよろこびに富んだ世界がね。はじめのうちは、その言葉で苦労するだろう。それはもうアテネ風のギリシャ語ではなくて、新しい精神のつくりだした、新しい特別な語法なのだよ。」

ハンスは注意ぶかく耳をかたむけながら、真の学問に近づけられるのを、誇らしい気持ちで感じた。

「この新しい世界に、学生としてはいってゆくことは、」と町の牧師はつづけた。「もちろんその世界の魅力を、ずいぶんへらすことになるだろう。それに神学校では、さしあたって、ヘブライ語のために、一方的に時間をとられすぎるかもしれない。そこでもしその気があるなら、わしとふたりで、この休暇中に、ちょっと手始めをやってみてもいいよ。そうすれば、神学校へ行ってから、ほかの科目につかう時間と精力が残っているることになって、都合がいいだろうと思うね。ルカ書の数節をふたりで読んでもいい。そうなれば、きみはその言葉を、ほとんど遊び半分、ついでにおぼえられるわけだ。辞書は貸してあげられるよ。それを、だいたい日に一時間、せいぜい二時間ずつ引くことになる。むろんそれだけでいい。何しろ、まず第一にきみは今、当然の休養をとる必要があるのだからな。いうまでもなく、これはひとつの提案にすぎないのだよ――そんなことで、きみの楽しい休暇の気持ちを、そこないたくはないからね。」

ハンスはもちろん承諾《しょうだく》した。なるほど、このルカ書の授業は、かれの自由という、ほがらかに青い空にかかる、ひときれの軽い雲のように思われはしたが、しかしかれは拒絶するのがはずかしかったのである。それに新しい言語を、そうやって休暇中に、ついでながら習うというのは、勉強というより、むしろ楽しみだった。神学校で習わされるはずの、多くの新しいことがらに対して、かれはもともとかすかな怖《おそ》れをいだいていたのである――とくにヘブライ語に対して。

かなり満足した気持ちで、かれは町の牧師のもとを辞した。そして落葉松《からまつ》の道をとおって、のぼり坂を森の中へとむかった。かるい不快感はすでに消えていた。そして問題をよく考えてみればみるほど、かれはいよいよ、それを承諾してもいいという気持ちになってきた。なぜなら、神学校に行って、そこでも同輩たちをしのごうとすれば、もっと野心的に、もっとねばりづよく勉強せねばならぬことが、かれにはよくわかっていたからである。そしてかれはぜひともしのいでやろうと思っていた。いったいなぜか。それは自分でもわからなかった。三年このかた、みんなはかれに注目している。先生たち、町の牧師、父親、そして中でも校長が、かれを激励したり、刺激したり、かりたてたりしてきた。長いあいだずっと、学年から学年へかけて、かれは押しも押されもせぬ首席であった。それで今になると、かれはしだいしだいに、主位に立つこと、そしてだれにも肩を並べさせないことに、みずから自尊心をうちこむようになっていたのである。そして試験に対するあのばかげた不安も、今はすぎてしまった。

もちろん、休暇をもつということは、なんといっても、じつはいちばん愉快なことだった。今また森は、かれ以外にはだれひとりそこを散歩していない、この朝の時刻に、なんと常ならず美しいことか。あかばりもみは、柱をならべたように立ちならんだまま、はてしない広間の上に、青緑色の丸天井を張っていた。下生《したば》えはすくなかった。ところどころに、こんもりしたえぞいちごの木があるだけだった。そのかわり、背《せい》の低いこけももの木やエリカの生えている、やわらかな、毛皮のような、何時間里程《りてい》にも及ぶほどの、こけでおおわれた地面があった。露はもう干《ひ》あがっていた。そして矢のようにまっすぐな樹幹《じゅかん》のあいだには、一種異様な、森の朝のむし暑さが、ただよっていた。それは太陽熱と露のいぶきと、こけの香りと、脂《やに》や、もみの葉や、きのこなどのにおいのまざりあったもので、こびるように、かるい失神をともないながら、五官にまつわりつくのである。ハンスはこけの中へ身を投げ出して、黒い、密生したこけももの木から、実をとって食べながら、あちこちできつつきが、木の幹をたたいているのや、しっと深いかっこうが鳴くのを聞いた。黒っぽい闇《やみ》になっている、もみのこずえのあいだから、一点のくもりもない紺碧《こんぺき》の色で、空がのぞいていた。遠くのほうまで、何千という垂直な樹幹が押しならんで、その末がおごそかな褐色の壁になっていた。そこかしこに、黄色い日ざしの斑点《はんてん》が、あたたかく、きらきら光りながら、こけの中へふりまかれていた。

じつをいうと、ハンスは遠くまで散歩するつもりであった――すくなくともリュッツエルのやしきか、サフランの草原まで。ところが今かれは、こけの中に寝て、こけももを食べて、ぼんやり宙に瞳《ひとみ》をこらしている。これほど疲れているのが、かれ自身にもふしぎになりはじめた。前には、三時間や四時間歩いても、まったくなんともなかったのである。かれは、気をとりなおして、長い道のりを行進することにきめた。そうして二、三百歩あるいた。すると、どうしてそうなるのか、自分でもわからぬうちに、早くもまたこけの中に横たわって、休息していた。かれはそのまま横になっていた。かれの目は、またたきながら、木の幹やこずえのあいだを縫ったり、緑色の地面をはったりしながら、あてもなくさまよった。この空気のせいで、こんなにだるくなるとは。

正午ちかく家にもどったとき、かれはまた頭痛がした。目も痛かった。森の小道で、太陽がじつにおそろしくまぶしかったのである。午後のなかばを、かれはむしゃくしゃした気持ちで、家の中のあちこちにすわりながら、すごした。水浴の時になって、やっとまた元気になった。もう町の牧師のところへゆく時刻であった。

途中で靴屋のフライクが、かれを見た——靴屋は自分の仕事場の窓べで、三脚に腰かけていたのである——そしてかれを呼び入れた。

「どこへ行くのだね、ハンス。ちっともすがたを見かけないね。」

「これから牧師さんのところへ行かなければならないの。」

「まだ行くのかい。試験はすんだのじゃないか。」

「ええ。こんどは別のことをやるんです。新約聖書をね。つまり、新約聖書はむろんギリシャ語で書かれているんだけれど、それがまたね、ぼくが習ったのとは、全然ちがったギリシャ語なんですよ。こんどはそれを習うことになってね。」

靴屋はふちなし帽を、ぐっとあみだにかぶりなおして、大きな、瞑想家《めいそうか》らしい額に、厚いしわをよせた。かれは重たくため息をついた。

「ハンス、」とかれは小声で言った。「きみに言っておきたいことがある。今までわたしは、じっとだまっていた——試験のことがあったからね。しかし今はきみに警告しなけりゃならない。というのはだね、あの牧師は不信者だということを、心得ておかないとだめだよ。聖書はにせもので、うそが書いてあるなんぞと、あの男は言うだろうし、そう言いくるめるだろう。だからきみがあの男といっしょに、新約聖書を読んだあかつきには、きみ自身、いつのまにか信仰をなくしてしまっているだろうよ。」

「でも、フライクさん、ギリシャ語だけの問題なんですよ。神学校に行けば、ぼくどっちみちそれを習わせられるんです。」

「きみはそう言うがね、しかし聖書の研究を、信心ぶかい、良心的な先生について、習うか、それとも、神さまを信じなくなっている先生について、習うか、それは同じことにはならないのだよ。」

「そうですか。でもあの牧師さんが、ほんとうに神を信じていないかどうか、それはわかりませんよ。」

「いや、ハンス、残念ながらわかっているのだ。」

「でも、ぼくはどうしたらいいんでしょう。ぼくもう、行くことに、牧師さんと話をきめてしまったんです。」

「それなら行くほかはあるまい。いうまでもないことだ。しかし、もしもあの男が聖書について、人間が作ったものだとか、うそが書いてあるとか、聖霊に感じたものじゃないとか、そういうことを言ったら、わたしのところへ来るのだよ。そしてふたりでその話をしようね。いいかい。」

「ええ、フライクさん。でも、きっとそんなにひどいわけじゃないと思います。」

「今にわかるさ。わたしのことを忘れなさるなよ。」

牧師はまだ帰宅していなかった。そこでハンスは、書斎で待たされた。本の標題の金文字をながめているあいだ、靴屋の親方の言った言葉が、かれを考えこませた。ここの牧師や、新時代的な僧侶《そうりょ》一般についての、ああした発言を、かれはもう何度となく聞いたことがある。このときはじめて、かれは緊張した、物めずらしい気持ちで、自分がこういうことがらへ、引きこまれてゆくのを感じた。靴屋が考えるほど、かれらが有力でおそるべき人間だとは、思えなかった。むしろかれは、古い大きな秘密をさぐる可能性が、ここにあることをかぎつけていた。小学生時代の初期には、神の遍在とかたましいのゆくえとか、悪魔と地獄とかいう問題に刺激されて、かれは途方もない瞑想にふけったことがある。しかしそんなことはみんな、最近のきびしい、いそがしい歳月のうちに、寝しずまってしまった。そしてかれの型通りのキリスト教的信仰は、靴屋と話し合っているときだけ、折にふれて目をさましては、個人的な生命を得るにすぎなかった。かれは、靴屋を牧師とくらべてみて、微笑せずにはいられなかった。靴屋の、つらい年月のうちに身につけた、きびしい剛気《ごうき》を、少年は理解できなかった。それにフライクは、かしこいながらも、単純なかたよった人間で、篤信《とくしん》ぶりのゆえに、多くの人からあざけられていた。祈禱《きとう》好きの仲間の集会では、厳格な、同胞としての審判者として、また聖書の有力な解説者として行動したし、また村々をまわって、礼拝をおこなうこともあったが、しかしふだんは、ささやかな職人にすぎず、ほかの連中と同じように眼界がせまかった。それに反して、町の牧師は、ものなれた、弁舌のすぐれた男であり、説教者であるばかりでなく、そのうえ、勤勉な厳格な学者でもあった。ハンスは畏敬《いけい》をこめて、蔵書の列を見あげた。

牧師はまもなく帰ってきて、フロックコオトをかるい黒い部屋着にかえると、この生徒に、ルカ福音書のギリシャ語によるテキストをわたしてから、読んでみろとうながした。前のラテン語の授業のときとは、様子がまるでちがっていた。ふたりはほんのわずかな文章を読んだだけだったが、その文章はきちんきちんと逐語的《ちくごてき》に翻訳されて、そのあと、先生はなんでもないような用例をもとにして、たくみに雄弁に、この言語の独特な精神を解明したり、この本の形成された時代と方式について語ったりして、このたった一時間のうちに、少年に、学習と読書についての、全く新しい概念をのみこませた。ハンスは、一々の詩句と単語のなかに、どんななぞと使命がかくされているか、遠い昔からこのかた、何千人という学者や瞑想家や探究者が、いかにこれらの問題と取り組んできたか、それがおぼろげにわかってきた。そしてなんだか、自分自身が、いまこのとき、真理探究者の仲間に加えられるのだというような気がした。

かれは辞書と文法書を一冊ずつ貸してもらって、なおその晩ずっと、自宅で勉強をつづけた。

そのときかれは、真の学問に達するには、どんなに多くの勉強と知識の山を越えねばならぬかを、感じた。そして、苦労しながらせっせと進んで行って、道ばたに何ひとつ残すまい、と覚悟をきめた。靴屋のことはさしあたり忘れられてしまった。

二、三日のあいだは、この新しい行きかたが、すっかりかれの心をとらえていた。毎晩かれは町の牧師のところへ出かけたが、日増しに真の学問というものが、いよいよ美しい、いよいよむずかしい、そしていよいよやりがいのあるものに思われてきた。朝早い時刻に、かれは釣りに出かけ、午後は水泳場の草原へ行ったが、そのほかはめったに家をはなれなかった。試験の不安と勝利のなかに埋もれていた名誉心が、ふたたび目をさまして、かれをじっとさせておかなかった。同時に、この数カ月間、何度も感じたことのある、異様な感じが、ふたたび頭のなかに動きはじめた。――それは苦痛ではなくて、はやめられた脈はくと、はげしくたかぶっている精力との、勝ちをいそぐような活動、せかせかと猪突《ちょとつ》するような前進欲であった。そのあとではもちろん、頭痛がやってくるが、しかしあの微妙な熱病がつづいているあいだは、読書も勉強もさっさとはかどるのだった。そんなときかれは、ふだんは小半ときもかかるような、クセノフォンのなかの、もっとも難解な文章をさえ、すらすらと読んでしまうし、そうなると辞書も全然いらないといってもよかった。そしてとぎすまされた理解力で、幾多のむずかしいペエジの上を、すばやく、楽しく、とぶように走って行った。この高まった勉学熱と知識欲とは、そんなとき、誇らしい自負心と出会うのであった——まるで学校も先生も修業時代も、すでに遠くすぎ去ってしまったような、そして自分はすでに独自の進路を、知能の頂上にむかって活歩しているような、そういう自負心なのである。

それがまたかれをおそった。と同時に、妙にはっきりした夢をともなう、浅い、とぎれがちな眠りもはじまった。夜中に、かるい頭痛を感じながら目をさまして、そのまま寝つかれなくなるとき、いつもかれは、前進しようというあせりにとらわれた。そして自分が同輩たちをどれほど追いこしてしまったか、またいかに先生や校長が、一種の尊敬、いや、嘆賞の念をこめて、自分をながめたか、それを考えるたびに、昂然《こうぜん》たる誇りを感じた。

校長にすれば、自分のめざめさせた、この美しい名誉心をみちびくこと、それが増大するのを見ることは、心からの楽しみであった。学校教師というものは、なさけ知らずで、枯れきった、たましいのなくなった、ゆうずうのきかぬ人間だ、などと言ってはいけない。決してそうではないのだ。ある子供の、長いことむなしく刺激されていた才能が、急にほとばしり出たり、ひとりの少年が、木剣とかぱちんことか弓とか、そのほかの幼稚なおもちゃ遊びをやめて、前進しようと努めはじめたり、勉強の重大さが、らんぼうな豊頬《ほうきょう》の子を、上品な、まじめな、ほとんど禁欲的な少年に仕立てたり、かれの顔が一段とふけて精神的になり、かれのまなざしが一段と深く、一段とねらいをはずさぬようになり、かれの手が一段と白く、静かになったりするのを見るとき、そういうとき、教師のたましいは、よろこびと誇りをおぼえて、笑うのである。かれの義務、そして国家からゆだねられた使命とは、年わかい少年のなかにある、粗野な力と本能的な欲望を、制御し根絶して、そのあとに、静かな、節度ある、国家的に認められた理想を植えつけることなのである。現在、満足した市民であると同時に、勤勉な官吏《かんり》となっている人たちで、もしも学校がわのそうした努力がなかったとしたら、定見もなく突進する改革者だとか、また成果もなく沈思する夢想家になったろうと思われるようなのが、どんなに多いことだろう。そういう人の心のなかには、何かがある。何か野性的なもの、無拘束なもの、文化以前のものがある。それをまず、粉砕しなければならない。それは危険な焔《ほのお》だ。それをまず消さなければ、ふみ消さなければならない。自然というものに作り出されたままの人間は、何かあてにならない、見とおしのきかない、危険なものである。そうかれは見知らぬ山からほとばしり出てきた河だ。そして道も秩序もない原始林だ。そうしてちょうど、原始林というものが、伐《き》り透《す》かされ、清掃され、かつ、むりやりに囲われなければならぬのと同様、学校は本能的な人間を、うちこわし、うちまかし、かつ、むりやりに囲わなければならない。学校の任務とは、そういう人間を、官憲の承認する原則にしたがって、社会の有用な一員とすること、そしてかれの中に、次のような特性をめざめさせることである。つまり、それの完全な養成を、やがて兵営の念入りなしつけが、さいごの仕上げとして完了するような、そういう特性なのである。

小さなギイベンラアトは、なんとみごとに発展したことか。うろついては遊びまわるくせを、かれはほとんどひとりでにやめてしまった。授業時間にばか笑いをするなどは、かれの場合、とうに一度もなくなっている。園芸をやったり、うさぎを飼ったり、やっかいな釣りに行ったりする習慣も、おとなしく廃してしまった。

ある夕方、校長先生がしたしくギイベンラアト家にあらわれた。かれが、気をよくした父親を、ていねいな調子で去らせたあと、ハンスの室《へや》にはいって行くと、少年はルカ福音書を見ながら、机にむかっているところだった。

「けっこうなことだ、ギイベンラアト、さっそくまた勉強だね。しかしなぜ、一向にすがたを見せないのかね。わしは毎日待ち受けていたのだよ。」

「ほんとはうかがうところだったのですけど、」とハンスはわびた。「でもせめて、いい魚を一ぴきおみやげに持って行きたかったので。」

「魚？　いったいどんな魚かね。」

「なに、鯉《こい》か何かです。」

「ああ、そうか。なるほど、きみはまた釣りをやっているのか。」

「ええ。ほんのちょっとです。父がゆるしてくれたもので。」

「ふん。そうか。釣りは大いにおもしろいかね。」

「ええ、そりゃあ。」

「けっこうだ。ほんとにけっこうだ。きみは正々堂々と休暇を楽しんでいいわけだからね。そうすると今はおそらく、そのかたわら勉強するような気は、あまりないだろうね。」

「ありますとも、校長先生。むろんありますよ。」

「しかしきみ自身気が向かないものを、むりにやらせたくはないね。」

「もちろん、ぼくは気が向いているんです。」

校長は二、三度ふかく息をついて、うすいひげをなでてから、椅子《いす》に腰をおろした。

「いいかね、ハンス。」とかれは言った。「こういう話なのだ。試験が非常に好成績だったあとにかぎって、突然その反動がおこることが多いのは、昔からよくあることだ。

神学校に行けば、いくつも新しい科目を、おぼえこまなければならない。ところで、神学校にはいつでも、休暇中に予習をすませた生徒が、何人かはいってくる——試験の成績がひとよりも悪かったような連中が多いのだがね。その連中がこんどは、休みのあいだ、成功に安んじて気をゆるめていた連中を追いこして、突然上位に進出するわけだ。」

かれはまたため息をついた。

「きみはここの学校なら、首席でいるのは、実際ぞうさもないことだった。しかし神学校となると、別の同級生がいる。みんな才能にめぐまれた、または非常によく勉強する人たちばかりで、そうやすやすと人に追いぬかれはしないのだ。きみ、わかるかい。」

「わかりますとも。」

「そこでわしは、この休み中にすこし予習しておくことを、きみに提案しようと思ったわけさ。いうまでもなく、適度にな。きみは現在、思いきって休養をとる権利と義務がある。まあ、一日に一時間か二時間ぐらいが、適当なところだろうと、わしは考えたのだがね。そうしないと、とかく脱線しやすいし、あとでまた順調に進むまでには、時間がかかるからね。きみはどう思うかね。」

「ぼくよろこんでやろうと思います、校長先生。もしやってくださるんでしたら……」

「よろしい。ヘブライ語のつぎに、神学校では、とくにホオマアが、新しい世界をひらいてくれるだろう。今のうちから、しっかりした基礎をきずいておけば、きみはホオマアを二倍の楽しみと理解力で、読むようになると思う。ホオマアの言葉、つまり古いイオニアの方言と、ホオマア式の韻律というものは、まったく一種特別なもの、まったく独立したものでね、この文芸作品をそもそもほんとうに味わおうと思ったら、勤勉に徹底的に読む必要があるのだ。」

もちろんハンスは、この新しい世界にも、よろこんで突入する覚悟であった。そして最善をつくすことを約束した。

しかしいやなことが、まだ待っていた。校長はせきばらいをして、あいそよく言葉をつづけた。

「正直にいうと、数学のために二、三時間さく気があれば、なおけっこうだと思うのだがね。きみは決して計算がへたというわけではない。それでもきみは今まで、ともかく特に数学が得意ではなかったね。神学校に行くと、代数と幾何《きか》をはじめなければならないのだよ。だから、二、三の予備的な授業を受けておくのは、たしかに当《とう》を得たことだろうな。」

「はい、校長先生。」

「わしのところなら、いつ来てもいい。それはもうわかっているね。きみが有能な人間になるのを見るのは、わしにとって名誉なことだ。しかし数学のことについては、どうしてもお父さんにおねがいして、担当の先生のところで、個人教授を受けさせてもらうように、しなければなるまい。まあ、一週間に三時間乃至《ないし》四時間というところだね。」

「はい、校長先生。」

さて勉強はまた、好ましいかぎりの繁栄を見せていた。そしてハンスは、ときおり一時間ばかり、釣りに行ったり、散歩してまわったりするたびに、何かうしろぐらい気持だった。いつもの水浴の時間を、ぎせい的な数学教師は、かれの授業時間としてえらんだ。

代数の時間は、いくら勉強しても、ハンスにはおもしろいとは思えなかった。暑い午後のさなかに、水浴場の草原へ行くかわりに、先生のあたたかい部屋へ行って、ほこりっぽい、蚊のうなりにみたされた空気を吸いながら、疲れた頭とひからびた声で、AプラスBだとか、AマイナスBだとかとなえるのは、なんとしてもつらいことだった。そんなとき、空気のなかには、何かしびれさせるようなもの、ひどくおさえつけるようなものが、よどんでいて、それが、ぐあいの悪い日には、さびしさと絶望に変わりかねないのであった。数学について、かれはもともと妙な経験をもっていた。数学の正体がつかめなくて、それを理解することができない、そういう生徒にかれは属してはいなかった。時としてはりっぱな、いや、気のきいた解答を見つけることがあって、そういうときは、その解答にかれなりの喜びを感じたのである。なんらのとまどいも、なんらのまやかしもないし、本題からそれて、人をまよわすような、隣接の分野にはいりかけたりする可能性も、まったくないということ、そこが数学のいいところだ、とかれは思っていた。同じ理由で、かれはラテン語がじつに好きだった。というのは、この言語が明白で的確で、あいまいな所がなく、ほとんどなんの疑問も残さぬからである。しかし計算をしていて、たとえすべての答えが合っていても、やはりじつはその場合、なんの成果も生まれてはこなかった。数学の勉強や授業時間が、かれには、平坦な国道を行くときのように思われた。たえず前進して行くし、毎日、きのうまだわからずにいたことが、わかってくる。しかし突然ひろい眺望がひらけるような山へは、決してのぼることがないのである。

校長宅での授業のほうは、いくぶんか活気があった。なるほど町の牧師は、校長がホオマアの若々しくはつらつとした言語から作り出すよりも、はるかに魅力的な豪華なものを、新約聖書のギリシャ語から作り出すことを、たしかに心得てはいた。しかし問題は、なんといっても結局はホオマアだった。ホオマアの場合は、最初のむずかしさのすぐ次に、早くも意表外なものや、楽しいものが、とび出してきて、抗しがたく先へ先へといざなってゆくのである。たびたびハンスは、神秘的に美しいひびきをもつ、難解な詩句を、ふるえるほどのいらだちと緊張にみたされて、前にしながら、しずかな、はれやかな花園をひらいてくれるかぎを、辞書のなかに見つけるのを、いくら急いでもまに合わないような気がするのであった。

宿題がこれでまた、ずいぶんたまった。だからかれはまた幾晩も、何かの課題と四つに組んだまま、おそくまで机にむかっていた。父ギイベンラアトは、この勉強ぶりを見て、誇りを感じた。かれの鈍重な頭のなかには、多くの頑迷な人たちのもつ、あの理想が、漠然と生きていた。つまり、自分の幹から出た枝が、自分を追い越して、自分が漠とした敬意であがめている高みへと、のびてゆくのを見る、という理想なのである。

休暇の終りの週になると、校長も牧師も、突然また、めだっておだやかな、いたわるような態度を見せた。かれらは少年を散歩に行かせ、授業を中止したうえ、かれがせいせいした、元気な気持ちになって、新しい進路をふみはじめるのが、どんなに大切であるかを、力説した。

なお二、三度、ハンスは釣りに出かけた。ひどい頭痛がするので、かれはろくに気もくばらずに、河岸にすわっていた。河はいま、うす青い初秋の空を反映していた。いったいなぜあのころ、あんなに夏休みが来るのを楽しみにしていたのか、かれにはわからなくなっていた。今になるとかれは、休みが終わって、神学校へ行くのを、むしろうれしいと思った。そこではまったくちがった生活と勉学がはじまるはずなのである。関心がまるでなくなったので、かれはもうどんな魚もとらなくなった。そして父親があるとき、そのことで冗談をとばしたら、それなりハンスは釣りにゆくのをやめた。そして自分の釣り糸をまた屋根部屋へしまいこんだ。

休みもあと二、三日というときになってはじめて、ハンスは突然、あれなり何週間も、靴屋フライクを訪ねずにいたことを、思い浮かべた。今もかれは、フライクを訪問するように、むりに自分を強いなければならなかった。行ったのは夕方で、親方は、両ひざに小さな子をひとりずつのせたまま、居間の窓ぎわにすわっていた。窓があけ放してあるのに、革と靴ずみのにおいが、住居じゅうに行きわたっていた。ばつの悪い気持ちで、ハンスは、親方のかたい、はばのひろい右手をにぎった。

「よう、どうしているね。」と親方は聞いた。「せっせと牧師さんの所へ行ったかね。」

「ええ、毎日行って、いろんなことを習った。」

「どんなことをさ。」

「おもにギリシャ語。でもほかにもいろいろと。」

「しかもわしの所へは、一向くる気がしなかったわけか。」

「来る気はたしかにあったんですよ、フライクさん。でも、なかなかその暇がなくってね。牧師さんの所で毎日一時間、校長の所で毎日二時間、それから一週間に四度も、数学の先生の所へ行かされたんです。」

「今、休みだというのに？　そりゃむちゃだ。」

「ぼくにはわかりません。先生たちがそういう意見なんでね。それに、ぼく勉強をつらいとは思いませんから。」

「そうかもしれん。」とフライクは言って、少年の腕をつかんだ。「勉強のことは、それでいいだろう。しかしおまえさんは、このとおり、なんという細っこい腕をしているんだ。それに顔もこんなにやつれてさ。おまけに頭も痛いのかい。」

「ときどきはね。」

「これはむちゃだよ、ハンス。おまけに罪悪だ。おまえさんの年ごろには、充分な空気と運動と、それから正しい休息が必要だ。なんのために、おまえさんは休暇をもらっているんだね。まさか部屋にとじこもったり、勉強をつづけたりするためではあるまい。おまえさんはまったく、骨と皮ばかりじゃないか。」

ハンスは笑った。

「そりゃもちろん、おまえさんはきっと、がんばりとおすだろうさ。しかしね、やりすぎはやりすぎだ。ところで牧師さんの所の課業だが、どんなふうだったのかね。牧師さんは、どんなことを言ったかい。」

「言ったことは、いろいろ言ったけど、なんにも悪いことは言いませんでしたよ。」

「聖書について、不敬な言葉を使ったことは、一度もなかったかい。」

「いいえ、ただの一度も。」

「そりゃけっこうだ。つまり、はっきり言っておくがね、おのれのたましいをそこなわんよりは、むしろ十度《とたび》も肉体をほろぼすに如《し》かず、ということだ。おまえさんは行く行く牧師になろうとしている。それは貴重な、そして重大な役目だ。それには、おまえがた若い人間の大多数とは、ちがった人間が必要なのだ。おそらくおまえさんは、適任者だろう。そうしていつかは、たましいを救い教える人になるだろう。わしは心からそれを念じているし、そうなるように祈るつもりだ。」

かれは立ちあがって、こんどは少年の肩に、しっかりと両手をのせた。

「ごきげんよう、ハンス。いつまでも善の世界をはなれるなよ。主《しゅ》がおまえを祝福し守護したまわんことを、アアメン。」

おごそかな調子と祈りと、標準ドイツ語での話しぶりが、少年にとっては、重くるしく、気づまりであった。町の牧師は、別れるときに、こんなようなことは、何ひとつ言わなかったのである。

いろいろな準備やいとまごいで、その数日は、早足であたふたと過ぎて行った。寝具、衣服、肌着類、そして書物なぞを入れた大箱は、すでに発送ずみで、こんどはなお旅行カバンが詰められた。そしてある涼しい朝、父と子はマウルブロンへと旅立った。ふるさとを見すて、生家を出て、見知らぬ学校へ引き移るのは、やっぱり奇妙で、気の重くなることだった。

第三章

州の北西部に、森の多い丘陵と、小さいしずかな湖水とにはさまれて、大きなシトオ派教団の修道院、マウルブロンがある。宏荘《こうそう》に堅固《けんご》に、そして昔ながらのすがたで、このいくつかの美しい古い建物は立っている。そして心をさそうような住居だと言ってもいいであろう。なぜなら、内側から見ても、外側から見ても、この建物は壮麗である。そして幾世紀ものあいだに、しずかな美しさをもつ、緑色の周囲と、気高《けだか》く、はなれがたくとけ合ってしまった。この修道院をおとずれようとする者は、だれでも、高い塀についている、画《え》のような門をとおって、ひろい、非常にしずかな広場に出る。そこには噴泉がわいている。そして古い、おごそかな木々がそこにならんでいるし、両側には、古い石造の堅固な家々が、背景には、中央会堂の正面が、楽園という名の、典雅な、いとも好ましい美しさをもつ、後期ロマネスク式の玄関を見せながら、立っていた。会堂の巨大な屋根には、針のようにとがった、おどけた味のある、小さな塔がまたがっている。これにはどうやって鐘をつけるべきなのか、それがわからないのである。無傷の回廊は、それ自体が美しい建築物だが、珠玉として、噴水のついた礼拝堂をもっている。

たくましく気高い交叉《こうさ》アアチのついた、僧侶《そうりょ》用の食堂、さらに祈禱室《きとうしつ》、談話室、俗人用の食堂、院長の住宅、それからふたつの祈拝堂が、堂々と立ちつらなっている。画のような外壁、出窓、門、小さな庭園、水車場、住宅などが、のどかに、はれやかに、このどっしりした、古い建物をとりまきながら飾っている。ひろい前庭はしずかに、がらんとして横たわりながら、眠ったままで、木々のかげをもてあそんでいる。ただ、正午をすぎると、この広場いっぱいに、あわただしい、外見だけの活気が見られる。その時刻には、一群の若い人たちが、修道院から出てきて、ひろい平面の上にちらばると、いくらかの動きとさけびと、会話と笑い声をもたらしながら、たとえば球《たま》あそびなぞもするが、その時刻が終わると、すばやく、あとかたもなく、壁のむこうに消えてしまうのである。この広場では、すでに幾多《いくた》の人々が、ひそかにこう考えた――ここは、本来なら、大きな生命とよろこびの生まれる場所だ、ここなら、何かはつらつとしたもの、人を幸福にするものが、育っていいはずだ、ここなら、円熟した善良な人たちが、よろこばしい思想をいだいたり、美しい、はれやかなわざをおこなったりするにちがいあるまい――と、そう考えたことがある。

久しい以前から、このすばらしい、世間を遠くはなれた、丘陵と森のうしろにかくれている修道院は、美と静けさが、感じやすい若い心をつつむようにというので、新教の神学校の生徒たちに、ゆずり渡されたのである。それと同時に、それらの若い人たちは、都市や家庭生活の、気を散らすような影響から遠ざけられて、実際的な生活の有害な光景から、守られているわけであった。このため、少年たちに多年のあいだ、ヘブライ語やギリシャ語や、いろいろな副科目の研究を、大まじめで生涯の目的だと思わせることができるし、若いたましいの渇望のすべてを、純粋な、観念的な研究と享楽に、むかわせることができるのである。さらにそこへ、重要な因子として、寄宿生活、自己教育への強制、団結の感情が加わってくる。この神学校生徒たちの、生活費と学費をまかなっている財団は、この手段によって、その子弟たちが、ある特殊な精神のにない手となって、その精神でかれらが、後年いつでも見分けられるように、配慮してきたわけで――これは一種の巧妙で確実な烙印《らくいん》なのである。ときどきふと逃げ出してしまう、らんぼう者は別として、じっさい、シュワアベン州の神学校生徒のひとりひとりが、一生涯、その正体をかくすことはできないのである。

だれでも、神学校へ入学したときに、まだ母親をもっていた者は、一生、その日々のことを、感謝の念と、ほほえましい感動をこめて思い出す。ハンス・ギイベンラアトは、その例にもれていた。だからなんの感動もなしに、それをのりこえてしまった。しかしかれはそれでも、数多くのよその母親たちを、観察することができた。それで奇妙な印象を与えられた。

壁戸棚がいくつもついてる、大きな廊下——いわゆる寝室には、あちこちに大箱やかごがおいてあった。そして両親につきそわれている少年たちは、持物の荷をほどいたり、かたづけたりで、いそがしかった。めいめいが番号のついた戸棚と、それから学習室では、番号のついた書架《しょか》とを、指定された。むすこたちと父親たちは、荷をほどきながら、床にひざをついていた。そのあいだを縫って、学僕が王侯のごとく歩きまわりながら、ここかしこで、好意ある忠言を与えていた。取り出された衣服がひろげられ、シャツがたたまれ、書物が積みあげられ、靴とスリッパがきちんとならべられた。装備はだれのを見ても、おもな点では、みな同じだった。持参すべき肌着類の最小限と、そのほかの身のまわり品の重要なものは、きめられていたからである。名前を彫りつけた、ブリキの洗面器が出てきて、洗面所におきならべられた。海綿、石けん箱、くし、そして歯ブラシが、そのわきにおかれた。さらにめいめいが、ランプと石油入れと、ひとそろいの食器とを持参していた。

少年たちは、ひとり残らず、きわめて多忙で、かつ興奮していた。父親たちは微笑しながら、手つだおうとしてみたが、何度も懐中時計を見ては、かなり退屈を感じて、逃げ腰になっていた。しかしこの活動全体の中心は、母親たちであった。ひと品ずつ、衣類や下着を手に取って、しわをのばしたり、ひものぐあいを直したりしてから、それらの品々を、念入りに十分吟味しながら、できるだけきれいに、かつ便利なように、戸棚のあちこちにしまった。訓戒《くんかい》や忠告や愛情の言葉が、それに添えられた。

「この新しいシャツは、とくべつ大事にしなければね。三マルク半もしたんだからね。」

「肌着は月に一度ずつ、鉄道便で送るんだよ――急ぎのときは、郵便でね。黒い帽子は日曜日だけにかぶるのよ。」

ふとった、ゆったりした婦人が、高い大箱に腰かけながら、むすこにボタンの縫いつけかたを、教えていた。

「うちが恋しくなったらね、」とどこかほかの所で、話す声があった。「そうしたら、構わずわたしの所へ、手紙をお書きよ。クリスマスまでといっても、そうひどく長いことはないじゃないの。」

ひとりのきれいな、まだ年若な婦人が、小さいむすこの、いっぱい詰まった戸棚を、ながめわたしながら、愛撫《あいぶ》の手で肌着類の小さな山と上着とズボンをなでていた。それがすむと、自分の坊や――肩幅のひろい、豊頬《ほうきょう》の子を、さすりはじめた。かれは恥ずかしがって、てれたように笑いながら、身をかわしたうえ、めめしい所を断じて見せまいとして、両手をズボンのポケットにつっこんだ。別れを悲しんでいるのは、かれよりも母親のほうらしかった。

ほかの少年たちの場合は、それが逆だった。かれらはせわしげな母親たちを、なにもせずに、途方にくれたまま、見つめていた。そしてなんだか、またいっしょに帰郷したくてならないような様子に見えた。しかしどの少年の心にも、別離へのおそれと、かきたてられた愛着と思慕の感情とが、人前だというはずかしさと、最初の男性意識からくる反抗的な権威感とを相手に、はげしくたたかっていたのである。泣き出したくてたまらぬのに、わざわざのんきそうな顔をして、ちっとも心を痛めてなぞいないようなふりをする者が、ずいぶん多かった。そして母親たちは、それを見て微笑していた。

ほとんどすべての少年が、自分の箱から、必要品のほかに、なおまた、一、二のぜいたく品を取り出した――ひと袋のりんご、燻製《くんせい》のソオセエジ、ひとかごのビスケット、といったようなものである。多勢《おおぜい》がスケエト靴をもってきていた。小柄の、ずるそうに見える、ひとりの少年は、すこしも切ってない大きなハムを持っていることで、大評判になった。それをかれはまた、ちっとも隠そうとしなかったのである。

どういう少年たちが、直接に家からやってきたか、そしてどういうのが、前にもすでに塾や寄宿舎にいたことがあるか、それはわけなく見わけがついた。しかし後者の様子にも、興奮と緊張がみとめられた。

　ギイベンラアト氏は、荷をほどくときに、むすこに手つだってやった。そしてそういうとき、かれの行動は、要領がよくて実際的だった。かれはたいていのほかの連中よりも、はやくその仕事をすませてしまって、しばらくのあいだ、ハンスといっしょに、退屈そうな、途方にくれた様子で、寝室のあちこちに立ちつくしていた。四方八方に、訓戒したり教えたりする父親たち、なぐさめたり忠言を与えたりする母親たち、そして不安げに耳をかたむけているむすこたちが見えるので、かれもまた、自分のハンスのために、二、三の貴重な言葉を、人生行路へのはなむけにするのが、当《とう》を得たことだと考えた。長いこと熟慮してから、かれは悶々《もんもん》として、無言の少年とならんで、足音を立てずに歩きまわっていたが、やがて突然、切り出した。そして荘重な文句をあつめた小さな金言集を、あらわして見せた。ハンスは、とまどったように、だまって聞いていたが、しまいに、そばにいたある牧師が、父親の言葉を聞いて、おもしろそうに微笑するのを見た。すると恥ずかしくなって、かれは話している父を、わきのほうへつれて行った。

「じゃ、いいね。家族の名をあげてくれるだろうね。目上の人たちのいいつけを守るだろうね。」

「ええ、もちろんですよ。」とハンスは言った。

父親はだまった。そしてほっとしたように息をついた。かれは退屈になりはじめた。ハンスもかなり手持ちぶさたな気持ちで、あるいは不安な好奇心をこめて、窓ごしにしずかな回廊を見おろしたり——この回廊の古風に浮世ばなれした気品と静けさは、階上でざわざわしている若者たちと、奇妙な対照をなしていた——あるいはこわごわ、まだひとりも顔見知りのいない、いそがしそうな同輩たちを観察したりしていた。あのシュツットガルトでの受験仲間は、洗練されたゲッピンゲンのラテン語にもかかわらず、合格しなかったらしい。すくなくともかれのすがたは、どこにも見えなかった。たいしてものを考えずに、ハンスは、未来の同級生たちをながめていた。すべての少年たちが、装備の種類と数の点では、よく似たようなものだったとはいえ、それでも都会出の者と農家の子弟、裕福な者とまずしい者との見わけは、すぐについた。金満家のむすこたちは、めったに神学校には来なかった。これは一方、両親の自尊心または一段とふかい見識、他方、子供たちの天分にもとづくことなのである。とはいえやはり、教授や高級官吏で、自分自身の修道院時代を思いだしながら、子弟をマウルブロンへ送る人がずいぶん多かった。そういうわけで、四十着の黒い小さい上着のなかには、布地と型からみて、さまざまなちがいが見られた。そしてそれ以上に、若い人たちは、作法や方言や態度の点で異なっていた。そこには、ぎごちない手足をもつ、やせたシュワルツワルト人、淡い金髪で口の大きな、元気のいい、高山地方の出身者、のびのびした、はれやかな身ごなしの、活発な低地出身者、さきのとがった靴をはいて、みだれた――というのはつまり、洗練された方言を話す、優雅なシュッツットガルト出の生徒たちがいた。これらの若い俊英の、ほとんど五分の一は、めがねをかけていた。あるひとりは――やせぎすで、典雅なくらいの、シュッツットガルト出の甘えっ子だが――硬い上等のフェルト帽をかぶっていて、身ごなしが上品だったが、その風がわりな飾りが、いま第一日からすでに、同輩中のあつかましい連中に、今にからかってやろう、いじめてやろう、という気持ちをおこさせた、ということを、かれは夢にも知らなかった。

ふつうより鋭い傍観者なら、この内気な小集団が、州の青年層から決していいかげんに選抜されたものでないことが、よくわかるはずであった。遠くからでも、つめこみ教育を経てきたことがわかるような、平凡な連中のほかに、なめらかな額《ひたい》の奥に、高貴な生命がまだ半分ゆめを見ながら、宿っているらしい、感じやすい若者たちもいれば、はね返すように毅然《きぜん》とした若者たちもいたのである。おそらくは、あの悪がしこくて強情な、シュワアベン式な頭の連中のだれかれが、その中にまじっていたであろう。その連中は、ときどき、時勢につれて、広い世間の真ん中へ進み出て、自分たちのつねにいくらかそっけない、わがままな思想を、新しい強力な組織の中心点にしてしまったわけである。なぜならシュワアベンは、自州と世界に、しつけのいい神学者たちを供給しているばかりか、すでに幾度も、りっぱな予言者、もしくはまた異端者のみなもとをなしている、あの哲学的瞑想《めいそう》の伝統的な能力をも、ほこらかに駆使しているからである。そういうわけで、このみのり豊かな州は、その政治的に偉大な伝統こそ、ずっと昔のものだとはいえ、すくなくとも神学と哲学という、精神的な分野では、今なお、独自の確実な感化を、世界に及ぼしている。それとならんで、民衆の胸には、なおまた昔から、美しい形態と夢幻的な詩を楽しむ心がひそんでいる。そこからときどき、かなりすぐれた詩人や文人が、生まれてくるのである。

マウルブロン神学校の制度や風習のなかには、うわべだけ見ると、シュワアベン的なものは、何ひとつ感じられなかった。むしろ修道院時代から生き残っている、ラテン語の名称のほかに、なお幾多の古典的なレッテルが、ちかごろ貼《は》りつけられた。生徒たちの振りあてられた部屋部屋の名は、フォオルム、ヘラス、アテネ、スパルタ、アクロポリスというのであった。そして最小の最後の部屋が、ゲルマニアと名づけられているのは、どうも、ゲルマン的な現在を変じて、できるだけ、ロオマ・ギリシャ的な過去にしてしまうのが、当然だ、ということを暗示しているようだった。とはいえ、これもやはりほんのうわべだけの話で、ほんとうはヘブライ語の名前のほうが、もっとふさわしかったかもしれない。そんなわけで、じっさい陽気な偶然の結果として、アテネという部屋には、決して、ごく寛大な、ごく雄弁な人たちでなく、ちょうど数人の真正直な退屈な連中を、居住者としてむかえたし、またスパルタには、軍人や禁欲者ではなく、一群の快活なずうずうしい生徒が住んでいた。ハンス・ギイベンラアトは、九人の同級生とともに、ヘラスという部屋をわりあてられた。

かれはその晩はじめて、その九人といっしょに、冷たい、殺風景な寝室に歩み入って、自分のせまい学生ベッドに身を横たえたとき、やはり一種異様な心持ちだった。天井から、大きな石油ランプがつりさがっていて、その赤い火《ほ》かげで、みんなは着物をぬいだ。そして十時十五分に、学僕がランプを消した。さてそこに、めいめいがずらりと横にならんで寝ていた。ベッドとベッドのあいだには、衣服をのせた小さい椅子《いす》が、おいてあった。柱にはひもがつりさげてあった。これを引いて、朝の鐘を鳴らすのである。少年たちのうち、二、三人は前からの知り合いで、ふたことみこと、ささやきの言葉をかわしていたが、それもまもなくやんでしまった。ほかの連中は、たがいに面識がなかった。そしてめいめい、やや重苦しい気持ちで、死んだようにしずかに、めいめいのベッドに横たわっていた。寝ついた者たちは、ふかい寝息をひびかせていた。または、眠りながら腕を動かして、リンネルのかけぶとんを、がさごそ言わせる者もあった。まだ目をさましている者は、みんなじっとしていた。ハンスは長いあいだ寝つかれなかった。隣りの者の呼吸に耳をすましていたが、しばらくすると妙に不安そうな物音が、ひとつおいて隣りのベッドから、聞こえてきた。そこにはだれかが横になったなり、ふとんを頭からかぶって、泣いていたのである。そしてこのかすかな、まるで遠くからひびいてくるような、しのび泣きの声は、ハンスの心を妙にかきたてた。かれ自身は郷愁なぞ感じていなかった。しかし故郷でつかっていた、あのしずかな小部屋のことを考えると、悲しかった。そこへさらに、心もとない新事態と、多くの仲間たちとに対する、こころぼそい怖《おそ》れが、加わってきた。まだ真夜中になってはいなかったが、もうこの部屋には、だれひとり目をさましている者はなかった。次々と横にならんだまま、若い眠り手たちは、縞模様《しまもよう》のまくらに頰《ほお》をおしつけながら、悲しそうなのと意地っぱりなのも、快活なのと臆病なのも、みんな同様の、甘い、安らかな休息と忘却に支配されながら、横になっていた。古い、とがった屋根や塔や出窓や、小さな尖塔《せんとう》や胸壁を見おろしつつ、青白い半月がのぼってきた。その光は、蛇腹《じゃばら》やしきいのところにたゆたい、ゴシック風の窓や、ロマネスク式の門の上をながれ、そして淡い金色になって、回廊についている噴水の、大きな、気高い水盤のなかで、ふるえた。いくつかのうす黄色い縞と光の斑点《はんてん》とが、へラス班の寝室のなかへも、三つの窓をとおしてさしこみながら、むかし僧侶仲間の夢に寄りそったのと、同じ親しさで、まどろむ少年たちの夢に、寄りそっていた。

あくる日、おごそかな入学式が、祈禱室でおこなわれた。教師たちは、フロックコオトすがたで立っていた。校長が式辞をのべた。生徒たちは、考えこんだように、背をまるめながら、椅子に腰かけていた。そしてときどき、ふりかえっては、さらにうしろの席にいる両親のほうを、ぬすみ見ようとした。母親たちはじっと考えながら、そしてほほえみながら、むすこたちを見つめていた。父親たちは胸を張ったなり、演説に聞き入っていて、おごそかな、決然とした様子に見えた。誇らしい、けなげな感情と、美しい希望とが、かれらの胸をふくらませていた。そしてただのひとりも、自分はきょう自分の子を、金銭上の利得の代償として、売りに出すのだ、なぞと考える者はなかった。最後に生徒たちは、次々に名を呼びあげられて、列の前へ歩み出て、校長から宣誓の握手でむかえられ、かつ、責任を負わされた。それと同時に、かれは、もしりっぱな行状をつづけるなら、生涯を終えるまで、国家の手で、何不自由なく安穏《あんのん》にすごさせてもらうことになったわけである。そうさせてもらうためには、おそらく相当のぎせいが必要だ、ということを、父親たちと同じく、かれらもだれひとり考える者はなかった。

かれらにすれば、父母に別れを告げねばならぬ瞬間のほうが、はるかに深刻で感動的な気がした。父母たちのある者は徒歩で、ある者は郵便馬車で、ある者は大急ぎでつかまえた乗りもので、とりのこされたむすこたちの目から、すがたを消した。ハンカチが、なお長いあいだ、おだやかな九月の空気を切って、ひるがえっていた。結局、去ってゆく人々は、森に迎え入れられた。そしてむすこたちは、だまって、沈みがちに、修道院へもどって行った。

「さあ、これで御両親がたは、行ってしまいなさったね。」と学僕が言った。

それからみんなは、顔を見かわして、たがいに知り合いになりはじめた――最初は各室の者同士で。かれらはインキつぼにインキを、ランプに石油をみたしたり、書物やノオトを整理したりして、新しい部屋を居心地よくしようとした。同時に物めずらしそうに、たがいの様子をながめ合って、会話をはじめて、たがいに出身地や今までの学校のことを、たずね合って、いっしょに大汗をかいた試験の思いで話をし合った。あちこちの机をかこんで、雑談のむれができた。ここかしこで、少年らしい明るい笑いが、いきおいよくとび出した。そして晩がたになると、同室者たちはもう、航海が終わったときの船客同士よりも、ずっと親しい仲になっていた。

ハンスとひとつ部屋のヘラスにはいっている九人の仲間のうち、四人は特徴のある人物で、あとは多少とも平々凡々の組だった。そこでまず最初がオットオ・ハルトナアだった。シュツットガルトの大学教授のむすこで、天分もありおちつきもあり、自信もあり、態度も申しぶんがなかった。肩幅がひろく、堂々たるからだつきだし、上等の身なりをしていた。そしてしっかりした、力づよい物腰で、同室の者を威圧していた。

次はカアル・ハアメルで、アルプス地方のささやかな村長のむすこだった。かれをよく知るのには、それだけでも多少の時間がかかった。というのが、かれは矛盾だらけな人間で、うわべのむっつりした殻《から》を、めったに破ることがなかったからである。破ったとなると、情熱的で、放縦《ほうしょう》で、しかも暴力的だった。しかしいつでも、すぐにまたこそこそと、自己のなかへもどってしまった。そしてそうなると、かれは冷静な観察者なのか、それとも陰険な男にすぎないのか、そこがわからないのであった。

それほど複雑ではないが、人目に立つ人物は、ヘルマン・ハイルナアで、これはシュワルツワルト地方の良家の出だった。もう第一日から、かれは詩人で文学好きだということが、知れてしまった。そして州試験のとき、かれは作文を六脚韻でつづったのだ、という風説がおこなわれていた。かれは大いに、しかもはつらつと語ったし、美しいバイオリンを持っていた。そしてその本質を表面に現わしているように見えた。それは主として、感傷とかるはずみとが、少年らしくなまのまま、まざり合ったものでできているのであった。とはいえ、かれはもっと底のほうに、もっと深いものも持っていた。身心とも年齢以上に発達していて、すでに試験的に、独自の進路を歩みはじめていたのである。

しかしヘラス室のもっとも特殊な住人は、エミイル・ルツィウスだった。得体のしれない、淡いブロンドの小男で、老いた百姓のように、ねばりづよく、勤勉で、ぶあいそうだった。未完成なからだつきや顔つきなのに、少年だという印象は与えず、もうこれなりどこを変えることもできないかのような、大人めいたおもむきを、いたる所にそなえていた。いきなり最初の日から、一方でほかの連中が退屈したり、雑談したり、たがいになじみになろうとしているときに、かれはだまって泰然として、何か文法の本を読みながらすわっていて、耳を親指でふさいだまま、まるで失われた年月を、とりもどさねばならぬとでもいうように、一心不乱に自習していたのである。

この無口な変わり者の術策は、ようやく徐々に見やぶられて、かれがじつにずるがしこいしわん坊で、利己主義者だということがわかった。その結果、そういう悪徳をおこなう、かれの完全な手ぎわが、かえって一種の尊敬、またはすくなくとも寛容を、かちえたほどであった。かれは狡猾《こうかつ》な倹約法と収益法をもっていて、その要領のいいやりかたが、一々ほんのすこしずつ正体を見せて、みんなをあきれさせた。その手はじめは朝早く起床のときに、ルツィウスが洗面所へ、まっさきにはいるか、または最後にはいることだった。それは、他人のタオルを、おそらくは石けんをも使って、自分の持物は使わずにおくためなのである。こうしてかれは、自分のタオルがいつでも、二週間かそれ以上も、もつようにすることができた。ところが、タオルは一週間ごとに、とりかえなければならなかった。そして月曜日の午前ごとに、学僕がしらが、その点検をおこなった。そこでルツィウスも、月曜の朝にはかならず、新しいタオルを、番号のついた自分の釘《くぎ》にかけておいたが、しかし昼休みになると、それをまた取りこんで、きれいにたたんで、箱の中へもどしたあと、その代りに、大事に使った古いのを、かけておくのだった。かれの石けんは、固くて、あまり泡が出なかった。そのかわり何カ月ももった。だからといってしかし、エミイル・ルツィウスは、決しておろそかななりをしていたわけではなく、いつも身ぎれいな様子で、うすいブロンドの髪を、念入りにくしけずって、分けていた。そして下着や衣服を、きわめて大事にあつかった。

洗面がすむと、朝食である。朝食には、コオヒイが一ぱい、砂糖が一個、それに小麦パンがひときれ出た。大多数の者は、それで充分とは思わなかった。若い人たちは八時間ねむったあと、はげしい朝の空腹をおぼえるのが、普通である。ルツィウスは満足だった。毎日出される砂糖を、食べずにたくわえておいた。そしてたえずその砂糖の買手を見出《みいだ》した――砂糖二個を一ペニヒ、または二十五個をノオト一冊に代えたのである。

晩になると、かれが高価な石油を節約するために、好んで他人のランプの火《ほ》かげで勉強したのは、言うをまたない。そのくせかれは、決してまずしい両親の子ではなく、何不自由のない世帯《しょたい》から出ていた。いったい、ごくまずしい人々の子供というものは、やりくりをつけたり、倹約したりすることを、めったに心得ていない。むしろ、持っているだけを、いつも使ってしまって、貯蓄ということなぞ知らないものなのである。

エミイル・ルツィウスは、しかしその方式を、物品の所有と具体的な財貨に、押し及ぼしただけでなく、精神の領域でも、できるかぎり、利益を得ようとこころみた。その場合かれは、あらゆる精神的な所有は、相対的な価値しかもっていない、ということを忘れないほど、賢明であった。それゆえ、耕作しておけば、後日の試験のときに実を結びそうな、そういう科目だけを、ほんとうに身を入れて勉強した。そして凡庸《ぼんよう》な平均点に甘んじた。自分の学習と成績を、かれはいつでも、同級生の成績を目安にして、測った。そして二倍の知識を得て、第二位になるよりも、むしろ半分の知識で第一位になるほうがいいと思っていた。だから晩になって、仲間たちがいろんな娯楽や遊戯や読書にふけっているとき、いつでも無言で机にむかって勉強している、かれのすがたが見られた。ほかの連中がさわいでも、かれは一向平気だった。それどころか、時には、うらやまずにおもしろがっているようなまなざしを、そっちへ投げるのであった。何しろ、もしほかの連中もみんな勉強したとすれば、かれの苦労はむろん利潤を生まないことになるからである。

こんなふうに、いろいろずるいことや要領のいいことをやっても、この勤勉な生徒をだれひとり悪く思う者はなかった。ところが、すべての山師や我利我利《がりがり》亡者《もうじゃ》と同じく、かれもまたやがて、愚劣の境へ一歩ふみ入った。修道院でのあらゆる授業は無代だったので、かれはその点を利用して、バイオリンの授業を受けようと思いついたのである。かれは決して、多少の予備教育なり、多少の音感なり才能なり、またはすこしでも音楽を楽しむ心を、持っていたわけではなかった。しかしかれは、結局、ラテン語や数学を習うのと同じように、バイオリンが習えるもの、と思っていたのである。音楽というものは、かれの聞いた所によると、後年の生活で役に立つし、それをたしなむ人を、だれにも好かれる、感じのいい人間にするものだった。それにどっちみち、この勉強は一文《いちもん》も金がかからない。なぜならこの神学校では、学校備えつけのバイオリンを、自由に使わせてくれるからである。

音楽教師ハアスは、ルツィウスがやってきて、バイオリンをおそわりたいと言ったとき、ぞっとして髪を逆立てた。唱歌の授業のとき、この生徒のことを知っていたからである。そのとき、ルツィウスの業績は、なるほどあらゆる同級生をひどくよろこばせはしたが、教師たるかれを、絶望につきおとすものだった。かれはこの少年に、用件をあきらめさせようとした。しかしこの場合、相手がわるかった。ルツィウスは、上品に、つつましく微笑しながら、自分の当然の権利をたてにとった。そして自分の音楽好きは、やむにやまれぬものだ、と言明した。そこでかれは、練習用バイオリンのいちばん粗末なのを、手渡されて、週二回の授業を受け、毎日きまって半時間ずつ練習した。しかし最初の練習時間がすむと、同室の者たちは、これが最初で最後だ、このやりきれないうめき声は、ごめんこうむる、と宣言した。それ以後ルツィウスは、バイオリンを持ったまま、修道院じゅうをうろつきまわって、練習のために、しずかな片隅をさがしもとめた。やがてそこから、ひっかくような、きいきい鳴くような、あわれにうめくような音が、ほとばしり出ては、近隣を不安がらせた。それは、あたかもしいたげられた、古いバイオリンが、すべての虫くい穴の中から、どうかいじめないでくれと、絶望的に哀願しているかのようだ、と詩人ハイルナアは言った。なんの進歩もみとめられなかったので、苦しまされた先生は、いらいらして、態度がらんぼうになった。ルツィウスはいよいよすてばちに練習をつづけたが、これまで自己満足を見せていた、かれの小商人《こあきんど》ふうの顔には、うれいのしわができてきた。それはほんとうの悲劇だった。というのは、結局先生が、かれにはまったく才能がないと言い渡して、授業をつづけることをことわると、目のくらんだ、この勉強好きの生徒は、ピアノをえらんだのである。そしてピアノのけいこでも、長い、むだな幾月を苦しみとおしたが、ついに弱りきって、おとなしくあきらめた。しかしやがて後年になってから、音楽の話が出るたびに、かれは、自分も昔は、ピアノもバイオリンも習ったことがあって、ただいろんな都合で、これらの美しい芸術と、残念ながらしだいに縁遠くなったにすぎない——ということを、それとなくほのめかすのであった。

こんなわけで、ヘラス室はしばしば、おかしな住人のことで楽しむことができた。というのは、文学好きのハイルナアもやはり、いろいろとこっけいな場面を演じたからである。カアル・ハアメルは、皮肉屋と機知に富んだ観察者という役どころだった。かれはほかの連中よりひとつ年上で、これがかれに一種の優越性を与えていたのだが、しかしかれはどんなりっぱな役割をも、演ずることができなかった。かれは気まぐれで、だいたい一週間に一度は、自分の体力を、けんかでためしたいという欲求を感じた。そうなると、らんぼうで、残酷といってもいいくらいだった。

ハンス・ギイベンラアトは、これらのことを、あきれて傍観しながら、自分のしずかな道を、善良な、しかしおちついた同輩として、余念なく進んで行った。かれは勤勉だった。ほとんどルツィウスにおとらず勤勉だった。そして同室者たちから尊敬を受けていた。ただハイルナアは別で、かれは天才的なかるはずみを旗じるしとしていて、折にふれては、ハンスを出世主義者だといってあざけったのである。大まかに言えば、これらの、年が年だけに、急激に発達しつつある少年たちは、みんな仲よしになって行った。もっとも、晩になると寝室でつかみ合いがおこるのは、ちっともめずらしくなかった。何しろかれらは、なるほど熱心に努力して、大人の気持ちになろうとしたし、先生たちの、まだ耳なれない、「あなた」という呼びかけを、学業の精励とよき行状によって、正当化しようとしたし、また卒業したばかりのラテン語学校を、すくなくとも、大学の新入生がギムナジウムをふりかえるのと同様、高慢な、あわれむような気持ちで、ふりかえった。しかしときおり、わざとらしい威厳のすきまから、やはりまざりけのない悪童らしさが、ほとばしり出ては、本来の権利を主張するのである。そんなときは、寝室いっぱいに、どたばた言う音と、少年らしいしんらつな悪口がこだまするのであった。

こういう施設の指導者、または教師にとって、いかに少年たちのむれが、共同生活の最初の幾週かをすぎると、沈澱《ちんでん》してゆく化合物に似てくるか、それを観察するのは、参考になる、楽しいことにちがいあるまい。その化合物のなかでは、ゆれ動くにごりや細片がひとつにまるまったと思うと、またとけて、別の形になって、しまいにある数の固定した形体ができるのである。最初の気おくれに打ちかったあと、そしてみんながたがいに充分知り合ったあとは、動揺と入りみだれての探索とがはじまった。いくつかのグルウプが寄り集まったし、友情と敵意があきらかになった。同郷の者同士とか、以前の学友同士が相結ぶことは、めったになく、大多数は新しい顔なじみのほうへ身を向けた。複雑と補充をもとめる、ひそかな本能にしたがって、都会そだちの者は農家のむすこへ、高地生まれの者は低地の者へと、向かったわけである。この若い人々は、あやふやな気持ちで、たがいにさぐり合った。平等の意識とならんで、特殊化への熱望があらわれてきた。そしてずいぶん多くの少年たちの心には、その際はじめて、人格形成の萌芽《ほうが》が、子供のまどろみからめざめた。愛着と嫉妬《しっと》との、口にいえないような、小場面が、くりひろげられて、それが嵩《こう》じて友愛のちぎりとなったり、明白な、反ぱつ的な敵対関係になったりして、結局は、事情しだいで、親しいあいだがらや仲のいい散歩、それでなければ、はげしい格闘やなぐり合いを以《もっ》て、終わるのであった。

ハンスは、こういう営みに、外面的にはすこしも加わらなかった。カアル・ハアメルは、はっきりと、はげしく、かれに友情を寄せた。するとハンスは、びっくりして後ずさりをしてしまった。そのあとすぐハアメルは、スパルタ室のある住人と友だちになった。ハンスはひとり取り残された。ある強い感情が、かれに、友情の国を、なつかしい色彩で、さも幸福そうに、地平線のところに現わして見せた。そしてひそかな衝動で、かれをそこへ引きよせた。しかしあるはにかみの気持ちが、かれを押しとどめた。かれは、母親のない、きびしい少年時代のあいだに、慕《した》い寄るという素質を萎縮《いしゅく》させてしまったのである。そして何よりも、熱狂をおもてに出すことが、かれはいやでならなかった。そこへさらに、少年らしい誇りと、結局はやっかいな名誉心が加わった。かれはルツィウスとはちがっていた。かれにとっては、ほんとうに認識というものが、大切だったのである。しかしルツィウス同様、かれは、いやしくも勉強のじゃまになりそうなものは、いっさい遠ざけようとした。だからいつも一心に、机にかじりついていたのだが、しかしほかの連中が、かれらの友情を楽しんでいるのを見るたびに、ねたみとあこがれに悩んだ。カアル・ハアメルは適当な相手ではなかったが、しかしもしもだれかほかの者が来て、かれを力づよく手もとへ引きよせようとしたのであったら、かれはよろこんで従ったかもしれないのである。内気な少女のように、かれはすわりつづけながら、だれか、自分より強い、自分より勇気のある者が、自分をつれに来ないものか、自分を引っさらって、むりにでも幸福にしてくれないものか、と待っていた。

こうした問題のほかに、課業、とくにヘブライ語の課業に、忙殺されていたので、最初の期間は、少年たちにとって、またたく間にすぎて行った。マウルブロンをとりまいている、おびただしい小さな湖水や池には、青じろい秋空や、葉の枯れかけたとねりこや、しらかばや樫《かし》の木や、長い夕明かりが、かげをうつしていた。美しい森林じゅうを、晩秋のこがらしが、うめいたり、歓呼したりしながら、吹きまくっていた。そして早くも何回か、うすい霜がおりた。

叙情的なヘルマン・ハイルナアは、同好の友を得ようと、むなしく努めていたが、このときかれは、毎日外出時間のたびに、ひとりで森をさまよい歩いた。そしてとくに、森の湖水を愛した。葦《あし》のむれに囲まれて、古い枯れかけた濶葉樹《かつようじゅ》のこずえのかぶさっている、うれわしげな褐色の沼なのである。悲しい美しさをもつ、この森の片隅が、はげしくこの夢想家をひきつけた。ここでかれは、夢にみるような若枝で、しずかな水に輪をかいたり、レナウの葦の歌を読んだり、丈《たけ》の短い浜藺《はまい》のなかに寝そべりながら、死とか滅亡とかいう、秋らしい主題を、じっと考えたりすることができた――落葉と、はだかになったこずえのざわめきとが、陰うつな和音で伴奏をつけているあいだに。そんなときかれは、小さい黒い手帳をポケットからとり出しては、鉛筆で一、二の詩句を、書きこむことがよくあった。

十月末のあるほの明るい真昼どきにも、かれはそうやっていたが、そのとき、ハンス・ギイベンラアトが、ひとりで散歩しながら、その同じ場所へやってきた。かれは少年詩人が、小さなわなじかけのせまい板の上に腰かけて、手帳をひざにしたまま、とがった鉛筆を、じっと考えながら口にくわえているのを見た。本が一冊、ひらかれたまま、そばにおいてあった。ゆっくりとハンスは近づいた。

「よう、ハイルナアア。何をしているんだい。」

「ホオマアを読んでるのさ。そうしてきみは、ギイベンラアト?」

「うそだろう。きみが何をしているか、ぼくにはちゃんとわかってるんだ。」

「そうかい。」

「むろんさ。詩を作っていたんだろう。」

「そう思うかい。」

「もちろん。」

「そこへすわれよ。」

ギイベンラアトは、ハイルナアアとならんで板の上に腰をおろすと、両脚を水の上にぶらつかせながら、あちこちで茶色の葉が一枚また一枚、冷たい空気を切って、くるくる舞っては、音も立てずに、うす茶色の水面へおちてゆくのを、じっとながめていた。

「ここはさびしいね。」

「うん、うん。」

ふたりとも、ながながとあおむけに寝ていたので、かれらには、秋らしい周囲の景色のうち、もういくつかの、垂れかかっているこずえだけが、目にはいってくるだけで、そのかわりに、うす青い空が、しずかに動く雲の島々を浮かべながら、はっきりあらわれてきた。

「なんてきれいな雲なんだろう。」とハンスは、気持ちよさそうにながめながら、そう言った。

「まったくだ、ギイベンラアト。」とハイルナアはため息をついた。「あんな雲になりたいなあ。」

「なってどうするんだい。」

「そうなったら、あの高いところを帆走《ほばし》るのさ——森や村や郡や州の上をこえて、きれいな船のようにね。きみはいっぺんも船を見たことがないのかい。」

「ないよ、ハイルナア。しかしきみは?」

「あるとも。しかし、つまらないな。きみには、こういう方面のことが、ちっともわからないんだもの。きみは学習と努力とくそ勉強が、できさえすればいいんだろう。」

「じゃ、きみはぼくを俗物だと思っているんだね。」

「そんなことは、ぼく言わなかったぜ。」

「ぼくは、きみが思っているほど、まぬけじゃ決してないさ。でも、船の話をもっとつづけろよ。」

ハイルナアは、寝がえりを打ったとたんに、もうすこしで水のなかへ落ちそうになった。そこでこんどは腹ばいになった――あごを両手にうずめて、ひじをつきたてたまま。

「ライン河でね、」とかれはつづけた。「そういう船をいくつも見たことがある――休暇のときにね。ある日曜のことで、船に楽隊がのっていた。夜だったがね。それと色のついたちょうちんもついていた。その明かりが水にうつっていたっけ。そうしてぼくたちは、楽隊づきで河をくだって行った。みんなラインぶどう酒を飲んでいたし、むすめたちは白い着物を着ていたよ。」

ハンスは耳をかたむけながら、何も答えなかったが、目をとじていながら、船が夏の夜をつらぬいて、楽隊と赤いちょうちんと、白い着物のむすめたちをのせたまま、進んでゆくのが見えた。相手は語りつづけた。

「そうだ。今とはちがった景色だった。ここでは、こういうようなことが、わかるやつがいるだろうか。みんなつまらないやつばかりだ。陰険なやつばかりだ。そんなのが、あくせく勉強して、さんざん苦労してさ、ヘブライ語のアルファベット以上のものは、何ひとつ知らないでいるんだ。きみだってお仲間じゃないか。」

ハンスはだまっていた。このハイルナアというのは、じっさい変わった人間だった。夢想家で、詩人だった。ハンスはもう何度となく、かれのことを不審に思ったことがある。ハイルナアは、だれでも知っているとおり、ほんのわずかしか勉強しなかった。それでいて、いろんなことを知っていて、りっぱな答えをすることも心得ているくせに、しかもまたそういう知識をけいべつしているのだった。

「いまぼくたちは、ホオマアを読んでいるがね、」とかれはあざけりつづけた。「まるでオディッセエが、料理の本だとでもいうような読み方だ。一時間に詩が二行、それから一語一語はんすうしたり、検討したりするんだから、しまいには胸がわるくなってくるよ。ところが、やがて時間の終りになると、きまって、『作者がどんなに巧妙にこの言葉を使っているか、諸君にはわかるね。諸君はこの個所《かしょ》で、文学活動の機微をうかがい知ったわけだ。』ということになるんだ。不変化詞や過去形のために窒息してしまわないようにというんで、それにただソオスをかけるだけの話さ。こんなぐあいに読むんなら、ホオマアなんぞどこからどこまで、くだらないと思うな。いったいぜんたい、古いギリシャのものなんぞ、ぼくたちになんの関係がある？　もしもぼくたちのうちのだれかが、すこしギリシャ風な生活をしてみようとでもしたら、そいつは放り出されてしまうだろうよ。そのくせ、ぼくたちの部屋にはヘラスという名がついている。まったく笑わせるじゃないか。なぜ『紙くずかご』とか、『奴れいの檻《おり》』とか、『シルクハット』とかいう名をつけないんだろう。古典的なものなんぞ、どこからどこまでまやかしさ。」

かれは宙にむかってつばをはいた。

「きみねえ、さっき詩を作っていたのかい。」と、やがてハンスが聞いた。

「そうさ。」

「何の詩を?」

「ここの湖水の詩と、それから秋の詩だ。」

「見せてくれよ。」

「だめだ。まだできあがっていないんだもの。」

「でも、できあがったら。」

「うん、見せてもいいさ。」

ふたりは腰をあげると、ゆっくり修道院へもどって行った。

「あそこを見たまえ。あれがどんなに美しいかを、いったいきみは見たことがあるのかい。」と、ふたりが例の「楽園」に来かかったとき、ハイルナアがそう言った。「会堂、アアチ型の窓、回廊、食堂、ゴチック式とロマネスク式で、どれもこれも豊かで精巧で、芸術的労作だ。しかもこの魅力は、なんのためにあるんだろう。牧師になるはずの、三、四十人のあわれな男の子のためじゃないか。国家はそれだけ余裕があるわけさ。」

ハンスはその午後じゅうずっと、ハイルナアのことを考えめぐらさずにはいられなかった。あれはどういう人間なのだろう。ハンスの知っている心配と願望が、ハイルナアにとっては、まるで存在していない。ハイルナアは独自の思想と言葉をもっているし、かれのほうが、一段と活気をおびて、のびのびと暮らしているし、ふしぎな悩みに苦しんでいて、周囲のものをことごとくけいべつしているらしかった。かれは古い柱や壁の美しさがわかった。そして自分のたましいを、詩のなかに映写したり、固有の、夢幻的な生活を、空想できずきあげたりするという、ふかしぎな、奇妙なわざを行使した。軽快で奔放《ほんぽう》で、ハンスが一年間にとばすより以上の冗談を、毎日とばしていた。ふさぎがちだが、自分自身の悲しみを、他人のめずらしい貴重な品物のように、享楽しているのだった。

早くもその日の晩がた、ハイルナアは、部屋全体に、持前の突拍子もない、きわだった性質の見本を見せた。同室のひとり、ほらふきで、こせこせした性質の、オットオ・ヴェンガアというのが、かれといさかいをはじめた。しばらくのあいだ、ハイルナアは、平静な、毒舌的な、優越した調子をたもっていたが、やがてついのぼせあがって、相手の横つらをひとつなぐってしまった。するとたちまち、ふたりともむきになって、とけがたく取っ組み合ったなり、憤然として、かじをなくした船のように、ぐいぐい押したり、半円をえがいたり、ひきつったように動いたりしながら、ヘラスの部屋じゅうを、荒れまわった――壁ぞいに進んだり、椅子をのりこえたり、床の上をころがったり、ふたりとも無言で、あえぎながら、湧《わ》き立ちながら、そして泡をふきながら。同室の者たちは、批評するような顔つきで観察しながら、そばにつっ立ったまま、もつれ合っているふたりをよけたり、自分たちの脚《あし》や机やランプを避難させたりして、たのしい緊張のうちに、結末を待ち受けていた。何分かののち、ハイルナアは苦しそうに起きあがって、身をふりほどいて、息をつきながら、そのまま立っていた。ひどくいためつけられた様子で、目が赤くなっているし、シャツのカラアはちぎれているし、ズボンのひざには穴があいていた。相手はかれに、もう一度おそいかかろうとしたが、かれは両腕をくみ合わせて立ったまま、高慢な調子でこう言った。「ぼくはもうやめるよ――なぐりたいなら、なぐってこい。」オットオ・ヴェンガアは、ののしりながら立ち去った。ハイルナアは自分の机によりかかると、置きランプのぐあいをなおしてから、両手をズボンのポケットに入れて、何事かを思い出そうとしているらしかった。突然、かれの目から涙があふれ出た――あとからあとから、いよいよさかんに。これは空前のことだった。なぜなら、泣くということは、うたがいもなく、神学校生徒の行為として、それこそもっとも恥ずべきことと、見なされていたからである。しかもかれは全然それを隠そうとしなかった。部屋から出て行きもしないで、青くなった顔をランプのほうへ向けたなり、じっとそのままますわっていたのである。涙をぬぐいもしないし、手をポケットから出しさえもしなかった。ほかの連中は、物めずらしそうに、そして底いじわるく見物しながら、かれをとりまいて立っていたが、しまいにハルトナアがかれの前へ寄って行って、かれにこう言った。「おい、ハイルナア、いったいきみは、恥ずかしくないのか。」

泣いていたハイルナアは、ふかい眠りからさめたばかりの人のように、ゆっくり身のまわりを見まわした。

「恥ずかしいって——ぼくがきみたちに対して?」とやがてかれは大声に、見くだした調子で言った。「そんなことはないねえ、きみ。」

かれは顔をふいて、いまいましそうに微笑すると、自分のランプを吹き消してから、部屋を出て行った。

ハンス・ギイベンラアトは、この場面のはじめから終りまで、自分の席についたままだった。そしてただ、おどろきあきれながら、ハイルナアのほうを見やっていた。十五分ののち、かれはすがたを消した者のあとを、思いきって追って行った。ハイルナアが、暗い寒い寝室のなかで、窓の深いくぼみのひとつに、じいっと腰かけているのを、そして回廊のほうを見おろしているのを、かれは見た。うしろから見ると、かれの両肩と、ほそい、くっきりした頭は、妙におごそかな、また少年らしからぬものに見えた。ハンスがかれのそばまで行って、窓ぎわに立ちどまったとき、かれは身うごきもしなかった。そしてしばらくしてからようやく、顔をこっちへ向けずに、かすれた声で聞いた。

「どうしたんだい。」

「ぼくだよ。」とハンスはおずおずしながら言った。

「なんの用だね。」

「なんでもないんだ。」

「そうか、そんならまた、むこうへ行ってもいいぜ。」

ハンスはしゃくにさわって、ほんとうに行ってしまおうとした。するとハイルナアがひきとめた。

「まあ、まてよ。」とかれは、わざとらしく冗談めかして言った。「そういう意味じゃなかったんだよ。」

さてふたりは、顔と顔をじっと見合わせた。そしておそらく、この瞬間、どちらもはじめて真剣に、相手の顔を見たのであろう。そしてどちらも、少年らしくなめらかな顔だちの奥に、独自性をもった、特殊な人生と、特殊な、それぞれにしるしをつけられたたましいとが、宿っているのを、想像しようとした。

ゆっくりと、ヘルマン・ハイルナアは、両腕をのばして、ハンスの肩をつかむと、かれを自分のほうへ引きよせた。その結果、ふたりの顔は、ちかぢかとより合った。と思うと、ハンスは突然、奇妙なおどろきとともに、相手のくちびるが自分の口にふれるのを感じた。

ハンスの心臓はかつて味わったことのない重苦しさで、どきどきした。暗い寝室にこうしていっしょにいることと、この突然の接吻《せっぷん》には、何か冒険的な、新しい、おそらくは危険なおもむきがあった。現場をおさえられたら、どんなにおそろしいことになっただろう、とふとかれは思った。なぜなら、この接吻は、ほかの連中にとって、さっきの号泣《ごうきゅう》よりも、はるかにこっけいな、あさましいものと思われるだろう、ということを、はっきりした感じが、かれに教えたからである。ひとことも物を言うことはできなかったが、しかしかれの頭には、はげしく血がのぼった。そしてかれは、逃げ出したくてたまらない気がした。

もしも、このささやかな場面を見た大人《おとな》があったとしたら、かれはおそらく、これにひそかなよろこびを感じたであろう――はにかみがちな友情告白の、不器用におずおずした愛慕と、ふたつの真剣な、細長い、少年らしい顔とを見て。顔は両方ともきれいで、たのもしげで、なかばはまだ、子供らしいやさしさを残していると同時に、なかばはすでに、青年期の内気な、美しい反抗精神を見せているのである。

　しだいしだいに、この若いむれは、共同生活になれて行った。たがいになじみになった。各自が各自について、ある程度の知識と観念をもっていた。そして数多くの友情関係が結ばれていた。いっしょにヘブライ語の単語を勉強する一対《いっつい》の友だちもあれば、ともに画《え》をかいたり、散歩に行ったり、シラアを読んだりする一対もあった。ラテン語のできる生徒がラテン語のできないのと、数学のできないのが、数学のできるのと共同した結果、同志的な勉強の成果をたのしむ、というのもあった。また、それとは別種の契約や共有関係に、基礎をおいている友情もあった。たとえば、大いにうらやまれた、ハムの持主は、シュタムハイム出の、園芸家のむすこに、補足的な片割れを見出した。このむすこの大箱の底には、みごとなりんごがいっぱい詰まっていたのである。かれはあるとき、ハムを食べて喉《のど》がかわいたので、そのむすこにりんごをひとつくれと言って、その代りにハムをいくらか提供した。ふたりは並んで腰をおろした。用心ぶかい会話の末、そのハムは、もしおしまいになったら、すぐに補充されるはずだということ、そしてりんごの持主も、春がずっと深くなるころまで、父からもらった貯蔵品で、食べつないで行けるだろうということが、判明した。そういうわけで、堅実な交情ができあがったのだが、これは、幾多のもっと形而上的《けいじじょうてき》な、もっと激情的にむすばれた盟約よりも、ずっと寿命が長かったのである。

ひとりぼっちのままでいた者は、ほんのわずかだった。そのなかにルツィウスがいた。芸術に対するかれの欲ばりな愛情は、当時まだまっさかりだった。

釣り合いのわるい組もいくつかあった。いちばん釣り合いがわるいと思われていたのは、ヘルマン・ハイルナアとハンス・ギイベンラアト——かるはずみな少年と良心的な少年、詩人と努力家という組だった。みんなはふたりを、なるほど最も頭のいい、最も天分のゆたかな連中のうちに、かぞえてはいたものの、ハイルナアは、天才だという、からかい半分に言われる評判をとっていたし、一方ハンスは模範少年といううわさを立てられていた。とはいえ、みんなはふたりにあまり構わなかった。というのは、だれもかれも、自分自身の友情に気をとられていて、ひとりでいることを好んだからである。

しかしこうした個人的な利害や体験のために、学校が不利をこうむることはなかった。むしろ学校は大きな楽章とリズムであって、そのかたわらを、ルツィウスの音楽だの、ハイルナアの詩作だの、またすべての盟約だの、いさかいだの、ときおりのつかみあいだのが、特別ななぐさみとして、ただふわふわと流れて行ったにすぎない。まず何よりも、ヘブライ語がたいへんだった。エホバのふしぎな太古のことば――ぽきぽき折れそうな、枯れかけた、そのくせまだ神秘的な活力のある木は、異様に、ふしくれだって、なぞのように、若者たちの目の前で、伸びて行った――奇怪な枝を出して、目を見はらせたり、妙な色とにおいの花で、不意におどろかしたりしながら。その枝やうろや、根のなかには、ものすごい、またはやさしい様子をして、千年の精霊が住んでいた――幻想的におそろしい竜だの、すなおな、かわいらしい童話だの、美しい少年やしとやかな目をした少女、またはいさましい女とならんで、ふかいしわでいかめしい、枯れきった老人の顔だのである。ルウテルの聖書のなかで、遠くに夢のようにひびいていたものが、こんどは粗野な、まじりけのない言語で、血と声と、昔ふうに重苦しいが、ねばりづよい、ぶきみな生命とを得ていた。すくなくともハイルナアは、そんなふうに思ったのである。かれはモオゼ書全部を、日ごと時ごとにののしっていたくせに、かなり多くの我慢づよい生徒たち――あらゆる単語を知っていて、もはやひとつも読みちがいをしなくなっている連中よりも、さらに多くの生命と精気を、そのなかに見出していたし、そこから吸収していた。

それとならんで新約聖書。ここでは、調子がさらにやわらかで、さらに明るく、さらにしっとりしていた。そして使われていることばは、なるほど古さと深さとゆたかさの点では劣っているが、しかし若い、ひたむきな、それにまた夢みるような精神にみたされていた。

それとオディッセエ。この作の、美しい音を力づよくひびかせる、たくましく、均斉に流れてゆく詩句の中からは、白い、まるまるとした水精の腕のように、ほろび去った、形のととのった、幸福な生活の、報知と予感が、浮かびあがってきた――あるときは、輪郭のふとい、粗野な様相で、はっきりと具体的に、あるときは、ほんの夢や美しい予感として、二、三の語や詩句の中から、かがやきを放ちながら。

このかたわらで、クセノフォンとかリヴィウスとかいう歴史家は、影を没してしまったか、それほどでなくとも、一段と淡い光となって、つつましく、ほとんど光らずに、わきのほうにひかえていた。

ハンスは、かれの親友が、あらゆるものに対して、自分とはちがった見かたをしているのに気がついて、おどろいた。ハイルナアにとっては、抽象的なものは何ひとつ存在しない。頭にえがけないもの、空想の色をぬりえないものは、何ひとつ存在しないのだ。それができないと、かれは興味を失って、いっさいをほったらかしておいた。数学はかれから見れば、陰険な謎《なぞ》をせおったスフィンクスで、その冷たい、邪悪なまなざしは、いけにえになった者を、かなしばりにしてしまうのである。そこでかれはこの怪物を、遠巻きにして避けた。

このふたりの友情は、奇妙な関係であった。ハイルナアにすれば、それは楽しみであり、ぜいたくであり、便宜《べんぎ》でもあれば、また気まぐれでもあったが、しかしハンスにしてみると、時には、誇らかに秘蔵している宝物であり、時にはまた大きな、かつぎきれないほどの重荷でもあった。これまでハンスは、晩の時間を、いつでも勉強にあてていた。このごろはほとんど毎日、ヘルマンが、こつこつ勉強するのにあきると、かれのところへやってきて、本をかれから取りあげて、かれをひとりじめにするという事態が、たびたびおこった。しまいにハンスは、この友だちを非常に愛してはいながらも、毎晩、かれの来るのが、身ぶるいするほどこわかった。そして学校の勉強時間に、倍も熱心に大急ぎで勉強して、何ひとつ損をしないようにした。ハイルナアが、理論上からもかれの謹直ぶりを、反ばくしはじめたとき、かれはなお一そう困ってしまった。

「そんなのは日傭《ひようと》取り根性さ。」というわけである。「きみはむろん、どんな勉強でも、好きこのんで、自発的にやっているのじゃなく、もっぱら先生やきみのおやじさんがこわいから、やっているんじゃないか。首席になるか二番になるかしたって、なんの得があるのさ。ぼくは二十番だけどね、それでもきみたち勉強家より、ばかじゃないぜ。」

ハンスは、ハイルナアが教科書をどんなふうにあつかうか、それをはじめて見たときにも、肝をつぶした。ハンスは一度、自分の教科書を講堂におき忘れたが、つぎの地理の時間の下調べをしようと思ったので、ハイルナアの地図をかりた。そのときかれは、ハイルナアがあらゆるペエジを、鉛筆でよごしてしまっているのを見て、慄然《りつぜん》とした。ピレネエ半島の西海岸は、引きのばされて、奇怪な横顔になっていた。その鼻は、ポルトオからリスボンまでとどいているし、フィニテエル岬のあたりは、様式化されて、ちぢれた巻き毛の装飾になっている一方、セント・ヴィンセント岬は、顔いっぱいのひげの、きれいにひねりあげた先を表わしていた。この調子でペエジからペエジへとつづくのであった。地図のうらの白いペエジには、まんがが描《か》いてあるし、あつかましいざれ歌が書きつけてあった。そしてインキのしみもほうぼうについていた。ハンスは、自分の書物を、神聖な貴重なものとしてあつかう習慣だった。だからこういう大胆不敵なしわざを、なかばは神殿ぼうとくとして、なかばは罪深いけれど壮烈な英雄的行為として感じたのである。

善良なギイベンラアトは、かれの親友からみると、ひとえに手ごろなおもちゃか、まあ、一種の飼猫であるかのように、思われることがあった。そしてハンス自身も、ときおりはそう考えるのだった。しかしハイルナアは、それでもかれに心をよせていた。かれを必要としたからである。ハイルナアはだれか、心を打ちあけ得る相手、自分に耳をかたむけてくれる者、自分をほめそやしてくれる者が、ぜひともいないと困るのであった。自分が学校や人生について、いつもの革命的な演説をするときに、だまって熱心に耳をかたむけてくれる人が、必要だった。そしてまた、自分がゆううつな時間をすごしているときに、なぐさめてくれて、頭をひざの上におかせてくれる――そういう人をも、かれは必要としたのである。すべてのこうした気質の人と同じく、この若い詩人は、いわれのない、すこし気どったようなゆううつの発作に悩んでいた。このゆううつのみなもとというのが、あるいは童心のひそやかな告別であり、あるいはいろんな精力や予感や欲望の、まだあてどもない充溢《じゅういつ》であり、思春期の理解されぬ漠然としたひしめきだったのである。そんなとき、かれは同情されたい、甘やかされたいという、病的な欲求を感じた。以前、かれは母親の秘蔵っ子だった。そして今、女の愛情がわかるほど、まだ成熟していないあいだは、例の従順な友だちが、なぐさめ手として役立っていたわけである。

たびたびかれは、晩がた世にも不幸な気持ちで、ハンスのところへ来て、かれに勉強をやめさせて、いっしょに寝室へ行こうと、いざなった。そこの寒いホオルなり、天井の高い、ほの明るい祈禱室《きとうしつ》なりを、ふたりはならんであちこち歩きまわるか、または寒さにふるえながら、窓がまちの中へ腰かけるかした。ハイルナアは、そういうとき、ハイネを読む、叙情的な若者の流儀どおり、いろいろとあわれな嘆声を発した。そしていささか子供っぽい悲哀の雲につつまれていた。その悲哀が、ハンスにはどうもよくわからなかったのだが、それでもかれに感銘を与えたし、時にはかれに伝染することさえあった。この多感な文学少年は、とくに天気のわるいときには、例の発作にとらわれやすかった。そして晩秋の雨雲が空を暗くおおって、月がその奥で、どんよりしたベエルや、さけ目をもれて顔をのぞかせながら、いつもの道をたどるような、そういう宵々《よいよい》には、悲嘆とうめき声は、たいてい最高潮に達するのであった。そうなると、かれはオシアン風の気分にひたりきって、霧のような憂愁《ゆうしゅう》のなかに、溶けて流れてしまって、その憂愁が、ためいきや言葉や詩になって、なんにも知らないハンスの頭上に、ふりそそぐのであった。

こういう苦難の場面に圧迫され、さいなまれたハンスは、自分に残された時間のあいだに、せかせかと熱中しながら、いそいで勉強にとりかかったが、その勉強がかれにはだんだんつらく思われてきたのである。昔の頭痛が再来したことを、かれは別にふしぎとも思わなかった。しかしのらくらした、退屈な時間をすごすこと、そしてただのっぴきならぬ仕事をするためにも、われとわが身を激励せねばならぬこと、それがかれには大きな心配であった。なるほど、あの変わり者との友情が、自分を疲れさせて、どこか自分の本質の、今までさわられなかった部分を、病気にしたのだ、ということは、おぼろげに感じられはしたが、しかしあの友だちが、ますます陰気に涙もろくなればなるほど、かれはいよいよ友だちが気の毒になったし、友だちにとって、自分は欠くべからざる人間だ、という自覚が、かれをますます愛情ぶかく、ますます得意にしたのである。

そのうえかれは、この病的なゆううつ症が、不必要な不健全な衝動のほとばしりにすぎず、じつをいうと、かれが忠実に心から感服しているハイルナアの、本質を成していない、ということを、はっきり感じていた。この友だちが詩を朗読したり、自分の詩人としての理想を語ったり、シラアやシェイクスピアの書いた独白を、情熱的に、大げさな身ぶりで読み聞かせるたびに、ハンスは、まるで自分のもっていない魔法の力で、相手が宙を歩いているような、神々《こうごう》しい自由と、火のごとき情熱のなかで動いているような、そして自分や自分の同類から、ホオマアにある神の使者に似て、つばさの生《は》えた足で、遠ざかって行くような気がした。これまでかれは、詩人の世界のことなぞ、あまり知らなかったし、重要なものとは思っていなかった。今はじめて、美しく流れる言葉、幻覚をいざなう映像、こびるような韻律というものの、あやしげな威力を、逆らいがたい気持ちで感じた。そして新しくかれに開かれたこの世界への、崇敬《すうけい》の念と、かれの友人に対する嘆賞の念とが、たがいに渾然《こんぜん》ととけ合って、ただひとつの感情になったのである。

とかくするうちに、風のつよい、暗い十一月の日々が来た。そうなると、ランプなしでは、ほんのわずかな時間しか、勉強するわけに行かなかった。そして黒い夜が来た。嵐が大きな、もくもく動く雲の山を、暗い空いちめんにかり立てると同時に、うめいたり、争ったりしながら、古い堅牢《けんろう》な修道院の建物をめぐってひしめく、そういう夜なのである。木々はもうすっかり葉をおとしていた。ただ、巨大な、ごつごつした枝をさしかわしている樫の木――あの樹木に富んだ地方の王者だけは、しおれた凋葉のこずえのままま、ほかのあらゆる木々よりも、さらに声高《こわだか》く、さらにふきげんそうに、まだざわめいていた。ハイルナアはすっかりふさぎこんでしまって、近ごろでは、ハンスによりそってすわる代りに、ひとり遠くの練習室で、バイオリンをむやみに掻《か》き鳴らしたり、または仲間の者たちとけんかをはじめたりするのを、好んでいた。

ある晩、ハイルナアがその部屋へ行ってみると、例の勉強家のルツィウスが、その譜面台《ふめんだい》の前で、余念なく練習しているところだった。かれは不愉快な気持ちで立ち去ったが、三十分してまたもどってきた。ルツィウスはあいかわらず練習していた。

「もうやめたらいいだろう。」とハイルナアはたしなめた。「練習したがってる者が、ほかにもまだ多勢《おおぜい》いるんだぜ。きみがきいきい鳴らすのには、もともとみんなが悩まされているんだ。」

ルツィウスは、屈しなかった。ハイルナアは腹を立てた。そして相手が平気でまた、きいきいひきはじめると、かれは相手の譜面台を、けとばして倒してしまった。そのために楽譜は部屋じゅうに散乱するし、台は相手の顔へまともにぶつかる、という結果になった。ルツィウスは身をかがめて楽譜をひろおうとした。

「校長先生に言いつけてやる。」とかれはきっぱり言った。

「いいとも。」とハイルナアは憤然としてさけんだ。「じゃ、ついでにね、ぼくがきみを、無料で犬みたいにけとばしてやったと、校長に言うがいい。」そしてすぐさま、かれは実行に移ろうとした。

ルツィウスは、わきへとんで逃げて、戸口に達した。迫害者はかれのあとを追った。そこで、ほうぼうの廊下や部屋部屋をぬけ、階段や玄関をこえて、のぼせあがった、さわがしい追跡がはじまって、修道院のいちばんはずれの側翼《そくよく》にまで及んだ。そこには、しずかな気品を見せて、校長の住まいがあったのである。ハイルナアは逃亡者に、校長の書斎のすぐ前で追いついた。そしてルツィウスは、すでにノックして、ひらかれた戸口に立っていたとき、その最後の瀬戸ぎわに、約束どおり足蹴《あしげ》にされて、もはやうしろ手にドアをしめるひまもなく、爆弾のように、支配者の聖域へとびこんでしまった。

これは空前の出来事だった。次の朝、校長は青年の堕落について、すばらしい演説をおこなった。ルツィウスは考えこみながら、賛成の気持ちで、聞き入った。そしてハイルナアは、重い監禁を言い渡された。

「ここ数年来というもの、」と校長はかれをどなりつけた。「この学校でこんな懲罰《ちょうばつ》をくだしたことは、一度もないのだぞ。わしは、十年後にもなお、きみがこのことを思い出すように仕向けてやる。きみたち、ほかの者は、このハイルナアをいい見せしめにするのだな。」

新入生一同は、こわごわかれのほうを、流し目に見た。かれは青ざめて、反抗的につっ立ったまま、校長の目を見返していた。心ひそかにかれに感服した者が多かったが、それでも、授業が終わって、みんながやがやがやと廊下に集まっていたとき、かれはひとりぼっちのままだった。そして癩《らい》患者のように、相手にされなかった。いまかれの味方になるには、勇気が必要だったのである。

ハンス・ギイベンラアトも、そうはしなかった。ほんとはそうするのが義務だ、というわけだろう――とかれははっきり感じた。そして自分の卑怯《ひきょう》なのを感じて、苦しかった。不幸な、恥ずかしい気持ちで、かれはある窓がまちのところへそっと腰かけたなり、目をあげる勇気がなかった。友のもとへ行きたい気持ちに、かれは駆られていた。そしてだれにも気付かれずに、そうすることができたら、としみじみ思った。しかし重い禁《きん》錮《こ》の刑を受けた人間は、修道院のなかでは、かなり長い期間、烙印《らくいん》を押されたも同然であった。かれがそれ以後、特別に監視されること、そしてかれと交際すれば、評判がわるくなることは、みんな知っている。国家がみずからの子弟に与える恩恵は、それに相当する鋭い、きびしい紀律を要求する。そのことはすでに、入学式のときの大演説のなかで、言われていたのである。ハンスもそれは知っていた。そしてかれは、朋友の義務と功名心とのたたかいで、敗れてしまった。もともとかれの理想は、前進すること、りっぱな試験成績をあげること、そして何かの役割を演ずることであって、決してロマンティックな危険な役を演ずることではないのである。そこでかれは、びくびくしながら、自分の片隅にじっとしていた。今のうちなら、出て行って、勇気を見せることができる。しかし一刻一刻と、それはますますむずかしくなって行った。そして自分でも気がつかないうちに、かれの裏切りは実行に移されてしまった。

ハイルナアはそれをはっきり認めた。この情熱的な少年は、みんなが自分をさけるのを感じた。そしてむりもないと思った。しかしハンスをかれはあてにしていたのである。現在かれの感じている、悲嘆と憤激にくらべれば、今までの、あさはかな苦悩感は、空虚なこっけいなものに思われた。かれは青白い、高慢な顔をしていた。そして小声でこう言った。

「きみは下劣な卑怯者だよ、ギイベンラアト。――なんだ、ちきしょう。」それなりかれは、かすかに口笛を吹き吹き、両手をズボンのポケットにつっこんだまま、行ってしまった。

若い人たちが、ほかの考えや仕事に気をとられていたのは、好都合だった。あの事件からわずか数日後に、突然雪がふり出し、やがて寒く晴れわたった冬の気候になった。雪合戦やスケエトができるようになった。そうなるとまた、だれもかれも、クリスマスと休暇がすぐそこまで来ていることに気がついて、それを話題にした。ハイルナアは、以前ほど目をつけられなくなった。かれはだまって、反抗的に頭をまっすぐにあげながら、高慢な顔つきで、歩きまわっていた。だれとも話さず、たびたび帳面に詩を書きこんだ。帳面には黒い防水布のカバアがかけてあって、「ある僧侶の歌」という標題が書いてあった。

樫の木、はんのき、ぶな、そして柳には、霜やこおった雪が、きゃしゃな、突飛《とっぴ》なすがたを形づくりながら、かかっていた。池ではすきとおった氷が、寒気の中でみしみしと音を立てていた。回廊にかこまれた中庭は、まるで大理石でできたしずかな庭園のように見えた。陽気な、はれがましい興奮が、部屋部屋にみなぎった。そしてクリスマスへの予想のよろこびが、あのふたりの端然とした、沈着な先生たちにさえも、温和とはれやかな興奮とから来る、ほのかな輝きを添えたのである。教師の中にも、生徒の中にも、クリスマスと聞いて平気でいた者は、ひとりもなかった。ハイルナアさえ、前ほどむっつりした、なさけない様子はしなくなった。そしてルツィウスは、休暇で帰るとき、どの本を持って行ったものか、どの靴をはいたものか、と思いめぐらした。家から来る手紙には、楽しい、胸のおどるようなことが、書いてあった――いちばんほしいものについての問い合わせ、パンを焼く日取りの報知、まぢかい不意打ちの暗示、再会へのよろこびなど。

休暇旅行の前に、新入生たち、とくにヘラス室の連中は、なおひとつのほがらかな小事件を経験した。最大の部屋であるヘラスで、もよおすはずの、夜のクリスマス祭へ、教授団を招待しようということにきまったのである。祝辞、ふたつの朗吟、フルウト独奏、バイオリン二重奏が準備されていた。ところでしかし、そのほかにどうしても、何かこっけいな出し物を、番組にのせようということになった。みんな話し合ったり、談判したり、提案を出したりけなしたりしたが、意見がまとまらなかった。するとカアル・ハアメルがなにげなく、いちばんおもしろいのは、じつをいうと、エミイル・ルツィウスのバイオリン独奏だろう、と言った。これが効を奏した。たのんだり、約束したり、おどかしたりして、みんなはこの不幸な音楽家に、とうとう出演を承諾《しょうだく》させるところまで、こぎつけた。そこで、ていねいな招待の言葉をそえて、先生たちのもとへ送られたプログラムには、特別の種目として、「きよしこの夜、バイオリンのための歌、演奏者、宮廷付名手《きゅうていづき》エミイル・ルツィウス。」と書いてあった。この称号は、かれがあの遠くはなれた音楽室で、一心に練習したことに、由来していた。

校長、教授たち、助教師、音楽教師、学僕頭などが、この祝祭に招待されて、すがたを見せていた。ルツィウスが、ハルトマンから借用した黒の燕尾服《えんびふく》を着こんだまま、髪もきれいになでつけて、端然たる格好で、例のおだやかでひかえめな微笑を浮かべながら、登場してきたとき、音楽教師の額には汗がにじみ出した。かれがおじぎをしただけで、笑いをさそうような効果があった。「きよしこの夜」の歌は、かれの指にかかると、痛切な嘆きとなり、うめくような、苦痛にあふれた、悩みの歌となってしまった。かれは一度出なおした。メロディをずたずたに裂いたり、こまかくきざんだりして、足で拍子をとりながら、まるで、寒空《さむぞら》にはたらく木こりのように努力した。

憤激で青くなっている音楽教師のほうへ、校長先生は楽しそうにうなずいて見せた。ルツィウスは、歌を三回目にひきはじめて、こんども途中でつかえてしまうと、バイオリンを下へおろして、聴衆のほうへ顔を向けながら、こうあやまった。「だめです。

でもぼくほんとに、昨年の秋からバイオリンをはじめたばかりなんですよ。」

「けっこうだよ、ルツィウス。」と校長がさけんだ。「きみの努力には感謝するよ。その調子で勉強をつづけたまえ。Per aspera ad astra(艱難《かんなん》を経《へ》て星へ)だからな。」

十二月二十四日には、あけがたの三時から、どの寝室にもみんな、活気とどよめきがあった。

窓々には、きゃしゃな花びらをつけた氷の花の、厚い層が咲いていたし、洗面用の水は氷っていたし、修道院の中庭には、身をきるように水気の多い寒風が、吹きまくっていた。しかしだれひとり、そんなことは気にもかけなかった。食堂では、大きなコオヒイの桶《おけ》がゆげを立てていた。やがてまもなく、いくつかの黒い群になって、外套《がいとう》やえりまきにくるまった生徒たちが、淡《あわ》く光る白い野原や、沈黙の森林地帯をぬけて、遠くはなれた鉄道の駅へと、歩をはこんでいた。みんな雑談したり、冗談口をきいたり、大声に笑ったりしていたが、それでいて同時に、めいめいが、口に出さぬ願望とよろこびと期待とに、それぞれみたされていたのである。ひろく州全体に、町々や村々に、そしてさびしい農場に、あたたかい、祭りらしくかざられた部屋のなかに、両親や兄弟や姉妹が、待っていてくれるのを、かれらは知っていた。かれらのうち大抵の者にとって、これは遠いところから帰郷して迎える、はじめてのクリスマスだった。そしてかれらは、自分たちが愛情と誇りをもって、待たれていることを知っていたのである。

雪に埋もれた森のただなかにある、小さな停車場につくと、みんなはきびしい寒さのなかで、列車の来るのを待ったが、こんなに気がそろって、人づきがよくて、快活だったことは、かつて一度もなかった。ただハイルナアだけは、相かわらずひとりぼっちで、口をきかずにいた。そして列車が着くと、かれは仲間たちが乗りこむのを待ってから、ひとりで別の車両に行ってしまった。次の駅でのりかえたとき、ハンスはもう一度かれを見たが、それでも、羞恥《しゅうち》と後悔のあわただしい気持ちは、たちまちまた、帰郷の旅の興奮とよろこびのなかに、没してしまった。

帰宅してみると、父親は相恰《そうごう》をくずして、満足そうだった。そして贈り物の山と積まれたテエブルが、かれを待ちうけていた。本式のクリスマス祭というものは、ギイベンラアト家では、もちろんおこなわれなかった。歌声も祭りの感激もなかった。母というものがなかったのだし、もみの木もなかった。ギイベンラアト氏は、祭りを祝うすべを知らなかったのである。しかしかれは自分のむすこを、誇りに思っていた。そして今度は贈り物を倹約しなかった。そしてハンスは、いつもこの通りの行きかたになれていた。何も不足は感じなかったのである。

かれは、どこか悪そうに見える、やせすぎているし、顔色も青すぎる、と言われた。

そして、いったい修道院では、そんなに粗食なのか、と聞かれた。かれはむきになって否定した。そして、自分は元気だ、ただ度々頭痛がするだけだ、と明言した。それについては、若いころ自分でもそのために苦しんだことのある、町の牧師が、かれをなぐさめた。それで万事が解決した。

河はぴかぴかに氷っていて、休日にはスケエトをやる連中でいっぱいだった。ハンスはほとんど終日、外に出ていた——新しい服を着て、緑色の神学校帽をかぶって、もとの同級生たちには手のとどかないほど遠く、うらやむべき、一段と高い世界へと生長して。

第四章

経験によると、毎年の神学校新入生の組から、ひとりまたは数人の同級生が、修道院で送る四年の過程のうちに、消えてゆくのが常である。ときおりだれかが亡くなって、歌声とともに埋葬されたり、または友だちにつきそわれて、故郷へ運ばれたりする。ときには、だれかがむりに束縛を脱したり、何か特別な犯行のために放校されたりする。時によると——ただしほんのときたま、それも上級だけの話だが——ある途方にくれた少年が、青春の悩みがもとで、弾丸によって、または身投げによって、短い暗い逃げ道を見出《みいだ》す、というような事件も、ふと起こることがあった。

ハンス・ギイベンラアトの級からも、二、三の仲間が失われることになった。しかも奇妙な偶然がそうさせたのだが、それがみんなヘラスの部屋のメンバアばかりであった。

同室者のなかに、ヒンディンガアという名で、あだ名をインド人という、ひかえめな、金髪の、小柄な少年がいた。どこかアルゴイ地方に散在する、キリスト教地区の、ある裁縫師のむすこだった。かれはおとなしい一員で、いなくなったために、多少話題にのぼったのだが、その場合も、大いにというほどではなかった。倹約家の宮廷付《きゅうていづき》名手ルッィウスと、机が隣り合っていたかれは、親しい、遠慮がちな調子で、ほかの連中とつき合うよりも、いくらかよけいに、ルツィウスとつき合っていた。しかしそのほかには、ひとりも親友を持たなかった。かれが欠けてからはじめて、ヘラスの人たちは、かれを無欲な、善良な隣人として、また、さわぎの起こりがちなこの部屋の休み場として、愛していたことに気がついた。

かれは一月のある日、ロスワイエルの池のほうへ出かける、スケエトの連中に加わった。スケエト靴は持っていなかった。ただちょっと見物しようと思ったのである。ところが、まもなくかれは寒くてたまらなくなって、身をあたためるために、地団駄をふみながら、岸のまわりをまわった。そうしているうちに、かれはしだいに走りはじめて、ついすこしばかり野原のほうへ出て行くと、別の小さな湖水のほとりへ来た。これは源泉がかなりあたたかくて豊かなので、うすい氷に覆われているだけだった。かれは葦《あし》のあいだを渡って行った。そこの岸に近いところで、からだが小さくて軽いのに、水のなかへ落ちこんで、なおしばらくは、もがいたり、さけんだりしていたが、やがてだれにも気づかれずに、黒い冷たい世界へ沈んで行った。

二時に、午後の一時間目の授業がはじまってから、みんなはようやくかれのいないのに気がついた。

「ヒンディンガアはどこにいる。」と助教師がさけんだ。

だれも返事をしなかった。

「ヘラスをさがしてみたまえ。」

しかしそこにはかれの影さえなかった。

「遅刻したんだろう。いなくてもいいから、はじめよう。七十四ペエジ、詩の七行目までだったね。しかしこんなことは、もう二度と起こらないように、ぜひ願いたいものだ。時間はきちんと守らなくてはいかん。」

三時になっても、ヒンディンガアが依然として現われなかったとき、先生は心配になって、校長を呼びにやった。校長はすぐに自分で教室に現われると、いろいろと質問をしたあと、十人の生徒に、学僕と助教師をひとりつけて、さがしに行かせた。残った生徒には、筆頭の練習問題が課された。

四時になって、助教師がノックもしないで、教室にはいってくると、校長に耳打ちしながら報告した。

「静しゅくに。」と校長が命じた。そして生徒たちは、身動きもせずにベンチに腰かけたまま、息をころして校長を見守った。

「きみたちの同級生ヒンディンガアは、」とかれは声をおとしてつづけた。「池でおぼれたらしい。きみたちは、捜索《そうさく》の手つだいをしなければならん。マイヤア先生が引率して行かれる。忠実に、いちいち先生のさしずに従って、決して勝手な行動をとってはいかんよ。」

愕然《がくぜん》としながら、ささやきながら、先生を先頭にして、一同は出発した。町からは、綱や板ぎれや棒をもった男たちが来て、一行に加わった。きびしい寒さだった。そして太陽はすでに、森の端《は》にかかっていた。

そうしてついに、少年の小さな、硬直したからだが見出されて、雪に埋もれたいぐさの中で、担架にのせられたときには、もう日がとっぷりと暮れていた。神学校の生徒たちは、おびえた小鳥のように、こわごわあちこちにたたずんで、死体をじっと見つめながら、青い、かじかんだ手の指をこすり合わせていた。そして水死した友が、かれらの前をかつがれて行って、かれらが無言で雪の野原の上を、そのあとについて行ったときはじめて、かれらの重苦しいたましいは、突然、おののきにおそわれた。そして鹿が敵をかぎつけるように、残忍な死をかぎつけた。

あわれげな、こごえている、小さな一団のなかで、ハンス・ギイベンラアトは、偶然、かつての親友ハイルナアとならんで歩いていた。ふたりは、野原の同じでこぼこのところで、つまずいたその同じ瞬間に、隣り合っていることに気がついた。死の光景がハン

スを圧倒して、しばらくのあいだ、あらゆる我欲のむなしさを、かれに信じこませたのかもしれないが、ともかくかれは、思いもかけず、友の蒼白《そうはく》な顔を、いかにもちかぢかと目にしたとき、ある説明しがたい深い苦痛を感じて、突然の衝動にかられながら、相手の手をにぎろうとした。ハイルナアは不愉快そうに、手をひっこめて、怒ったように目をそらしたと思うと、すぐに場所をかえて、一行のいちばん後ろのほうの列に、すがたを消してしまった。

そのとき、模範少年ハンスの心は、悲しみと恥ずかしさで高鳴った。そしてかれは、こおった野原の上を、つまずきつまずき進んで行くあいだに、寒さに青ざめた頰《ほお》を涙がつたわって、あとからあとから流れるのを、どうしようもなかった。世の中には、忘れ去ることのできぬ、そしてどんな後悔によってもつぐなわれぬ――そういう罪と怠慢《たいまん》があるものだ、ということを、かれはさとったのである。そしてかれは、なんだか、前方にかつがれている担架の上には、あの裁縫師の小さいむすこではなく、親友のハイルナアが横たわっているような、そしてハンスの不誠実についての苦痛と怒りを、遠くあの世まではこんでゆくような、そんな気がした。そこへ行けば、成績とか試験とか成功とかいうものによらず、ただひとえに良心の清濁《せいだく》だけによって、値打ちがきめられるのである。

そうこうするうち、一行は国道に達した。そして足ばやに、修道院の中へはいりきった。そこでは、校長を先頭に、すべての先生たちが、死んだヒンディンガアを出むかえたが、生前のかれだったら、これほどの名誉をただ考えただけで、逃げ出したくなったことだろう。死んだ生徒というものを、先生たちはいつでも、生きている生徒を見るのとは、まったくちがった目でながめる。そのときかれらは、自分たちがふだんじつに何度も、平気で罪深いわざを加えている、ひとつひとつの生命、ひとつひとつの青春というものの、値打ちと取り返しがたさを、ほんのしばらく、痛感するのである。

その晩も、そして次の日も一日じゅう、みすぼらしい死体の置いてあることが、魔法のようにはたらいて、いっさいの言行を、やわらげ、よわめ、ぼかした。結果として、その短い期間中、争いとか怒りとかさわぎとか笑いとかいうものは、水の妖精《ようせい》のように——しばらく水のおもてから消えて、水を動かないままに、見たところ生命が宿らぬままにしておく、あの妖精のように、どこかへ隠れてしまったのである。ふたり寄って、水死した友のことを話すときには、いつでもかれの名を略さずに呼んだ。死者に対して、ヒンドゥ(インド人)というあだ名は、礼を失すると思われたからである。そしてこれまでは、注目もされず、呼びかけも受けず、多勢《おおぜい》の中にまぎれこんでいた、あのおとなしいヒンドゥが、今ではこの大きな修道院全体を、かれの名前と、死んだという事実で、みたしていた。

あくる日、父親ヒンディンガアが到着して、二、三時間ひとりで、むすこのおいてある部屋にはいっていたが、そのあと校長から茶によばれて、その夜は鹿屋に宿泊した。

それから葬儀があった。ひつぎは寝室に置いてあった。そしてアルゴイから来た裁縫師は、そのそばにたたずみながら、いっさいの様子をながめていた。かれはいかにも裁縫師らしい人物で、おそろしくやせて、とげとげしていた。そして緑色になりかけた黒のフロックコオトに、きちきちの、みすぼらしいズボンで、手には旧式の礼帽をもっていた。小さな、ほそい顔は、風に吹かれている、安物の小さいろうそくのように、めいったような、悲しそうな、弱々しい色を見せていた。そしてかれは、校長と教授諸氏がいるので、たえずまごついたり、おそれいったりしていた。

人夫たちがいよいよ棺《かん》をかつぎ出そうとする、最後の瀬戸ぎわに、この悲しげな小男は、もう一度進み出て、棺のふたに、きまりわるげな、遠慮がちな、愛撫《あいぶ》のしぐさで、手をふれた。そのあと、涙とたたかいながら、かれはそのまま、たよりなげに立ちどまっていた。そして大きなしずかな部屋の真ん中に、風に吹かれる小さな木のようにたたずんでいた。いかにも孤独な、絶望的な、見すてられたようなすがたで、見ているとやりきれなくなるくらいであった。牧師はかれの手をとって、かれのそばを離れずにいたが、やがてかれは、例の途方もなくそりかえったシルクハットをかぶると、まっさきに立って、棺のあとを追った——階段をおりて、修道院の中庭を横ぎって、古い門をくぐって、白い地面の上を低い墓地の囲いにむかって。墓にのぞんで、神学校の生徒たちが讃美歌をうたっているあいだ、指揮をとっている音楽教師が困ったことには、大多数の者は、かれのタクトをふる手のほうを見ずに、小柄な裁縫師の親方の、さびしげな、貧相なすがたを見つめていた。かれは悲しそうに、こごえきったように、雪のなかに立ったまま、うなだれて、みんなといっしょに、牧師と校長と首席の生徒のことばに、じっと聞き入ったり、うたっている生徒たちのほうへ、ぼんやりうなずいて見せたりした。そしてときどき、左手で、上着のすそに隠したハンカチを取ろうとしながら、しかし引き出さずにいた。

「あの人の代りに、ぼく自身のパパが、あんな格好であすこに立っていたとしたら、どうだろうと、ぼくはそれを想像しないではいられなかったね。」とオットオ・ハルトナアがあとで言った。それを聞くと、みんなが同感の意を表した。「まったくだ。ぼくも全然それとおんなじことを考えたよ。」

あとになって、校長がヒンディンガアの父親といっしょに、ヘラス室にやってきた。

「きみたちのうちだれか、亡くなったヒンディンガアと、とくに親しかった者はないのかね。」と校長は、部屋の中へむかってたずねた。はじめは、だれも名のって出る者がなかった。そしてヒンドゥの父親は、不安そうに、なさけなさそうに、若い人たちの顔を見つめていた。しかしやがて、ルツィウスが進み出た。するとヒンディンガアは、かれの手をとって、しばらくにぎりしめていたが、しかし何を言っていいかわからず、まもなくひかえめに、ひとつうなずいてから、また出て行った。そのあと、かれは旅立った。そしてまる一日の長いあいだ、あかるい冬の野山を縫って、旅をつづけなければ、家に帰り着いて、かれの妻に、かれらのカアルがいま、どんな小さな村に眠っているかを、語ることができなかったのである。

修道院では、あの魔力がまもなくまた解けてしまっていた。教師たちはまた叱《しか》ったし、ドアはまたらんぼうに閉められたし、あの消え去ったヘラスの住人のことは、あまり追想されなくなった。幾人かは、あの悲しい池のほとりに、長いあいだ立っていたときに、かぜを引きこんで、病室に寝ているのもあり、フェルトのスリッパをはいて、喉《のど》にしっぷをしているのもあった。ハンス・ギイベンラアトは、喉も足も無事ですんだが、しかしあの不幸な日以来、前より真剣な、老けた様子に見えた。かれの心の中で、何かがすがたを変えた。少年が青年になったのである。そしてかれのたましいは、いわば別の国に移されて、その国でびくびくと、よそよそしい気持ちで、あちこちとびまわりながら、まだどこにもとまる場所を見つけずにいた。これは、死の恐怖のせいでも、善良なヒンドゥを失った悲しみのせいでもなく、ただひとえに、ハイルナアに対して突然めざめた、罪の意識のせいなのであった。

ハイルナアは、ほかのふたりとともに、病室で寝ながら、あつい茶を飲みこまされていた。そしてヒンディンガアの死に当たって受けた感銘を整理して、あとであるいは詩につかうために、ちゃんとまとめてみるだけの、暇があった。とはいえ、そんなことは重要視してはいないらしく、むしろかれは、みじめな、くるしそうな様子をしていて、病気仲間の友人たちとは、ほとんどひと言もかわさなかった。あの監禁いらい、かれにおしつけられた孤立化は、かれの敏感な、いくども人に訴えたがる心情を、きずつけたし、にがいものにしていたのである。先生たちは、かれを不満な、革命的な人物として、きびしく監視した。生徒たちはかれをさけた。学僕は冷笑的なやさしさで、かれをあつかった。そしてかれの朋友シェイクスピア、シラア、そしてレナウは、かれのまわりの、圧迫と屈辱《くつじょく》を与える世界とは別の、もっと強力な、もっと雄大な世界を、かれに見せてくれた。はじめはただ、世捨人《よすてびと》のようにゆううつな調子ばかりねらっていた、かれの「僧侶《そうりょ》の歌」は、しだいしだいに、修道院や教師や同級生への、痛烈な、悪意のある詩集に変わって行った。かれは自分の孤立化のなかに、なまずっぱい殉教者《じゅんきょうしゃ》のたのしみを見つけて、ひとから理解されないのを、満足した気持ちで感じながら、容赦《ようしゃ》なくけいべつをこめた、その僧侶の歌を作る自分が、小さいユヴェナアル(古代ローマの詩人)になったような気がした。

葬式の一週間あと、ふたりの同輩は全快して、ハイルナアひとりがまだ病室に寝ていたとき、ハンスはかれをおとずれた。ハンスははにかんだようにあいさつして、椅子《いす》をベッドのそばまで運ぶと、腰をおろして、病人の手をとろうとした。病人は不きげんそうに、壁のほうへ寝がえりを打った。そして全くひとを寄せつけない様子だった。しかしハンスは引きさがらなかった。つかんだ両手をしっかりにぎって、この旧友が否応《いやおう》なしに、こっちの顔を見るように仕向けた。友は不愉快そうに、くちびるをゆがめた。

「いったいなんの用があるのさ。」

ハンスは友の手をはなさなかった。

「ぼくの言うことを、ぜひゆっくり聞いてくれよ。」とハンスは言った。「ぼくはあのとき卑怯《ひきょう》だった。そしてきみを見すててしまった。しかしぼくがどんな人間か、きみは知っているだろう。神学校で上位を占めて、できたらそのうえ首席になるというのが、ぼくのかたい決心だったのだ。きみはそれを点取り主義だと言ったっけね。まあ、その通りかもしれないよ。でもそういうのが、ぼく流の理想だった。それ以上のものを、ぼくは知らなかったわけだよ。」

ハイルナアは目をとじていた。そしてハンスは、ごく小さな声でつづけた。「ねえ、きみ、あやまるよ。もういっぺん友だちになってくれる気があるかどうか、それは知らないけど、しかしぜひとも許してくれよね。」

ハイルナアは無言だった。そして目をあけなかった。胸の中のあらゆる善良な喜ばしい気持ちが、友にむかって笑いかけていたのだが、それでもかれはもう、きびしい孤独な人間の役を演ずるくせがついていたわけで、すくなくともそういう仮面だけは、しばらく顔からはずさなかった。ハンスは勢いをゆるめなかった。

「ぜひたのむよ、ハイルナア。これ以上きみのまわりを、こうやってぐるぐるまわるくらいなら、いっそのことびりっこけになったほうがいい。きみがその気になれば、ぼくたちはまた親友になって、ほかのやつらに見せてやるんだ――やつらなんかいなくても、ぼくたちは困らないということをね。」

それを聞くと、ハイルナアはハンスの手をにぎり返した。そして目をあけた。

二、三日すると、かれもベッドと病室から去った。そして修道院には、この新しくできあがった友情のことで、すくなからぬ興奮がまきおこった。しかし当のふたりにとっては、このとき妙な幾週間かがやってきた。これといった体験はなかったものの、ふしぎとよろこばしい一心同体の感じと、言葉のいらない、ひそかな以心伝心の気持ちにみちている時間であった。それは何か以前とはちがったものだった。何週間もわかれていたことが、ふたりを変化させたのである。ハンスは前よりも、やさしくあたたかく、夢想的になっていた。ハイルナアは前よりもたくましい、雄々《おお》しい風格を身につけていた。そしてふたりはこの日ごろ、たがいにとてもなつかしがっていただけに、こうやってふたたび結び合ったことが、何か大きな体験のように、貴重な贈り物のように思われたのである。

ふたりの早熟な少年たちは、この友情のなかで、胸のときめくようなはにかみを感じながら、初恋のあえかな秘密のようなものを、味わった。そのうえ、かれらのちぎりには成熟しかけた男性のもつ、きびしい魅力があったし、同様にきびしい薬味《やくみ》として、仲間たち全部に対する反撥感《はんぱつかん》が、ともなっていた。仲間たちから見ると、ハイルナアはいつもかわいげがなく、ハンスはいつも不可解だった。その連中の結んだいくつもの友情は、当時どれもこれも、まだ無邪気な少年の遊戯だったのである。

ハンスが自分の友情に、いよいよ心から、いよいよ幸福な気持ちで、打ちこめば打ちこむほど、かれは学校とますます縁遠くなって行った。この新しい幸福感は、できたてのぶどう酒のように、ごうごうと音を立てながら、かれの血を、かれの思想を、つらぬいて走った。その一方、リヴィウスもホオマアも、今までの重大性と、今までの輝きを、失ってしまった。しかし先生たちは、これまでの完全無欠な生徒ギイベンラアトが、問題の多い人物に変わってしまったこと、そしてあやしげなハイルナアの感化に負けてしまったことを知って、愕然《がくぜん》とした。教師たちにとって一番おそろしいのは、青年期の激動がはじまるころの、ただでさえ危険な年齢にある、ませた少年たちの性向に、はっきり見えてくる、あのふしぎな現象なのである。ハイルナアに見られる、一種の天才的な性向が、かれらにはもともと以前から、気味がわるかった。——天才と教職のあいだには、たしかに昔から、深いさけ目ができている。そしてそういう連中のだれかが、学校にはいってくれば、かれは教授連にとって、はじめからやりきれない人物である。かれらから見ると、天才たちとは、かれらに敬意をもたず、十四でたばこをのみはじめ、十五で恋いこがれ、十六で酒場へ行くような、禁断の書物を読んだり、あつかましい作文を書いたり、ときおりばかにしたように、教師をじっと見つめたり、そして日誌に、煽《せん》動者《どうしゃ》として、監禁の候補者として書きこまれたりする——そういう悪人なのである。学校教師というものは、自分のクラスに、ひとりの天才がいるよりも、何人かののろまがいるほうがうれしいのである。そしてよく考えると、かれは正しい。なぜなら、教師の使命とは、常軌《じょうき》を逸《いっ》した人物を養成することではなく、ラテン語に堪能《たんのう》な者、数学に堪能な者、そして実直な人間をつくることだからである。しかしどっちのほうが、相手方から一層多くの、一層重大な被害を受けているか、教師のほうが少年たちからか、それとも少年たちのほうが教師からか、両者のうちどちらが、よけいに暴君であり虐待者であるか、そして、相手のたましいと生命を、そこない、はずかしめるのは、両者のうちのどちらか、ということを検討すれば、人はかならず怒りと屈辱の気持ちで、自分自身の青春を考えずにはいられない。とはいえ、それはわれわれの仕事ではない。そしてわれわれのなぐさめになるのは、ほんとうの天才の場合には、ほとんどいつでも、傷口がふさがること、そしてかれらがついには、学校に逆らいながら、りっぱな仕事をなしとげるような人間、あとになって、死後、へだたりというこころよい後光にかこまれると、かれらを教えた学校の先生たちによって、ほかの世代の人々に、傑物として、高貴な実例として紹介される――そういう人間になることなのである。こんな調子で、学校から学校へわたって、法則と精神とのあいだの闘争という劇が、くりかえされている。そして何度も何度もわれわれは、国家と学校が、毎年出現する二、三の、ひときわ深味のある、ひときわ価値の高い人物を、根絶しようとして、息をきらしながら努力しているのを見うける。そして何度も何度も、あとになってわが民族の宝をふやすのは、まず第一に、学校の先生たちにきらわれていた連中、たびたび罰をくった連中、逃げ出した連中、追い出された連中ということになるのである。しかしかなり多くの者は――しかも幾人いるか、だれが知ろう――無言の反抗に精根をつからせて、ほろんで行くのだ。

よき、古き学校原理にしたがって、このふたりの若い変物《へんぶつ》に対しても、そこにいかがわしさがかぎつけられるやいなや、愛情ではなく、厳格さが倍加された。ただ、ハンスを最も熱心なヘブライ語の生徒として、誇りとしていた校長だけは、手ぎわのわるい救済のこころみをやってみた。かれはハンスを自分の事務室に来させた。それは古い官舎内の、出窓のついた、美しい、画《え》のような部屋で、伝説によると、近くのクニットリンゲンに住んでいた、ファウスト博士が、ここでエルフィンガア酒を何杯も飲んだことになっていた。校長は決してわるい人間ではなかった。見識も実際的なかしこさもそなえていたし、そのうえ、教え子たちに対して一種温厚な好意をよせていて、かれらを親しい二人称で呼んだ。かれの第一の欠点は、つよい虚栄心で、これがかれをそそのかして、演壇の上でほらふきめいた芸当を演じさせたし、自分の勢力と権威が、ほんのすこしでもうたがわれるのを、だまって見ていさせなかった。かれはどんな異論も我慢ができなかったし、どんな誤りも自認することができなかった。だから、無気力な、または不正直な生徒は、申しぶんなくかれと調子を合わせて行ったが、たくましい、正直な者にかぎって、つらい思いをした。ただそれとなく口答えをしただけで、すでにかれは怒り出すからである。はげますようなまなざしと、感動をこめた口調をもった、父親めいた友人という役で、かれは名人芸を見せた。そしてこのときも、かれはその役を演じたのである。

「かけたまえ、ギイベンラアト。」とかれは、こわごわはいってきた少年の手を、力づよくにぎってから、親しげにそう言った。

「すこしあんたと話したいことがあってね。しかしきみと言ってもいいかしら。」

「どうぞ、校長先生。」

「ねえ、ギイベンラアト。きみ自身もそう感じたことと思うが、きみの成績は近ごろすこし落ちたな——すくなくともヘブライ語ではね。きみはこれまで、おそらく本校でヘブライ語が一番よくできる生徒だったよ。だから、突然の後退を見るのが、わたしは残念でな。もうヘブライ語など、あまりおもしろくなくなったとでもいうのかね。」

「決してそんなことはありません、校長先生。」

「よく考えてみたまえ。よくそういうことがあるものさ。きみはもしかしたら、別の科目にとくべつ気を入れるようになったのだろう。」

「いいえ、校長先生。」

「ほんとうにそうじゃないのかい。そうか。それならほかの原因をさがす必要がある。わたしに何か手がかりを教えてくれることができるかね。」

「わかりません……出された問題はいつでもやりました……」

「そうとも、きみ、そうだとも。しかし、differendum est inter et inter（どこまでも別けていかなければならない）だからね。むろんきみは問題をやったさ。じっさいまたそれがきみの義務だったのだもの。しかし前にはもっと成績がよかったよ。もっと勉強したろうし、いずれにしても、もっと関心をもって事に当たっていたよ。どういうわけで、きみの熱意がこう急におとろえたものか、それがわたしにはふしぎだね。まさか病気じゃあるまい？」

「ええ。」

「それとも頭痛がするのかな。もちろん非常に元気さかんな様子じゃないが。」

「ええ、頭痛はときどきするんです。」

「毎日の仕事を多すぎると思うかね。」

「とんでもない。そんなことちっとも。」

「それとも学校以外の本をたくさん読むのかね。正直に言ってごらん。」

「いいえ、本なんかほとんど何も読みません、校長先生。」

「そうなると、わたしにはどうも合点《がてん》が行かないのだがねえ、きみ。どこかに何か欠けたところがあるにちがいない。本腰を入れて努力すると、約束してくれるかい。」

ハンスは、自分をげんしゅくなやさしさで見守っている、この権力者の、さし出された右手に、自分の手をそえた。

「それでいい。それでけっこうだよ、きみ。決して弱気にならないことだ。さもないと車にひかれてしまうよ。」

かれはハンスの手をにぎった。そしてハンスはほっとしながら、戸口のほうへ行きかけた。と、かれは呼びもどされた。

「まだちょっと話があるんだ、ギイベンラアト。きみはハイルナアと度々《たびたび》つき合っているんだね。そうだろう。」

「ええ、かなり度々。」

「ほかの連中とつき合うよりよけいだろう。それともちがうかね。」

「ちがいません。そのとおりです。ハイルナアはぼくの親友です。」

「いったいどうしてそうなったのかね。元来きみたちは、ずいぶん性質がちがっているじゃないか。」

「わかりません。ともかく親友になっているんです。」

「わたしがきみの親友を格別好いていないことは、きみも知っているね。あれは不平不満の多い、おちつきのない人物だ。頭はいいかもしれないが、しかし成績は劣等だし、きみには決していい影響は与えないね。あの生徒からもっと遠ざかるようにしてくれたら、わたしは非常にうれしいと思うのだが。——どうだね。」

「そんなことはぼくできません、校長先生。」

「できない？　いったいなぜかね。」

「だってハイルナアはぼくの親友だからです。まさかハイルナアをあっさり見ごろしにするわけには行きません。」

「ふむ。しかしほかの連中と、もっと仲よくしてもよさそうだがね。あのハイルナアの悪い影響に、それほど身をまかせているのは、きみたったひとりだけだよ。そしてその結果がもう現われてきたじゃないか。いったいどこがよくって、ほかならぬあの生徒に、とくべつ心をひかれているのかねえ。」

「自分でもわかりません。でも、ぼくたちは両方で好きなんです。だからハイルナアを見すてたら、ぼくは卑怯者になるでしょう。」

「そうか、そうか。なに、むりにどうしろというわけじゃないさ。しかしあの生徒からだんだん遠ざかるようにしてもらいたいね。そうなれば、わたしはうれしい。そうなれば、非常にうれしいよ。」

しまいの文句には、もはやさっきのやさしさは、すこしもこもっていなかった。そのままハンスは行くことを許された。

このとき以来、かれはまたさらに、勉学で身を苦しめた。たしかに、もう以前のようにすらすらとは、進まなかった。むしろそれは、せめてあまりひどく取り残されまいとして、苦労しながらいっしょに走る、というありさまだった。これが部分的には、自分の交情から来ているのを、かれも自分で知っていた。それでもかれは、その交情のために損をしているとも、さまたげられているとも考えず、むしろそれはすべての失われたものを、十二分にうめ合わせるだけの、値打ちをもった財宝だと思っていた――その財宝とはつまり、今までのきまじめな義務生活などとは、くらべものにならないほどの、高められ、あたためられた生活であった。かれは、恋におぼれた若者のような生きかたをしていた。偉大な英雄的行為はできるが、日常の退屈な、こまかしい仕事はできない、という気持ちだったのである。そういうわけで、かれは再三再四、絶望的なためいきをつきながら、自分自身をかせの中へはめこんだ。ハイルナアのように、うわのそらで勉強しながらも、もっとも必要なことを、すばやく、ほとんど強引なくらい急いで、身につけてしまう、そういう要領は、かれにはのみこめなかった。かれの親友が、毎晩といってもいいほど、暇な時間にかれを話し相手にするので、かれは余儀なく、朝、一時間だけ人より早く起きることにした。そしてとくにヘブライ語の文法と、仇敵《きゅうてき》のように取り組んだ。じつをいうと、かれがおもしろいと思っているのは、もうホオマアと歴史の時間だけであった。暗中模索の気持ちで、かれはホオマアの世界を理解するところまで、近づいて行った。そして歴史では、しだいに英雄たちが、名前と数字ではなくなってきて、近くにある、燃えるような目から視線を送ったし、生き生きした赤いくちびるを持っていたし、ひとりひとりが独特の顔と独特の手を持っていた――あるものは、赤い、ふとい、荒い手を、あるものは、しずかな、冷たい、石のような手を、さらにあるものは、細い、熱い、こまかい脈管の浮いた手を。

ギリシャ語のテキストで福音書を読むばあいにも、かれは時として、人物たちの明白さと近さに、おどろかされる、いや、圧倒されることがあった。ことに一度、マルコ伝の第六章を読んでいたときに、そうだった。それはイエスが弟子たちとともに、舟からあがって、「人々ただちにイエスを認めて、はせ集まりぬ。」というくだりだった。そのとき、やはりかれも、人の子イエスが舟からあがるのを見た。そしてすぐにかれを認めた――すがたでわかったのでも、顔でわかったのでもなく、愛情のこもった目の、おおらかな、輝かしい深さでわかったたし、せんさいな、それでいて力づよいたましいに形づくられ、そのたましいを宿しているらしい、しなやかな、美しい、淡褐色《たんかっしょく》の手の、そっとまねくような、というより誘いかけるような、歓迎するような仕草でわかったのである。水のゆれさわぐみぎわと、重たい小舟のへさきとが、一瞬、そこに浮かびあがった。と思うと、その光景全体が、冬の煙のたなびきのように、消えうせてしまった。

ときおり、書物の中から、だれかある人物なり、歴史の一片なりが、いわばむさぼるようにとび出してきては、もう一度生きよう、そして自分のまなざしを、生きている人間の目に反映させようと熱望する——というようなことが、くりかえされた。ハンスはだまってそれをながめながら、ふしぎに思っていた。そしてこれらのあわただしい、いつもすぐにまた逃げ出してゆくまぼろしを見ていると、自分が深刻にかつ奇妙に変身してゆくのを感じた。なんとなく、黒い大地をガラスのように見とおしたような、神に顔を見つめられたような気がしたのである。こういう貴重な瞬間は、巡礼者として、かつ好意ある客人として、呼ばれもしないのにやってきては、悲しまれもせずに消えて行ったのだが、何か異様なものと神々《こうごう》しいものを、あたりにただよわせているので、だれも話しかけたり、強いてとどまらせたりする勇気が出ないものなのである。

ハンスはこうした体験を、じっと胸にたたんだまま、ハイルナアにさえ、それについてはなんにも言わなかった。ハイルナアの場合は、以前の憂愁《ゆうしゅう》が、おちつかぬ、するどい精神と変わっていた。これが修道院に、教師たちや仲間たちに、天候や人生や神の存在に、批判をくだしたり、時にはまた闘争欲か、突然のばかげたいたずらなどを、ひきおこすのであった。しかしもともとかれは、孤立していたし、ほかの連中と対立していたので、無反省に思いあがった気持ちで、その対立をさらに、反抗的な、敵意にみちた関係にまで尖鋭化しようとした。ギイベンラアトも、自分でくいとめようともしないで、その関係の中へまきこまれてしまったために、このふたりの友人たちは、ひときわ目立つ、そしていやな目でながめられる島として、群衆から切りはなされた存在になっていた。ハンスはその場合、しだいに居心地よく感じるようになった。ただ、校長さえいてくれなかったら、と思った。校長に対しては、なんともつかぬ不安を感じたのである。前には校長の愛弟子《まなでし》であったかれが、今では校長に冷たくあつかわれたし、あきらかにわざわざ閑却《かんきゃく》された。しかもまさにヘブライ語——校長の専門であるヘブライ語に対して、かれはしだいに、あらゆる興味を失って行った。

すでに数カ月たつうちに、四十人の神学校生が、わずかな停滞者をのぞいて、心身ともに変化してしまったさまを見るのは、おもしろいものだった。多くは、横にふとるほうをひどくぎせいにして、おそろしく縦《たて》にのびてしまった。そして手首やくるぶしを、もとの長さのままの衣服から、たのもしげに突き出していた。かれらの顔は、消えようとする子供らしさと、こわごわ胸を張りはじめている男らしさとのあいだの、あらゆる濃淡を示していた。そして肉体にまだ、思春期の角ばった形態が、現われていない連中はみんな、モオゼ五書の研究によって、すくなくとも一時的な男子の威厳を、なめらかな額《ひたい》の上にさずけられていた。豊頰《ほうきょう》の少年などは、それこそめずらしいものになっていたのである。

ハンスも変わってしまった。背《せい》の高さとやせている点で、かれはもうハイルナアに負けないどころか、今ではほとんどハイルナアより年上に見えた。前には弱々しく透き通るようだった額のかどが、くっきりと出っぱってきたし、目はおちくぼんで、顔は不健康な色になったし、手足や肩は、骨ばってぎすぎすしていた。

かれは、学校の成績に自分で不満を感じれば感じるほど、ハイルナアの感化で、いよいよきびしく、ほかの仲間たちから絶縁するようになった。模範学生として、また将来の首席として、かれらを見おろすいわれは、もはやすこしもなくなっていたから、かれが高慢な顔をするのは、まことに場ちがいであった。しかしかれは、それとさとらされたり、自分自身の心にせつなくそれを感じたりすると、かれらを許しがたい気がした。とくに、完全無欠なハルトナアと、例のでしゃばりのオットオ・ヴェンガアとを相手にして、何べんかけんかざたが起こった。ヴェンガアが、ある日またしても、かれをちゃかしたり、おこらせたりしたとき、われを忘れたハンスは、こぶしをふるって、返答にかえた。すさまじいなぐり合いがはじまった。ヴェンガアはいくじなしだったが、この弱々しい相手なら、かんたんに片づけることができた。そこでヴェンガアは遠慮なく打ってかかった。ハイルナアはその場に居合わせなかった。ほかの連中は、手をこまねいて見物しながら、ハンスが痛い目に会うのを、いい気味だと思っていた。かれは本式にたたきのめされて、鼻血は出るし、肋骨《ろっこつ》はひとつのこらず痛んだ。ひと晩じゅう、恥と苦痛と怒りが、かれを眠らせなかった。親友にはこの体験を隠していたが、かれはこのとき以後、きびしく自分の中にとじこもって、同室の者とほとんどひと言もかわさなくなった。

春が近くなると、雨の昼休みや雨の日曜日や、長いたそがれに影響されて、修道院生活のなかに、新しい組織や運動が、あらわれてきた。アクロポリス室は、そのメンバアにピアノのうまいのがひとりと、フルウトを吹くのがふたりいた関係で、二回ずつ規則的に音楽のゆうべを、ひらきはじめた。ゲルマニア室では、演劇関係の読書会がはじめられた。そして二、三の若い篤信家《とくしんか》たちは、聖書クラブをつくって、そのクラブで毎晩、聖書の一章を、カルヴ聖書についている註《ちゅう》ともども、読んでいた。

ゲルマニア室の読書会に、ハイルナアは入会を申しこんで、ことわられた。かれは怒りに煮えたぎった。そのかたきうちの意味で、こんどは聖書クラブにはいろうとした。

そこでもみんなはかれをいやがったのだが、それでもかれはむりにおしかけて行って、遠慮ぶかい、小さな教団の、敬虔《けいけん》な会話のなかへ、思いきった話しぶりと、不信心なあてこすりで、けんか口論を持ちこんだ。まもなくかれは、このなぐさみにもあきてしまったが、しかし話すときの皮肉で聖書風な口調は、もっとあとまで残していた。そのうちに、かれはもうほとんど問題にされなくなった。新入生たちは、いま完全に、企画と創設の精神に、とらわれていたからである。

いちばん評判になったのは、スパルタ室の天分と機知に富んだ一生徒であった。かれは一身の名声もさることながら、部屋をいくらか活気づけてやろう、そしていろいろと気のきいたらんぼうを働いて、単調な勉学生活の気ばらしを、もっと多くしてやろう、ということだけが、肝腎《かんじん》だという気がしていた。かれはドゥンスタンというあだ名をもっていた。そしてみんなをあっと言わせるため、ある程度の名声をあげるための、独創的なやりかたを見つけた。

ある朝、生徒たちが寝室から出てくると、洗面所のとびらに、一枚の紙がはりつけてあるのが発見された。そこには、「スパルタ製の六つの寸鉄詩」という標題のもとに、かなり特色のある仲間たちの、えりぬかれた数人が――かれらの愚行や、いたずらや、交情関係が、二行詩のかたちで、毒舌的にあざけられていたのである。ギイベンラアトとハイルナアの一対《いっつい》も、それ相当にやっつけられていた。小さな国家制度のなかに、おそろしいさわぎが起こった。みんな劇場の入口に群れるように、その戸口の前でひしめき合った。そしてその群衆全体が、女王のとび立とうとする前の、みつばちのむれのように、入りみだれて、うなったり、押し合ったり、ささやき合ったりしていた。

次の朝になると、例のとびら全体が、寸鉄詩と諷刺詩《ふうしし》で——応答や賛同や新しい攻撃で、いっぱいになっていた。しかしこのさわぎの張本人は、ふたたびそれに参加するほど、まぬけではなかった。火口《ほくち》を納屋《なや》になげこむ、という自分の目的を、かれはとげたのである。そして両手をこすり合わせてよろこんでいた。ほとんどあらゆる生徒が、それからしばらくのあいだ、この諷刺詩のたたかいに加わった。だれもかれも、二行詩をこころざして、考えこみながら、あちこちと歩きまわった。そして平気な顔で、ふだんのとおり自分の勉強に専念していたのは、おそらくルツィウスたったひとりであったろう。とうとうある先生がこれに気づいて、この人さわがせな遊びの継続を禁じてしまった。

狡猾《こうかつ》なドゥンスタンは、おのれの成功に安んじてはいなかった。そのあいだに、主要な一撃を準備していたのである。かれはこんど、ある新聞の第一号を発行した。ごく小さな型で、原稿用紙にこんにゃく版ずりというものだった。そしてかれは何週間もかかって、その記事の材料を集めたのである。新聞は、「はりねずみ」という表題で、主として諷刺新聞だった。ヨシュア記の著者と、あるマウルブロン神学校生とのおどけた会話が、第一号の圧巻であった。

成功はまぎれもないものだった。そしてこうなると、多忙きわまる編集長兼出版者らしい顔つきとしぐさを、身につけたドゥンスタンは、修道院のなかで、むかしヴェニス共和国で、あの有名なアレティイノが受けたのとほぼ同じような、きわどい評判を受けたのである。

ヘルマン・ハイルナアが、情熱をこめて編集にたずさわったうえ、やがてドゥンスタンといっしょに、しんらつな、諷刺的な監察をおこなったときは、みんながそろっておどろいた。そういう仕事をするだけの機知と毒舌を、かれはちゃんとそなえていたのである。ほぼひと月にわたって、この小新聞は、修道院全体に息をころさせた。

ギイベンラアトは、親友をしたいとおりにさせておいた。かれ自身は、事をともにするだけの関心も天分も持っていなかった。ハイルナアが近ごろ、じつにひんぱんに、晩の時間をスパルタですごしていることにさえ、ハンスははじめのうち、ほとんど気がつかなかった。それは、すこし前から、かれは別のことがらに頭をつかっていたからである。昼間のうち、かれはものぐさな、ぼんやりした気持ちで歩きまわっていて、勉強もゆっくり、いやいやながらやっていたのである。そして一度、リヴィウスの時間に、ある奇妙なことが、かれのうえに起こった。

先生は訳読をさせようとして、かれを呼びあげた。かれは着席したままでいた。

「どうしたことだ。なぜ起立しないのかね。」と先生は、むっとしてさけんだ。

ハンスは身じろぎもしなかった。胸を張ってベンチに腰かけたなり、頭をすこしうつむけて、目は半眼にとじていた。呼びかけの声は、かれを夢想からなかば呼びさましたが、しかし先生の声は、はるか遠くから聞こえてくるようにしか思われなかった。隣席の者にはげしくこづかれたのも、かれは感じた。それはかれになんの関係もないことだった。かれは別の人間たちにとりまかれていた。別の手がかれにさわっていたし、別の声がかれに語りかけていた。近い、かすかな、低音の声で、なんの言葉も語らず、ただ泉のせせらぎのように、低くおだやかに、さらさら鳴るだけなのである。そうして多くの目がかれを見つめていた——見知らぬ、予感のこもった、大きい、きらきら光る目である。おそらくそれは、かれが今しがたリヴィウスで読んだばかりの、ロオマの群衆の目なのかもしれないし、かれの夢想に出てきたような、またはいつか一度、かれが画《え》で見たことのある、未知の人間たちの目かもしれなかった。

「ギイベンラアト。」と先生がどなった。「いったいきみは眠っているのかい。」

生徒はゆっくり目をひらくと、おどろいた様子で、その目を先生の上にすえたまま、頭をふった。

「眠っていたんだな。それとも、今どの文章をやっているか、それが言えるかね。」

ハンスは指で本の中をさした。どこをやっているかを、かれはちゃんと知っていたのである。

「こんどはひとつ、起立もしてもらえるだろうかね。」と先生はからかいぎみに聞いた。

そしてハンスは起立した。

「いったい、きみは何をやっているんだ。わたしをちゃんと見たまえ。」

かれは先生をちゃんと見た。しかしその目つきが、先生には気にいらなかった。先生はふしぎそうに頭をふったからである。

「気分がわるいのかね、ギイベンラアト。」

「いいえ、先生。」

「もういっぺん着席したまえ。そうして授業がすんだら、わたしの部屋へ来たまえ。」

ハンスは着席して、もとのリヴィウスの上に身をかがめた。かれはすっかり意識がはっきりしていて、なんでもよくわかったのだが、同時にかれの心の目は、あの多くの見しらぬ人物たちについて行った。かれらはゆっくりと遠い遠いところへ立ちのきながら、きらきら光る目を、たえずかれに向けていたが、とうとうずっとはるかなところで、霧のなかへ沈んでしまった。それと同時に、先生の声と、訳読している生徒の声と、教室のあらゆる小さな物音とが、だんだん近づいてきて、結局はまた、ふだんのとおり、現実の身ぢかなものになった。ベンチも教壇も黒板も、いつものとおりそこにあったし、壁には大きな木製のコンパスや三角定規がかかっていたし、ぐるりには同級生たちがみんなならんでいた。そしてかれらの多くは、ものめずらしげに、またずうずうしく、かれのほうを横目で見ていた。それをみると、ハンスははげしくおどろいた。

「授業がすんだら、ぼくの部屋へ来たまえ。」とかれは言われた。たいへんだ。いったい何が起こったのだろうか。

時間の終りに、先生は目まぜでかれを呼びよせると、じろじろ見ている同級生たちのあいだを縫って、かれを連行した。

「さあ、いったいぜんたい、どうしたことなんだか、言ってみたまえ。つまり、眠ってはいなかったわけだね。」

「ええ。」

「呼ばれたとき、なぜ起立しなかったのだ。」

「わかりません。」

「それともわたしの声が聞こえなかったのかね。きみは耳がわるいのか。」

「いいえ。先生の声は聞こえました。」

「しかも起立しなかったわけか。あのあとでも、じつに妙な目つきをしていたっけね。いったい、何を考えていたのかね。」

「なんにも考えていませんでした。ぼくすぐに起立しようと思ったんです。」

「なぜそうしなかったのかね。じゃ、やっぱり気分がわるかったのかい。」

「ちがうと思います。どうしたんだか、ぼくにはわかりません。」

「頭が痛かったのかい。」

「いいえ。」

「よろしい。行きたまえ。」

食事の前に、かれはまた呼び出されて、寝室へつれて行かれた。そこには校長が、州の医師といっしょに、かれを待っていた。かれは診察されたり、こまかいことまで聞かれたりしたが、何ひとつはっきりした結果は出てこなかった。医者は人がよさそうに笑った。そして問題をかるく見た。

「これはかんたんな神経症ですよ、校長先生。」とかれはおだやかに忍び笑いをもらした。「一時的な虚脱状態——一種のかるい目まいですな。この若いかたには、毎日外気にあたるように、気をつけてあげる必要があります。頭痛の手当としては、すこしばかり水薬を処方してあげてもいいですよ。」

このとき以後、ハンスは毎日、食後一時間ずつ戸外《こがい》へ出なければならなかった。それにはすこしも文句を言わなかった。それより困ったのは、校長がかれに、ハイルナアをその散歩に同伴することを、かたく禁じたことであった。ハイルナアはふんがいして、毒づいたが、それでも屈服するほかはなかった。そこでハンスは、いつもひとりで出かけたが、ある程度それを楽しんでいた。時は早春であった。美しい弧をえがく、まるい丘の上を、うすい、あかるい波のように、新芽の緑が走っていた。木々は、冬のすがたを——するどい輪郭をもった褐色の網を、ぬぎすてて、若々しい青葉のそよぎと、風景のさまざまな色彩とに、いきいきした緑の、無際限な、流れやまぬ波となって、とけこんでいた。

以前、ラテン語学校時代に、ハンスは春というものを、こんなふうには見ていなかった。もっと活発に、もっと好奇的に、もっとこまかく見ていた。かれは帰ってくる小鳥たちを、——次々にいろんな種類を、そして木々の花のひらく順序を、観察しておいて、それから、五月になるやいなや、釣りをはじめたものである。今では、鳥の種類を見分けたり、つぼみをしらべて灌木《かんぼく》の正体を知るというような、そういう骨おりはしなかった。かれはただ、すべてのものの営み、いたる所にもえでる色彩を見た。若葉の香りを吸いこんだ。ひときわやわらかくなった、わきあがる大気を感じた。そしていぶかしい気持ちで、野原を歩きまわったのである。かれはすぐに疲れたし、いつでも横になって、眠りこみたい気持ちだったし、自分を実際とりまいているのとは、ちがったいろんな事物を、ほとんどたえず見ていた。それらがそもそもどういうものなのだか、かれは自分でも知らなかったし、それをよく考えてもみなかった。それは明るい、あえかな、常ならぬ夢で、絵画か、または見なれぬ木々のつらなる並木道のように、かれのまわりに立ちならびながらも、その中では、なんにも事が起こらないのである。ただ観照するための、純粋な画《え》なのだが、それでもそれを観照することが、やはりひとつの体験なのであった。それは、別の地域へ、そして別の人間たちの所へ、拉《らっ》し去られることであった。それは、見知らぬ土地の上を、やわらかな、ふみごこちのいい地面の上を、そぞろ歩くことであった。そして吸いなれぬ空気を、かるやかさと、上品な、夢みるような香料とにみちた空気を、吸うことであった。こうした画の代りに、時として、またある感情が来ることもあった。なんだかかろやかな手が、からだにやわらかくさわりながらすべって行くような、漠然とした、あたたかい、そして興奮をさそうような気持ちなのである。

本を読んだり勉強をしたりするとき、ハンスは注意を集中するのに、おおぼねを折った。興味の感じられないものは、みんな影のように、手のうちからすべり落ちてしまった。そしてヘブライ語の単語は、授業時間中にまだおぼえていようとすると、やっとその三十分前にさらっておかなければならなかった。しかし、物が立体的に見えるあの瞬間が、何度となくやってきた。つまりかれは、本を読んでいるとき、書いてあるすべてが、突然そこに立って、生きて、動くのが——直接まわりにあるものよりも、はるかに具体的に、はるかに現実的に動くのが見えるのである。そして自分の記憶が、もはや何ひとつ受け入れようとせず、ほとんど日増しに無力な、おぼつかないものになって行くのを、かれが絶望的な気持ちで気づく一方、ときおりもっと前の追想が、いぶかしく、かつ不安に思われるほど、気味のわるいあざやかさで、かれをおそってくるのであった。授業時間の最中、または読書をしている最中に、よく父親か、老いたアンナか、または以前の教師や同級生のうちのだれかが、ありありとかれの前に立ちあらわれて、しばらくのあいだ、かれの注意力をことごとくとらえてはなさなかった。それにシュツットガルト滞在中の、州試験中の、そして休暇中のいろんな場面をも、かれはくりかえしくりかえし体験した。あるいはまた、自分が釣りざおを手に、河岸にすわっているのを見たり、日のあたっている水のにおいをかいだりした。しかもそれと同時に、自分の夢みているその時期は、何年も昔のことのような気がするのである。

なまあたたかくしめっぽい、暗い晩のこと、かれはハイルナアといっしょに、寝室の中をあちこちとぶらつきながら、故郷のこと、父親のこと、釣りのこと、学校のことを語っていた。友はきわだって無口だった。かれはハンスに話をさせて、ときどきうなずいたり、日がな一日もてあそばずにいられない定規で、考えこみながら二、三度空《くう》をきったりした。しだいにハンスも、だまってしまった。夜がふけていた。そこでふたりは、とある窓のしきいへ腰をおろした。

「おい、ハンス。」とややあってハイルナアが言いはじめた。かれの声はおちつきがなく、うわずっていた。

「なんだい。」

「なに、なんでもない。」

「いいから、話せよ。」

「ぼくはただ考えただけさ——きみがずいぶんいろんな話をしたもんだから——」

「何をさ。」

「ねえ、ハンス。いったいきみは、一度も女の子のあとを追ったことはないのかい。」

沈黙が来た。ふたりはまだ、こんな話を一度もしたことはないのである。ハンスはそれがこわかった。そのくせこの謎《なぞ》めいた領域は、童話の花園のように、かれをひきつけたのである。かれは自分が赤くなるのを感じた。そしてかれの指はふるえていた。

「たった一度ある。」とかれはささやくように言った。「ぼくはまだばかな子供だったのさ。」

ふたたび沈黙。

「——それできみは、ハイルナア？」

ハイルナアはため息をついた。

「いや、よそう。——わかるかい。こんな話は全然しないほうがいいんだ。話したってしょうがないもの。」

「そんなことはないよ。」

「——ぼくね、いいひとがいるんだ。」

「きみが？　ほんとうかい。」

「くににさ。隣りのうちの人さ。そうしてね、去年の冬、キスしてやったんだよ。」

「キスして——？」

「そうさ。——あのねえ、もう暗くなっていたんだよ。晩がた、スケエト場でね、その人がスケエトぐつをぬぐのを、手つだわせてもらったんだ。そのときキスしてやったのさ。」

「その人なんにも言わなかったのかい。」

「言わなかった。そのまま逃げて行っちゃった。」

「そのあとは？」

「そのあとだって？——それっきりさ。」

かれはまたため息をついた。ハンスは、禁断の園から来た英雄でも見るように、かれをじっと見つめた。

そのとき、鐘が鳴った。みんな寝床にはいらなければならなかった。その寝床でハンスは、角灯《かくとう》が消されて、あたりがしんとしずまりかえってから、まだ一時間以上も、目をさまして横になったまま、ハイルナアが恋人に与えたという、あの接吻《せっぷん》のことを考えていた。

次の日、かれは質問をつづけようと思ったが、恥ずかしかった。そして相手は、ハンスがたずねないので、自分のほうから話をはじめるのを、ためらった。

学校では、ハンスの立場はますますわるくなって行った。教師たちは、険悪な顔つきを見せはじめたし、奇妙な視線をなげはじめた。校長はむっつりして、腹を立てていたし、同級生たちもまた、ハンスがこれまでの高い位地からすべりおちて、首席をねらうこともやめてしまったのを、とうに気づいていた。ただハイルナアだけは、かれ自身学校というものを、べつに重く見ていなかったので、なんにも気がつかなかった。そしてハンス自身は、いろんなことが持ちあがっては変わってゆくのを、ながめながら、それを気にもとめずにいた。

ハイルナアは、そのあいだに、新聞の編集にあきてしまって、完全に親友のもとへ帰ってきた。禁制をおかして、かれはしばしば、ハンスの日毎《ひごと》の散歩について行っては、ハンスといっしょに、日なたぼっこをしながら夢を見たり、詩を朗読したり、校長の悪口を言ったりした。ハンスは毎日毎日、ハイルナアが例の恋愛事件のつづきを、打ちあけてくれるようにと期待していた。しかし日がたてばたつほど、それを聞いてみる勇気が、ますますくじけて行った。ほかの仲間たちのあいだでは、かれら両人とも、あいかわらず不人気だった。ハイルナアは、例の「はりねずみ」に出した、しんらつな諷刺のために、だれの信頼をも、かちえていなかったからである。

あの新聞は、それでなくとも、このころにつぶれてしまった。もう時はずれになってしまって、ただ冬と春のあいだの、退屈な何週間かを、あてにしたものになっていたのである。今は、はじまりかけた美しい季節が、植物採集とか、散歩とか、戸外の遊戯などによって、けっこういろんな娯楽を提供していた。正午ごとに、体操をしたり、格闘したり、競走したり、球《たま》なげをしたりする者たちが、修道院の中庭を、さけび声と活気でみたした。

さらにそこへ、新しい大きなセンセエションが加わった。その張本人、その中心人物は、またしても、みんなのつまずきの石、すなわちヘルマン・ハイルナアであった。

校長は、ハイルナアがかれの禁制をないがしろにして、ほとんど毎日、ギイベンラアトの散歩に同行していることを、聞き知った。こんどはハンスのほうはそのままにしておいて、かれは、自分の宿敵である主犯だけを、校長室に召喚《しょうかん》した。ハイルナアに「おまえ」と言って呼びかけると、すぐにハイルナアは、それをやめさせた。校長はかれの不従順を責めた。ハイルナアは宣言した――自分はギイベンラアトの親友である、そして何人もふたりがたがいに交際するのを、禁止する権利はない、というわけである。それがやっかいな場面を展開させた。その結果として、ハイルナアは数時間の監禁に処せられたうえ、当分ギイベンラアトといっしょに外出することを、きびしく禁じられたのであった。

そこでハンスは次の日、例の公式の散歩に、ふたたびひとりで出た。二時にもどってきて、ほかの連中といっしょに教室へはいった。授業がはじまると、ハイルナアの欠席していることがわかった。すべては、以前ヒンドゥが見えなくなったときと、まったく同じだった。ただこんどは、だれひとり、遅刻など考えた者はなかった。三時になると、全級そろって、三人の教師とともに、失踪者《しっそうしゃ》をさがしに出かけた。幾組にもわかれて、森の中をくまなく走りまわっては、大声をあげた。そして教師のうちの二人もそうだったが、もしかするとかれは自殺してしまったのかもしれない、と思っている者がずいぶん多かった。

五時には、この地方のあらゆる駐在所に電報が打たれたし、晩方になると、ハイルナアの父親あてに、速達便が送られた。晩方おそくなっても、まだなんの手がかりも見つからなかった。そして夜がふけるまで、すべての寝室で、ひそひそとささやく声が聞こえていた。生徒たちのあいだでは、かれは水にとびこんだのだろう、という推測が、いちばん多く信じられていた。そのほかの連中は、あいつはあっさりうちへ帰ってしまったのさ、と言った。しかし、出奔者《しゅっぽんしゃ》は懐中無一物のはずだということが、確認された。

ハンスは、この事件についてくわしいことを知っているにちがいない、というふうに見なされた。しかし事情はちがっていた。それどころか、かれはみんなの中で、一番おどろいてもいたし、悲しんでもいたのである。そして夜ふけに寝室で、ほかの連中が聞いたり、想像したり、愚にもつかぬことを言ったり、冗談をとばしたりしているのを、耳にすると、かれは深くかけぶとんの中へもぐりこんだ。そして長い苦しい幾時《いくとき》かのあいだ、友をいたみ憂《うれ》いながら、じっと横になっていた。友がもう二度と帰ってこないだろう、という予覚が、かれの不安な心をつかんだ。そしてかれの胸を、おびえたような哀感でみたしていたが、とうとう無力な、沈みきった気持ちのまま、かれは寝入ってしまった。

ちょうど同じころ、ハイルナアは数マイルはなれた、ある森のなかで、横になっていた。寒さにこごえて、眠ることができなかったが、それでも深い解放感のなかで、大きく息をつきながら、まるでせまい檻《おり》でもぬけ出してきたかのように、ながながと手足をのばした。かれは正午以来、走りつづけて、クニットリンゲンでパンを買うと、こんどはときどきそれをかじりながら、まだ春らしくまばらな枝々のあいだから、夜の闇《やみ》と星々と、流れ走る雲とをながめた。行きつくところなぞは、どこでも構わなかった。すくなくともかれは、これでいやな修道院を脱走して、自分の意志のほうが、命令や禁制よりも強いということを、校長に見せてやったわけなのである。

そのあくる日いちにちじゅう、みんなはむなしくかれを探した。かれはふた晩目を、ある村に近い畑の上の、わらたばのあいだですごした。朝になると、ふたたび森の中へわけ入ったが、やっと日ぐれ近く、もう一度ある村をおとずれようとしたとき、憲兵の手に落ちた。憲兵はかれを、おだやかなあざけりでむかえると、役場へつれて行ったが、役場でかれは、機知と追従《ついしょう》によって、村長の心をとらえてしまった。村長はかれを泊めるために、自宅へつれて行って、寝る前にたっぷりハムとたまごを食べさせてやった。そのあいだに旅立ってきたかれの父親が、次の日かれをつれ去った。

脱走者が収容されたとき、修道院中の興奮はたいへんなものだった。しかしかれは昂《こう》然《ぜん》と頭をあげたままで、自分のささやかな天才旅行を、ちっとも後悔するけしきはなかった。謝罪をしろと要求されたが、かれはそれをこばんだ。そして教師団のおこなった秘密裁判に対して、みじんも弱気な、または恭謙な態度をとらなかった。学校がわは、かれを引きとめるつもりだったのだが、こうなるともう考慮の余地はなかった。かれは不名誉な放校処分を受けた。そして夕方、父親につれられて、二度ともどってこない意味で、出発してしまった。親友のギイベンラアトには、ちょっと握手をしただけで、別れを告げることしかできなかった。

反抗と堕落を示す、この異常な事件に対して、校長先生がおこなった演説は、美しい、激越なものであった。シュツットガルトの上司にあてたかれの報告は、それよりはるかにおとなしい、客観的な、いきおいの弱いひびきをおびていた。神学生たちは、退学した奇怪な人物との文通を禁じられた。それを聞いて、ハンス・ギイベンラアトは、むろんただ微笑するだけだった。何週間ものあいだ、ハイルナアとかれの逃亡ほど、たびたび話題にのぼったものはなかった。距離とすぎてゆく時間とが、みんなの判断を変えさせた。そしてあのときはこわごわ避けていた逃亡者を、あとではとび去った鷲《わし》でも見送るように、見送るのであった。

ヘラス室には、これで主《ぬし》のないふたつの机ができた。そしてあとから消えた者は、さきに消えた者ほど、すぐには忘れられなかった。ただ校長からいえば、二度目の者も、静かに安穏《あんのん》にすごしていてくれたほうが、よかったであろう。しかしハイルナアは、修道院の平和をみだすようなことは、なんにもしなかった。かれの親友は待ちに待ってい た。しかしかれからは一度も手紙が来なかった。かれはふっつりと消息を絶《た》った。かれの人物とかれの逃亡は、しだいに歴史になって行って、しまいには伝説になってしまった。この情熱的な少年は、後年、なおさまざまな天才的奇行や迷誤のあとで、人生の悩みによってきびしくきたえられた。そしてかれは、英雄とまでは行かなくとも、それでも一人前の男になったのである。

あとに残ったハンスは、ハイルナアの逃亡の事情を知っていた、という容疑をかけられていた。そしてその容疑が、教師たちの好意を、すっかりかれからうばい去ってしまった。かれらのうちのひとりは、かれがいくつかの質問に、いつまでも答えられずにいると、こう言った。「きみはどうして、あのりっぱな友だちのハイルナアといっしょに、行ってしまわなかったのかねえ。」

校長はかれを構いつけなかった。そして横のほうから、けいべつしきったあわれみをこめて、パリサイびとがみつぎとりを見るような目つきで、かれをながめた。このギイベンラアトは、もう数にはいらなかった。かれは癩《らい》患者のひとりになっていたのである。

第五章

やまねずみが貯蔵した食料で食いつなぐように、ハンスは以前に獲得した知識で、なおしばらくは生命をたもっていた。やがて苦しい貧乏ぐらしがはじまって、短い、無力な、新しいふんぱつで中断されはしたものの、そのふんぱつのむなしさは、かれ自身わらいたくなるくらいのものだった。かれはもう、無益に自分を苦しめるのは、やめにした。モオゼ五書の次に、ホオマアを、クセノフォンの次に代数を投げすてて、教師仲間に自分の博していた好評が、優から良へ、良から可へ、そしてついにゼロへと、一段ずつさがってゆくのを、さわぎもしないで、ながめていた。頭痛がしないときには——このごろはまたそれが普通だったが——かれはヘルマン・ハイルナアのことを思って、例のかるい、ひたむきな夢にふけったり、何時間もとりとめもないことを考えながら、ぼんやり過ごしたりした。あらゆる教師たちの、ますますつのってくる非難に対して、かれは近ごろ、人のいい、謙虚な微笑で答えた。親切な若い先生——助教師のヴィイドリヒただひとりだけが、このあわれな微笑を見て、心をいためながら、この軌道《きどう》からはずれた少年を、なさけぶかいいたわりで、あつかった。ほかの教師たちは、ハンスのことをふんがいして、ばかにしたように構いつけないことで、かれを罰したり、またはときどき、かれの眠りこけている功名心《こうみょうしん》を、いじわるくくすぐりながら、呼びさまそうと努めたりした。

「もしも今ねむっていないようだったら、たいへんすまないが、この文章を読んでもらえまいかね。」

校長はとりわけ腹を立てていた。この虚栄家は、自分のまなざしの威力を、深く恃《たの》んでいた。だからかれが威厳たっぷりに、目をむいてみせても、ギイベンラアトがいつもいつも、例のすなおに恐縮したような微笑でそれに応じるたびに、かれは心外でならなかった。その微笑が、しだいにかれをじりじりさせるのであった。

「そんなに底ぬけにばかばかしく、にやにやするのは、やめたまえ。きみはむしろ、わあわあ泣いて然《しか》るべきだろうに。」

それよりもっと深い感銘を与えたのは、どうかぜひ改心してくれと、おどろいて切望してよこした父の手紙だった。校長が父ギイベンラアトあてに通信して、父親はすっかりどぎもをぬかれたのである。ハンスあてのかれの手紙は、この真正直《まっしょうじき》な男の使い得るかぎりの、あらゆるはげましと、道義的立腹との文句を、集めたものだったが、それでも、心ならずも、泣き言めいたあわれっぽさを、ちらちらと見せていた。それがむすこの心を痛ましめたのである。

自分の義務に忠実な、これらすべての青少年指導者たちは、校長をはじめとして、父親ギイベンラアト、教授連、講師連にいたるまで、ハンスのなかに、かれらの願望のさまたげとなるもの、強制してむりやり正道へひきもどさねばならぬような、何か頑《かたく》なもの、何かだらけたものを、見出《みいだ》したのである。おそらくあの同情に富んだ助教師をのぞいては、だれひとりとして、このやつれた童顔のあわれな微笑の裏に、沈みかけたたましいが悩んでいるのが、そしておぼれようとしながら、おびえて、絶望的にあたりを見まわしているのが、見えなかった。そしてまただれひとりとして、学校と父親や二、三の教師たちの、野蛮な名誉心とが、このきずつきやすい人間を、こんなことにしてしまったのだ、ということを、ゆめにも考えなかった。なぜかれは、もっとも感じやすい、そして最も危険な少年期に、毎晩、深更《しんこう》まで勉強しなければならなったのか。なぜみんなは、かれの飼っていたうさぎを取りあげたのか。ラテン語学校での仲間と、わざわざかれを疎縁にしてしまったのか。かれに釣りやぶらぶら歩きを禁じたのか。そしてけちくさい、精根をからすような功名心という、空虚な、卑俗な理想を、かれの胸にうえつけたのか。

過度にかり立てられた小馬は、これでもう道ばたに倒れてしまって、これ以上使いものにならなくなったのである。

夏のはじめごろ、州医はもう一度、これは神経が弱っているのだ、主として成長期のさせるわざだ、と明言した。ハンスは、休暇中大いに加養して、食事も充分にとり、たびたび森へも出かけるべきだ、そうすれば、かならず回復するだろう――というわけである。

残念ながら、とうていそこまでは行かなかった。休暇まであと三週間というときに、ハンスは、ある午後の授業時間中、先生にひどく叱《しか》られた。先生がまだののしりつづけているうちに、ハンスはぐったりとベンチに倒れて、おそろしげにふるえはじめたと思うと、いきなり、けいれんでも起こしたように、長いあいだ泣きつづけて、それがために、授業はすっかり中断されてしまった。そのあと、半日のあいだ、かれはベッドに寝ていた。

次の日、かれは数学の時間のときに、名をさされて、黒板に幾何学の図形をかくこと、そしてその証明をすることになった。かれは出て行った。しかし黒板の前で、めまいを感じた。チョオクと定規を、意味もなく板面の上に動かしたと思うと、両方とも取りおとしてしまった。そしてそれをひろおうとして、身をかがめたとき、かれ自身、床にひざをついたなり、二度と立てなくなった。

州医は、自分の患者がそんなわざをやってのけたことについて、かなり腹を立てていた。用心ぶかい言葉は使ったが、医者は即刻保養のための休学を命じたうえ、神経専門医と相談することをすすめた。

「あの子は今に舞踏病《ぶとうびょう》になりますよ。」とかれは校長に耳打ちした。校長は頭をうなずかせながら、自分の顔の不興げに憤然とした表情を、父親めいたあわれみの色に変えるのを、適当だと考えた。それはかれにとって、ぞうさもないことだったし、よく似合いもしたのである。

かれと医師は、それぞれハンスの父親にあてて、手紙を書いて、それを少年のポケットに入れたうえ、かれを自宅へ送った。校長の腹立ちは、深いうれいに変わっていた――ついこないだ、ハイルナアの事件で不安にされたばかりの学務当局が、この新しいわざわいのことを、どう考えることだろうか。校長はそれどころか、みんなのおどろいたことに、このできごとにふさわしい演説をすることをさえ、あきらめてしまって、いよいよ別れるころには、ハンスに対して、気味がわるいほどあいそがよかった。かれがこの静養のための休暇から、もどってこないだろうということは、校長にはわかっていた――たとえ全快した場合でも、今すでにずっとおくれてしまったこの生徒が、むだにすごした何カ月を、いや、何週間をさえ、とりもどすことは、不可能だったであろう。もちろん、校長ははげますように心をこめた、「では、いずれまた。」という言葉で、かれに別れを告げたものの、しかしその当座、ヘラス室にはいって、三つのあいた机を見るたびに、校長はせつない気がして、このふたりの才能にめぐまれた教え子のいなくなったことについては、もしかしたらやはり、自分に一部の責任があるのかもしれない、という考えを、心のなかで押しころすのに、骨がおれたのである。とはいえ、勇敢な、道義的にたくましい男であるかれは、そうした無益な、暗い疑惑を、自分のたましいの中から追放することに、成功した。

小さな旅行カバンをさげて、旅立ってゆく神学生の背後に、教会や門や破風屋根《はふやね》や塔のある修道院は、すがたを没した。森や丘陵の列も、すがたを没した。それらに代って、バアデン州の国境地帯にある、肥沃《ひよく》な果樹畑があらわれてきた。その次にポルツハイム、それにすぐつづいて、シュワルツワルト地方の、青黒いもみに覆われた山々がはじまり、それがおびただしい渓谷《けいこく》でたちきられながら、暑い夏の輝きの中で、常よりも一段と青く、一段と涼しく、一段と影をふかくしていた。移り変わりながら、ますますふるさとらしい様相を呈してくる風景を、少年はかなり楽しい気持ちでながめていたが、しまいに、もう故郷の町が近づいてから、父親のことを思い浮かべると、応待についてのせつない不安が、旅のささやかなよろこびを、すっかりだいなしにしてしまった。シュットガルトでの試験に出かけたこと、入学のためにマウルブロンへ旅行したときのことが、あの緊張感と不安まじりのよろこびとをともなって、ふたたびかれの頭に浮かんできた。あれらすべては、さてなんのためだったろう。かれは校長と同じように、自分が二度ともどらないだろうし、これで神学校も勉強も、すべての野心的な希望も、おしまいだということを知っていた。しかしそれはもう、かれを悲しませなかった。ただ、自分のために希望をうばわれた、失意の父親に対する不安だけが、かれの心を重たくしていた。いまかれは、ただ休息したい、思う存分ねむりたい、心ゆくまで泣きたい、思いのままに夢見たい、そして今までのあらゆる責苦ののちに、こんどはこのままそっとしておいてもらいたい、というよりほかには、なんの欲望もなかったのである。しかも自宅の父親のもとでは、そういうわけに行かぬかもしれぬ、とかれはおそれていた。汽車旅行の終わるころ、はげしく頭が痛みはじめて、かれは、昔そこの丘陵や森を、情熱的な気持ちでさまよい歩いたことのある、自分の大好きな風景を、ちょうどいま、汽車が横ぎってゆくところなのに、もはや窓から外を見なかった。そしてなじみふかい故郷の駅でおりるのを、もうすこしで忘れるところだった。

さてそこに、傘と旅行カバンを持ったまま、かれはたたずんでいた。そして父親に観察されていた。校長の最近の知らせは、ぐれたむすこについての、かれの失望とふんまんを、度を失ったおどろきに変えてしまった。かれはハンスが病みおとろえた、おそろしい様子をしているものと、想像していたのだが、今みると、なるほどやせほそって、弱々しそうだとはいえ、それでもまだ達者で、自分の足を使って動いている。それがすこしはかれをなぐさめた。しかし一番やっかいなのは、医者と校長が書いてよこした、あの神経病に対する、かれのひそかな不安、かれの恐怖であった。かれの家系には、いままでのところ、だれかが神経病にかかったということなぞ、一度もなかった。そういう病人のことは、いつでも無理解なあざけりの調子か、または精神病患者のことと同じく、見くだしたようなあわれみの調子で、語られていた。そこへ今度かれのハンスが、そういうやっかいなものを持って帰ってきたのである。

最初の日、少年は、小言《こごと》でむかえられないのをよろこんだ。やがて今度は、父親がかれをあつかうときの、そしてあきらかにむりをして取っている、おずおずした、おびえたような、いたわりの態度が、目についた。ときとしてさらにまた、かれは父親が妙にさぐるような目つきで、うす気味のわるい好奇心を浮かべながら、自分をじっと見たり、声をおとした、いつわりの口調で、自分と話したり、こっちには気づかれぬつもりで、こっちの様子を観察したりしているのに、気がついた。ハンスはなおのことおびえるばかりだった。そして自分自身の状況に対する、漠然とした不安が、かれを苦しめ出した。天気がいいと、かれは何時間も、むこうの森のなかに横になっていたが、それはいい気持ちだった。昔の幸福な少年期の、ほのかな照り返しが、そこにいると、ときおり、かれの傷ついたたましいを、さっと覆うことがあった——花やこがね虫を見る楽しさ、鳥の歌に耳をすましたり、または野獣の足あとを追ったりする楽しさが、それなのである。ただし、そんなことは、いつでもほんの数瞬間しかつづかなかった。たいていの場合、かれは何もせずにこけの中に横たわって、重たい頭のまま、何かあることを考えようと、むなしく努めるのだが、結局はまたいろんな夢想がわいてきて、かれを遠くの別の世界へつれ去るのであった。

あるときかれは、次のような夢を見た。親友ヘルマン・ハイルナアが担架の上に死んで横たわっているのを見て、かれはそのそばへ寄ろうとした。しかし校長と教師たちが、かれを押しもどした。そしてかれがもう一度前へ出ようとするたびに、かれに痛烈な平手打ちを加えた。神学校の教授たちや講師たちばかりでなく、小学校の校長やシュトゥットガルトの試験官たちも、みんなむっとした顔つきをして、そこに居合わせていた。突然、いっさいが変わって、担架の上には溺死《できし》したヒンドゥが寝ていた。そして高いシルクハットをかぶった、かれの風変わりな父親が、がにまたのまま、悲しそうに、そのわきに立っていた。

それからまたこういう夢。――かれは脱走したハイルナアをさがしながら、森の中を走っていた。そして再三再四、ハイルナアが遠くの木《こ》の間《ま》を歩いているのを見た。そして声をかけようとするとたんに、いつもいつも消えてしまうのを見た。とうとうハイルナアは立ちどまって、ハンスをそばに来させると、「おい、ぼくにはかわいい人があるんだよ。」と言った。と思うと、むやみに大きな声で笑って、やぶの中に消えてしまった。

ハンスは、ひとりの美しい、やせた男が、舟をおりるのを見た。しずかな、神々《こうごう》しい目と美しい、おだやかな手をもった男である。そしてハンスは、かれをめがけて走りよった。すべてはふたたび流れ去った。そしてハンスは、あれはなんだろう、と思いめぐらしていたが、結局、福音書のなかの、「人々たちまちイエスなるを知り、くまなくあたりをはせめぐりぬ。」という一節が、ふとかれの心に浮かんできた。するとこんどは、περιέδραμον（「はせめぐりぬ」。現在形は περιτρέχω）という動詞が、どういう変化をするのか、この動詞の現在と不定法と完了と未来が、どんな形になるのか、それをゆっくり考えてみずにはいられなくなった。かれはその動詞を、単数と二数と複数の形で、すっかり変化させてみなければならなかった。そしてまごつくやいなや、はらはらして冷汗《ひやあせ》をかいた。やがて我に返るたびに、かれはなんだか、頭の内側がどこもかしこも傷ついているような感じがした。そしてかれの顔が、思わず知らずゆがんであきらめと罪の意識とをあらわす、あの眠そうな微笑を浮かべるたびに、かれはたちまち校長の声を聞いた——「そのばかげたにやにや笑いは、なんの意味だ。きみはまったく、こうなってもまだにやにや笑う必要があるんだね。」

ときたま、わりに気分のいい日があったとはいえ、全体からいうと、ハンスの容態には、なんの進歩もあらわれなかった。むしろ後退のきざしが見えた。むかし母親を診察して、死の宣告をくだした、かかりつけの医者、ときどきいくらか痛風《つうふう》になやむ父親を見にくるその医者は、意見をのべるのを、くる日もくる日もためらっていた。

やっとその時分になって、ハンスは、自分があのラテン語学校の最後の二年間、ひとりの友だちも持たなくなっていた、ということに気がついた。あのころの仲間たちは、あるいはどこかへ行ってしまった者もあり、あるいは徒弟となって走りまわっているのが見られる者もあったが、かれらのうちのだれとも、かれはちっともつながりがなかったし、かれのほうから何か用がある者も、ひとりもなかったし、だれひとりかれのことを気にかける者もなかった。二度ばかり老校長が、一、二のやさしい言葉をかけてくれた。ラテン語学校の先生と町の牧師は、往来でかれのほうへ、好意的にうなずいてみせたが、じつをいうと、かれらはハンスにとって、もはやなんの関係もなかったのである。かれはもう、いろんなものをつめこむことのできる入れものではなかったし、いろんなたねをまくための畑でもなかった。時間と配慮をかれのためについやすのは、もはや骨おりがいのないことだった。

もし町の牧師が、すこしはかれの世話をしてやったら、あるいはよかったかもしれない。しかし牧師は何をしたらいいのだろう。かれの与え得るもの——学問またはすくなくとも、学問の探究を、かれはあの頃この少年に、伝えなかったわけではない。そしてそれ以上のものを、かれは持っていないのである。かれはラテン語の知識を当然うたがわれてもいいような、説教のたねを、知れわたっている文献から取ってくるような、しかしあらゆる悩みに対して、するどい目とやさしい言葉をもっているので、困ったときにみんなが相談に行くような——そういう牧師たちのひとりではなかった。父親ギイベンラアトも、ハンスについての幻滅のいまいましさを隠そうとして、けんめいになってはいたものの、決して友人でもなぐさめ手でもなかった。

そんなわけで、ハンスは見すてられた、うとんじられた気がして、小さな庭にすわったまま、日なたぼっこをしたり、または森の中に寝て、例の夢想や悩ましい考えにふけったりしていた。読書では、この急場をきりぬけるわけには行かなかった。本を読むと、いつもすぐに、頭と目が痛くなってくるし、それにどの本の中からも、ペエジをあけるやいなや、修道院時代と、そこで感じた恐怖の気持ちとの幽霊が、かれの心によみがえってきて、かれを息苦しい、不安な夢幻の一隅へと追いやったうえ、火のようなまなざしで、かれをそこへ釘《くぎ》づけにしてしまったからである。

この窮迫と孤独のなかで、もうひとつ別の幽霊が、にせのなぐさめ手として、病少年に近づいてきて、しだいしだいに、かれにとって、親しい、不可欠のものとなって行った。それは死の想念であった。ピストルでも手に入れるとか、どこか森のなかに、輪にした綱をかけるとかいうことは、むろんぞうさもない話だった。ほとんど毎日、そういう想像が、かれの散歩についてまわった。かれはところどころに、しずかな個所《かしょ》を物色したすえ、ぐあいよく死ねそうなところを、とうとう発見して、そこをだんぜん自分の死に場所ときめた。そこへ何度も何度も出かけて行っては、そこにすわったまま、自分がそのうちにいつか、ここで死んでいるのを見出される、と想像することに、奇妙なよろこびを感じた。ひもをかける枝もきまったし、その枝の強さも吟味されたし、もうなんの故障も、ゆくてをさえぎってはいなかった。それにまた、すこしずつ、かなりの間《ま》をおいて、父親あての短い手紙と、ヘルマン・ハイルナアあての長い手紙が書かれた。これらは遺体のそばに発見されることになっていた。

これらの準備と、確実感とが、かれの心にぐあいのいい影響を及ぼした。かれは例の宿命的な枝の下にすわりながら、圧迫感のなくなった、そしてほとんどよろこばしいくらいの快感がおそってくる、そういう幾時間かをすごしたのである。

なぜとうの昔に、あの枝にぶらさがってしまわないのか、それはかれ自身にもわからなかった。考えはきまっていた。かれの死は決定した事実であった。そう思うと、さしあたりかれはいい気持ちだったのである。そしてこの最後の数日に、美しい日光やさびしい夢想を、長旅の前にだれでもよくそうするように、なお充分に味わいつくすことを、あえてやめなかった。出発することは、むろんいつだってできる。用意は万端ととのっているのである。それにまた、みずから進んで、なおしばらく、もとの環境にとどまりながら、こっちの危険な決心のことなぞ、ゆめにも知らない人たちの顔を、まともに見てやるというのは、独得の、にがい法悦であった。医者にふと出会うたびに、かれは、「まあ、今にわかるさ。」と考えずにはいられなかった。

運命は、かれが自分の暗い意図を楽しむままにしておいた。そしてかれが死のさかずきから、毎日快楽と生活力の数滴を飲むありさまをだまって見ていた。むろん、不具にされたこの若い人間が、重く見られていたわけではないが、しかしかれはまずその軌道を完了すべきであったし、なおいくらかでも、人生のにがい甘味をなめないうちに、舞台から消え去っては、いけなかったのである。
のがれがたい、せつない想像は、まれになってきて、ぐったりしたなげやりな態度、苦痛もなくだらけた気分に席をゆずった。そんな気分のとき、ハンスは半時間も半日もが、そばを通りすぎてゆくのをぼんやりながめたり、淡々として青空をあおいだりして、ときおり、夢遊病者かおさない子供のような様子を見せていた。だらけた、夢うつつの気持ちで、かれはあるとき、小庭でもみの木の下にすわったなり、はっきりそれと知らずに、ラテン語学校時代におぼえて、ちょうどそのとき頭に浮かんできた、古い歌を、しきりにひとり口ずさんでいた。

やれやれ、疲れた、
やれやれ、くたびれた、
財布はからっぽ、
ポケットもからだ。

かれはその歌を、古いメロディに合わせて口ずさんでいた。そして二十回目にうたい出したときにも、なにひとつ考えてはいなかった。しかし父親は窓近く立ったまま、耳をすましていた。そして大いに肝をひやした。かれの味もそっけもない性質にとって、この放心したような、気持ちよくぼうっとしたような、一本調子の歌は、まったく不可解なものであった。そしてかれはためいきをつきながら、この歌を、治る見込みのない精神薄弱のしるしと解釈した。そのとき以来、かれは一段と不安そうに、むすこの様子をながめていたが、むすこはむろんそれに気がついて、そのために悩んでいた。とはいえ、依然としてかれはまだ、綱をたずさえて行って、あの丈夫な枝を役立てるところまでは、行かなかった。

かれこれするうちに、暑い季節がやってきた。そして州試験と、あのころの夏休みから、はやくも一年たってしまった。ハンスはときおりそのことを考えたが、別にたいした感慨もわかなかった。かれはかなり鈍感になってしまったのである。ほんとはまた釣りをはじめたかったのだけれど、父親にそれをたのむだけの勇気がなかった。水ぎわに立つたびごとに、かれは苦しい思いをした。そして時には、だれも人の見ていない河岸に、ながいことたたずみながら、熱っぽい目つきで、黒い、音もなく泳ぐ魚たちの動きを、追っていた。夕方ちかくなると、かれは毎日すこしばかり川下《かわしも》のほうへ泳ぎに行った。そしてその場合、いつでも支配人ゲッスラアの小さな家のそばを通りすぎなければならなかったので、かれはふと、三年前自分が夢中になった、エンマ・ゲッスラアが、また家にもどってきているのを発見した。ものめずらしい気持ちで、かれは二、三度かの女《じょ》の様子をうかがったが、もう前ほどかの女が気にいらなくなっていた。あのころかの女は、手足のかぼそい、きわめて上品な少女だったが、今では背《せい》がのびてしまって、動作がぎごちなく、子供らしからぬ当世風の髪かたちをしていて、それがさらにかの女をすっかり醜《みにく》くしていた。それに裾《すそ》ながの衣裳《いしょう》も、かの女には似合わなかった。そして淑女《しゅくじょ》らしく見せようとするかの女のこころみは、あきらかに不成功だった。ハンスはかの女をこっけいだと思ったが、それと同時に、昔かの女を見るたびに、どれほど異様に甘い、暗い、あたたかい気持ちがしたかを考えると、悲しくなるのであった。総じて——当時はなんといっても、すべてが異なっていた。もっとずっと美しく、もっとずっとはれやかで、もっとずっといきいきしていた。久しい以前から、かれはラテン語、歴史、ギリシャ語、試験、神学校、そして頭痛のほかには、何ひとつ知らずにいたのである。しかしあのころは、童話の書いてある本や、盗賊物語の書いてある本があったし、あのころは、小さい庭に、手製のハンマアつきの水車がまわっていたし、晩がたになると、リイゼの冒険談に、ナアショルト家の門道《もんどう》のところで、みんなといっしょに耳をかたむけたものだし、あのころは、しばらくのあいだ、ガリバルディというあだ名の、隣りの老人グロオスヨオハンを、強盗殺人犯だと思いこんで、かれのことを夢に見たし、一年を通じて、毎月何事かを楽しみにしていたものだ――あるいは干し草づくり、あるいはクロオバ刈り、次にはまた最初の魚釣りか、ざりがに捕り、ホップのとりいれ、すもも落とし、じゃがいも畑を焼く火、脱穀《だっこく》のはじまり、そしてそのあいまには、なお番外として、毎日曜、毎休日を楽しみに待った。あのころはまだ、かれをふかしぎな魅力でひきつけるようなものが、たくさんあった――家々、横町、階段、納屋、井戸、垣根、あらゆる種類の人間や動物、それらが、かれにはなつかしい、なじみの、または謎《なぞ》めいて心をそそるものだった。ホップをつむとき、かれは手つだいをしながら、大きなむすめたちが歌うのに、耳をかたむけていた。そしてかの女たちの歌の中から、詩の文句を聞き出した。その大多数は、笑いをさそうほどおどけたものだが、二、三のものは、聞いていて喉《のど》がしめつけられるほど、妙にあわれっぽくもあった。

それらすべては沈んでしまって、終りを告げたのに、かれは当時すぐにはそれと気づかなかったのである。まずはじめに、リイゼを囲むゆうべが、次に日曜の午前のうぐい釣りが、次に童話を読むことが、中止された。そんな調子で、ひとつひとつ次々にやめられて行って、ついにはホップつみも、庭でハンマアつきの水車をまわすことも、やめになったのである。おお、あれはみんなどこへ行ってしまったのだろう。

こうしてこの早熟の少年は、いま病気の数日のあいだに、非現実的な第二の幼年時代を経験することになった。幼年期をうばわれたかれの心は、いま、突然ほとばしり出たあこがれの気持ちで、あの美しい薄明の歳月へと逃げもどって、魔法にかけられたように、思い出の森の中をさまよっていた。その思い出の力づよさとあざやかさは、おそらくは病的なものだったかもしれないのである。かれはその思い出のすべてを、昔じっさいに体験したときにおとらぬ、熱意と激情で体験した。あざむかれ、しいたげられた幼年期が、ながくせきとめられていた泉のように、かれの心の中にほとばしり出たのである。

樹木というものは、こずえをきりとられてしまうと、根もとに近いところから、好んで新しいひこばえを生ずることがある。それと同じで、花のさかりに病んでしおれてしまったたましいもまた、ごくはじめの、予感にみちた幼年期という、春に似た時代へと、もどってゆくことが多い――あたかも、そこへ行けば、新しい希望を発見したり、断ち切られた生命の糸を、さらにつなぎなおしたりすることが、できるかのように。ひこばえは、みずみずしく、みるみるふとってゆくが、しかしそれは見せかけだけの生命であって、二度とふたたびほんとうの木にはならないのである。

ハンス・ギイベンラアトの身にも、それと同じことが起こった。だから、幼児の国をゆくかれの夢心地の歩みを、しばらく追ってゆくのは、必要なことなのである。

ギイベンラアト家は、古い石橋の近くにあって、非常に異なったふたつの小路《こうじ》の、かどにあたっていた。この家がその一部として所属しているほうの小路は、町じゅうで最も長く、最も幅がひろく、最も上品な通りで、ゲルバア街と呼ばれていた。もうひとつのほうは、いきなりのぼり坂になっていて、短く、せまく、みすぼらしく、とうにつぶれた古い古い宿屋の名をとって、「鷹屋《たかや》」と呼ばれていた。宿屋の看板が一羽の鷹だったのである。

ゲルバア街には、軒をならべて、上流の、手がたい、由緒のある市民たちが住んでいた。自分の家と、自分の墓所と、自分の庭園とを持った人たちである。その庭園が裏手のほうで、段丘となって、けわしく盛りあがっているし、その垣根は、一八七〇年にできた、黄色いえにしだでおおわれた、鉄道の堤《つつみ》に接していた。高雅という点で、ゲルバア街と競うことができたのは、わずかに市場だけであった。そこには、教会と州役所と裁判所と市役所と首席司祭の公邸《こうてい》とがあって、清潔な威厳を見せながら、どこまでも都会風に気品のある印象を与えていたのである。なるほどゲルバア街には、官庁はひとつもない。しかしどっしりした表戸《おもてど》のついた、新旧の個人住宅があり、きれいな、古風な木骨家屋があり、感じのいい、あかるい色の破風家《はふや》がある。そしてこの街路は、片側だけにしか家並《やなみ》をもたないということで、多くの好感と快適と光をさずかっていた。というのは、通りの向こうがわには、角材の手すりのついた囲壁のすそに沿って、河が流れていたのである。

ゲルバア街が長くて、はばが広くて、あかるくて、ひろびろとして、上品だとすれば、「鷹屋」のほうは、その逆であった。ここには、しみだらけで、ぼろぼろ欠けおちるしっくいと、突き出た破風と、ほうぼうにひびができて、つくろってある扉や窓と、ゆがんだ煙突や、いたんだ雨樋《あまどい》をもつ、ななめにかしいだ暗い家々がならんでいた。その家々は、たがいに場所と光線をうばい合っていた。それにこの通りはせまくて、妙にまがりくねっていて、永久の暮色《ぼしょく》につつまれたままであった。その暮色が、雨天のときや日没後には、しめっぽい暗やみに変わるのである。窓という窓の前には、いつでも棒やひもに、おびただしい洗濯物がつるしてあった。それは、この横丁はいかにも小さくてみじめだとはいえ、そこには、すべての転借人や宿泊人を全然勘定に入れないとしても、じつに多くの家族が住まっていたからである。このななめにかたむいた、朽《く》ちかけた家々の、あらゆる隅々には、人間がぎっしりつまっていて、貧困と悪徳と病気が、ここに住みついていたのである。チフスが発生すれば、かならずここだったし、ふと殺人がおこなわれれば、やはりかならずここだった。そして町に窃盗《せっとう》事件があれば、かならずまっさきに「鷹屋」がしらべられた。旅まわりの行商人たちは、ここに宿泊所をもっていた。かれらの中に、こっけいな磨《みが》き粉屋《こや》のホッテホッテもいたし、あらゆる犯罪と悪徳を、かげでしょわされている、はさみ砥《と》ぎ屋《や》のアダム・ヒッテルもいた。

小学時代のはじめのころ、ハンスはたびたび「鷹屋」に出かけた。淡い金髪の、ぼろをまとった男の子たちの、あやしげな一味といっしょになって、かれは悪名の高いロッテの語る殺人ばなしに、耳をかたむけた。これはある小さな宿屋の亭主のわかれた女房で、五年の懲役《ちょうえき》をすませていた。昔は評判の美人で、工員たちのあいだに、たくさん恋人をもっていて、たびたびいろんな醜聞《しゅうぶん》や刃物ざんまいをひきおこしたものである。今はひとり暮らしで、工場が終わったあと、毎晩コオヒイをわかしたり、物語を聞かせたりしてすごしていた。その場合、かの女《じょ》の戸口はひろくあいたままだった。そして女たちや若い労働者のほかにも、しきい口のところから、いつでも近所の子供たちの一群が、うっとりと、しかもぞっとしながら、かの女の話に聞き入っていた。黒い小さな石のかまどの上では、鍋の中に湯がたぎっていて、そのそばにあぶらろうそくが燃えながら、青い石炭の小さい焔《ほのお》といっしょになって、超満員の暗い部屋を、とっぴな形でゆれ動きながら照らすと同時に、聴衆のかげを、ひどく拡大して、壁や天井になげたり、もののけめいた仕草でみたしたりしていた。

こういう所で、八歳の少年は、フィンケンバインの二人兄弟と知り合って、ほぼ一年のあいだ、父親が厳禁したにもかかわらず、かれらとの友情をつづけていた。ふたりはドルフにエミイルという名の、この町いちばんの悪がしこい浮浪児で、果物をぬすんだり、ちょいちょい山林を荒らしたりすることで有名だったし、無数の器用なわざやいたずらにかけては、名人であった。そのかたわら、かれらは小鳥のたまごや、鉛の弾丸や、からすやむくどりやうさぎなどの子で、取り引きをしたし、禁をおかして夜釣りもしたし、町じゅうのどんな庭をもわが家のごとく心得ていた。何しろ、かれらにやすやすとのり越せないほどの、とがった垣根はひとつもなかったし、それほどぎっしりとガラスの破片のうえてあるような塀《へい》は、ひとつもなかったのである。

しかし「鷹屋」に住んでいて、ハンスと仲よしになったのは、まず第一にヘルマン・レヒテンハイルであった。かれはみなしごで、病身の、早熟な、異常な子供だった。片方の脚《あし》が短すぎたために、かれはたえず杖《つえ》にすがって歩かねばならず、街上のあそびに加わることができなかった。ほっそりしていて、血色のわるい深刻な顔には、年に似合わずしぶい口と、あまりにもとがったあごがあった。いろんな手先の芸にかけては、かれはずばぬけて器用だったが、とりわけ釣りに対しては、絶大な熱意をもっていて、その熱意をハンスに伝えたのであった。ハンスはそのころ、まだ釣りの鑑札をもっていなかったが、それでもふたりは隠れた場所で、ひそかに釣った。そして狩りがおもしろいものだとすれば、密漁とは、だれでも知っているとおり、とびきりの快楽なのである。びっこのレヒテンハイルはハンスに、本格的なさおの作りかた、馬の毛の編みかた、ひもの染めかた、糸の環《わ》の結びかた、釣り針の砥ぎかたを教えた。それに天気の見さだめかた、水のもようを見て、ぬかでにごらせる方法、正しいえさをえらんで、それを正しくつける方法をも教えたし、魚の種類を見わけること、釣るときに魚の様子をうかがうこと、釣り糸を正しい深さのところに垂らしておくことも教えた。言葉を使わずに、ただ実例を示すことと、そばにつきそっていることで、たぐったりゆるめたりする刹那《せつな》の、要領と微妙な感覚とを、ハンスに伝えた。店で売っている美しい釣りざお、コルクの浮き、ガラスの糸をはじめ、すべての精巧な釣り具を、かれはむきになって、けいべつし、冷笑した。そしてあらゆる部分を自分で作って、組み立てた釣り具でなければ、決して釣りなどできない、ということを、かれはハンスに信じこませた。

フィンケンバイン兄弟と、ハンスはけんか別れをしてしまった。おとなしい、びっこのレヒテンハイルは、いさかいなしでかれを見すてた。二月のある日、みすぼらしい小さなベッドに横たわって、椅子《いす》にかけてある着物の上に、しゅもく杖をおいたかれは、熱を出しはじめたと思うと、たちまち、しずかに死んで行った。鷹屋通りの人たちは、すぐにかれのことなぞ忘れてしまったが、ハンスだけは、そのあと長いこと、かれをなつかしく心にとどめていた。

しかしかれだけで、鷹屋横町の住人の数がつきたわけでは、さらさらなかった。酒好きのために免職された、郵便集配人レッテラアのことを、知らない者があったろうか。かれは二週間に一度ずつ、酔っぱらって往来に寝ていたり、深夜の騒動を演じたりしたのだが、しかしふだんは子供のように善良で、たえず好意にみちた微笑を浮かべていたのである。かれはハンスに、自分のたまご形の箱から、かぎたばこをかがせたり、時にはハンスから魚をもらって、それをバタでいためて、いっしょに食べようと、ハンスをさそったりした。ガラスの目玉をした、はげ鷹の剝製《はくせい》と、かすかな、きれいな音で、古くさいダンス曲をかなでる、古いオルゴオル時計をもっていた。それから、はだしで歩いているときでさえ、かならずカフスをつけていた、大変な年寄りの機械工ポルシュを、知らない者があったろうか。古い学校の農村教師のむすこだったかれは、聖書の半分ぐらいと、数多くのことわざだの道徳的な金言だのを、そらんじていた。しかしそんなことも、またかれのしらが頭も、かれがあらゆる女の前でいやみな態度を見せたり、たびたび酔っぱらったりすることを、さまたげはしなかったのである。いささか酒がまわっているときには、いつでもギイベンラアト家のかどにある防ぎ石の上に、好んで腰をおろしては、あらゆる通行人の名を呼んで、かれらを格言で充分もてなすのであった。

「ハンス・ギイベンラアト坊っちゃん、まあまあ、わしの言ってあげることを、聞きなさいよ。ジイラッハは、どう言っているかね。悪《あ》しき忠言を与うることなく、そのために良心のくもることなき者は、さいわいなるかな。美しき樹木のみどりばの、あるものは枯れ落ち、あるものはふたたびしげるがごとく、人々の運命もまた然り。ある者は死し、ある者は生まるるなり。さあ、これでもう帰ってもいいんだよ、このあざらしめ。」

このポルシュ老人は、口ぐせの信心ぶかい格言にもかかわらず、幽霊などについての、漠然とした伝説めいた話で、頭をいっぱいにしていた。幽霊の出没する場所を、いくつも知っていたが、たえず自分の物語の真偽についてまよっていた。たいていはじめのうちは、まるでその物語をも聞き手をも、ばかにしているかのように、うたがってかかるような、あたまからけいべつしているような口調で、話しはじめるのだが、話を進めてゆくうちに、だんだんこわそうに首をすくめながら、声をますます落として行って、ついにはひそやかな、押しせまるような、気味のわるいささやき声で終わるのであった。

このみすぼらしい小さな横町には、なんといろいろ不気味なもの、見やぶりがたいもの、漠然と心をひきつけるものが、宿っていたことか。ここにはまた、錠前屋《じょうまえや》のブレンドレも、その商売がつぶれて、荒れほうだいの仕事場が、すっかりだめになってしまったあとも、住んでいた。かれはいつも半日のあいだ、小さな窓のそばにすわりながら、陰気な様子でにぎやかな横町をながめていた。そしてときおり、近所の家の、ぼろを着た、あかだらけの子供たちのだれかが、かれの手に落ちると、かれはすさみきった残忍なよろこびをこめて、その子を苦しめた。耳や髪の毛をひっぱったり、からだじゅうを、青あざのできるほどつねったりするのであった。ところがある日、かれは亜鉛の針金で首をくくられたまま、自宅の階段のところにぶらさがっていた。そしてその様子のふた目と見られぬむごたらしさに、だれひとりあえて近づこうとする者もなかったが、しまいに、老機械工のポルシュが、ブリキを切るはさみで、うしろから針金を断ち切った。すると、舌をだらりと出したまま、死体は前向きにどたりと倒れて、ごろごろと階段をころげて行って、どぎもをぬかれた見物人の真ん中へ落ちこんだのである。

あかるい広いゲルバア街から、暗い、しめっぽい鷹屋通りへ歩み入るたびに、ハンスは、奇妙な、むせかえるような空気とともに、こころよくぞっとするような重圧感に――好奇心と恐怖とやましい良心と、恍惚《こうこつ》とした冒険の予感との、いりまざった気分におそわれるのだった。この鷹屋通りは、おそらくまだ童話とか奇蹟《きせき》とか、空前のおそろしい事件とかいうものが、生じ得る唯一の場所だったし、ここでだけは、妖術《ようじゅつ》だのばけものだのが、信じられもし、ほんとうらしく思われもしていた。そして伝説やいまわしいロイトリングの通俗本を読むときと同じような、せつないながら気持ちのいい戦慄《せんりつ》を、感じることができた。そういう本は、教師に没収されてしまったが、そこには太陽のヴィルトレとか、皮はぎのハンネスとか、短刀のカルレとか、駅馬車のミヒェルとか、それに似たような、正体不明の英雄、兇悪《きょうあく》犯人、いかさま師などのことが、語られていたのである。

しかし鷹屋通りのほかにも、もうひとつ、どことくらべても様子のちがう場所――何事かを体験したり耳にしたりすることもできるし、暗い屋根部屋や異様な部屋にまぎれこむこともできる、そういう場所があった。それは近くの製革《せいかく》工場、つまり、古い巨大な建物で、そこのほの暗い屋根部屋には、大きな皮がかけてあったし、地下室には、おおわれた穴や、禁断の通路があったし、夕方になるとその工場で、リイゼが、すべての子供たちに、例のおもしろい童話を語り聞かせるのであった。そこの様子は、むこうの「鷹屋通り」よりも、しずかで、おだやかで、人間的だったが、しかし謎めいているのは同じだった。製革工たちが、穴や地下室や、なめし場やたたきで、立ち働いているさまは、奇妙な異様なものだったし、大きな、がらんとした部屋部屋は、しずかで、気味がわるいと同時に、魅力をもっていたし、たくましい、むっつりした工場主は、人食い人種のように、こわがられ、いやがられていた。そしてリイゼは、この変妙な家の中を、妖精のように歩きまわっていた——あらゆる子供たち、小鳥たち、猫たち、小犬たちの、守護者となり、母親となって、好意にみち、童話と歌の文句とにみちあふれながら。

とうにかれとは縁のなくなったこの世界の中で、いま少年の思念と夢想は動いていた。大きな幻滅と絶望の中から、かれは過ぎ去った、よき時代へと逃げもどったのである——かれがまだ希望にみちあふれていて、世界が、おそろしい危険と、呪《のろ》いのかかった宝物と、エメラルドでできた城とを、きわめがたい奥のほうに隠している、巨大な魔法の森のように、目の前に立っているのを見た、あの時代へである。かれはこの荒野へ、すこしばかり進出したが、しかし奇蹟がやってこないうちに、かれは疲れてしまった。そして今はまた、謎めいてほの暗い入口に、こんどはしめ出された者として、不精な好奇心をいだきながら、たたずんでいるのであった。

二、三度ハンスは、「鷹屋通り」をまたおとずれた。行ってみると、そこには昔どおりのうす明かりと、昔どおりのいやなにおいと、昔どおりの町角と、灯《あかり》のない屋内階段があった。またしても高齢の男女が、表口《おもてぐち》の前にすわっていたし、あかだらけの、うすいブロンドの子供たちが、さけび声をあげながら、うろつきまわっていた。機械工のポルシュは、なお一層年をとってしまって、もうハンスをおぼえていず、かれのおずおずしたあいさつに対する答えとして、あざけるような、やぎの鳴き声を聞かせただけだった。ガリバルディと呼ばれたグロオスヨオハンは亡くなっていたし、ロッテ・フロオミュラアもそうだった。郵便集配人のレッテラアは、まだ生きていた。いたずらっ子たちが、例のオルゴオル時計をだめにしてしまったと言って、かれはこぼした。ハンスにかぎたばこをすすめてから、何かめぐんでくれないか、とせがんだ。しまいにかれは、フィンケンバイン兄弟のことを、話して聞かせた。片方は現在、たばこ工場ではたらいているが、もう大人なみに大酒を飲むし、もうひとりは、ある年の市の刃傷《にんじょう》ざたのあと、高とびをしてしまって、もう一年以来ゆくえがわからない――とのことだった。すべてなさけない、あわれな印象を与えることばかりであった。

それから一度かれは、晩がた、製革工場へ行ってみた。何物かが、かれを引っぱって、門道を通らせ、しめっぽい中庭を越えて行かせた――なんだかこの大きな古い家の中に、かれの幼年時代が、すべての失われたよろこびとともに、そっと隠されているかのようだった。

ゆがんだ階段と、舗装《ほそう》された玄関を越えて、さらに暗い階段に来ると、かれは皮がひろげてかけてあるたたきの所まで、手さぐりで進んで、なめし皮のするどいにおいといっしょに、突然、雲のようにもくもくとわき出てきた、思い出のかずかずを、その部屋で吸いこんだ。ふたたび下へおりてくると、こんどは裏庭へ行ってみた。そこには、皮をなめすのにつかう、樹皮液のはいったつぼと、そのかすのかたまりを干すための、細い屋根つきの高い足場があった。はたして壁ぎわのベンチには、リイゼが腰かけていて、皮をむくために、ひとかごのじゃがいもを前におきながら、数人の聞き耳を立てた子供たちにとりまかれていた。

ハンスは暗い戸口にたたずんだまま、そっちのほうへ耳をすましていた。大きな静穏《せいおん》が、暮れかかる製革工場にみなぎっていた。そして庭の囲いの裏を流れている河の、かすかな瀬音《せおと》のほかには、じゃがいもの皮をむく、リイゼのナイフの音と、物語るかの女《じょ》の声が、聞こえるだけだった。子供たちはおとなしくかがんだなり、ほとんど身じろぎもしなかった。かの女は聖クリストフェルの話を――夜中に子供の声が、河越しにかれを呼ぶくだりを、語っていた。

ハンスはしばらく聞き入っていたが、やがてそっと、真っ暗な玄関をぬけてあともどりして、うちへ帰った。かれは、自分がやはり子供にはもどれないこと、そして夕方、製革工場の庭でリイゼのそばにすわれないことを、感じた。そしてこんどはまた、製革工場をも「鷹屋通り」をも、避けるようになった。

第六章

　秋もすでにふけた。暗いもみ林の中から、散在する闊葉樹《かつようじゅ》が、たいまつのように、黄色く赤くかがやき出ていた。はざまには、すでに濃い霧がわいていたし、河は朝々、冷気にもやを立てていた。

　あいかわらず、青白い元神学校生徒は、毎日毎日、戸外《こがい》をさまよい歩いた。浮かぬ気持ちで、疲れていて、しようと思えばできたような、わずかな交際をも避けた。医者は、水薬、肝油《かんゆ》、鶏卵、そして冷水まさつをすすめた。

　何をやっても、一向ききめがないのは、当然だった。あらゆる健康な生活には、何か内容と目的がなければならぬ。そしてそういうものが、若いギイベンラアトにはなくなっていたのである。そこで父親は、かれを書記にならせるか、何か手仕事を習わせるかすることにきめた。少年はなるほどまだ衰弱していて、これからすこしは、もっと元気になる必要があったけれど、それでもいま、かれのことを真剣に処理するように、さしあたり考えておくことは、さしつかえないわけだった。

　はじめの頃の、とまどわせるような印象がやわらいで、もう自殺そのもののことなども、考えなくなって以来、ハンスは、そわそわした、起伏の多い不安状態から、変化のないゆううつへと移って行って、徐々に、無抵抗に、やわらかい泥地《どろち》の中へでも落ちこむように、その中へ落ちこんで行った。

いまかれは、秋の野原を歩きまわりながら、この季節の感化にまけていた。秋のおとろえ、しずかな落葉、草原のすがれてゆくさま、濃い朝霧、植物の充分な、ものうい、死の意欲などが、すべての病人をさそうように、かれを重苦しい、絶望的な気分と、悲しい想念へ、さそいこんだ。かれは、ともにほろびたい、ともに眠りにつきたい、ともに死にたい、という願望を感じた。そして自分の若さが、それにさからって、ひそかな信頼の気持ちで、生命に執着しているのに、悩んだ。

かれは木々が黄色くなるのを、褐色になるのを、はだかになるのを、ながめたり、森の中から煙のように出てくる霧を、そして最後の果実とりいれのあと、活気のきえてしまった庭、もうだれひとり、色あざやかに咲き終わろうとするえぞぎくを、さがす人もない庭を、水浴も魚釣りも終わってしまって、枯葉で覆いつくされたまま、寒い岸辺には、もうしんぼうづよい製革《せいかく》職人だけしか、がんばっていられない河を、ながめたりしていた。数日前から、河にはおびただしい果汁のしぼりかすが、流れていた。というのは、しぼり場でも、どこの水車場でも、このところさかんに果汁しぼりがおこなわれていて、町では、果汁のにおいが、かすかにわきかえりながら、どの通りにも流れていたからである。

下流のほうの水車場には、靴屋のフライクも、小さなしぼり機を借りていて、ハンスを果汁しぼりに招いた。

水車場の前の空地《あきち》には、大小のしぼり器、馬車、かご、果物をつめた袋、手桶《ておけ》、ふつうの桶、たらい、樽《たる》、茶色のしぼりかすの山、木製のてこ、手押し車、からの車両などが、おいてあった。しぼり機は動いて、きしんで、きいきい鳴って、うめいて、やぎのように鳴いた。その大多数は、緑色のニスぬりで、この緑が、しぼりかすの黄褐色、りんごかごのさまざまな色、淡緑色の河、はだしの子供たち、そしてあきらかな秋の太陽といっしょになって、見るほどの人に、よろこびと生活の楽しみとこの上ない豊かさとの、心をいざなうような印象を与えた。おしつぶされるりんごのきしむ音は、すっぱいような、食欲をそそるようなひびきを立てた。だれでもそこへやってきて、そのひびきを聞いた人は、思わず素早くりんごをひとつ手にとって、それに食いつかずにはいられなかった。管の中からは、ふとい線になって、甘い、新鮮な果汁が、日をあびてだいだい色に光りながら、流れ出ていた。だれでもそばへ来て、それを見た人は、コップを所望して、素早く一ぱい、ためしに飲んでみずにはいられなかった。そのままそこへ立ちどまって、目をうるませたまま、甘美と快感の流れが、身うちを走りぬけるのを感じるのである。そしてこの甘い果汁が、特有の陽気な、つよい、うまそうな香りで、あたり一面の空気をみたしていた。この香りこそは、そもそも一年じゅうで、一ばんすばらしいもの、成熟と収穫の精髄である。そして冬がはじまる前に、この香りを吸いこむのは、いいことなのである。なぜなら、そのさいわれわれは、感謝をこめて、無数の優秀な絶妙なことがらを、思いおこすからである――おだやかな五月の雨、さあっとふる夏の雨、すずしい秋の朝つゆ、やさしい春の日ざしと、まばゆいばかり暑い夏の炎熱、白く、そしてばら色に光る花と、とりいれ前の果樹の、うれた、赤茶色の輝き、そしてそのあいまには、こうした一年の歩みが持ってきてくれた、いっさいの美しくよろこばしいものを、思いおこすのである。

それはだれにとっても、栄光の日々であった。尊大な金持ちどもは、わざわざ身をおとして、親しくすがたをあらわすと、自分たちのまるまるとしたりんごの重みを手ではかったり、一ダアスまたはそれ以上の袋を数えたり、銀の小さなさかずきで試飲して、自分たちの果汁には、一滴の水もまじっていないことを、みんなに聞かせたりした。まずしい人々は、果物袋をたったひとつしか持っていなかった。コップか、瀬戸物皿かで試飲して、水を加えたが、それでも同じように得意な陽気な気持ちになっていた。何かの理由から全然しぼることのできなかった者は、みんな知人たちや隣人たちの所の、しぼり場からしぼり場へとかけずりまわって、いたるところで一ぱいついでもらったり、りんごをひとつポケットに入れてもらったりしては、自分もやはりそれ相当、この道の心得があるということを、くろうとの使う文句で、証明してみせた。しかし子供たちは、貧富を問わず、小さなさかずきを持って走りまわりながら、めいめいかじりかけのりんごを、めいめいひときれのパンを手にしていた。それはずっと昔から、果汁しぼりのときに、たらふくパンを食べれば、あとになって決して腹痛を起こさないという、あやしげな言いつたえが、おこなわれていたからである。

子供たちの大さわぎは言うに及ばず、無数の声が入りみだれてさけんでいた。そしてどの声もみんな、せわしなく、うわずって、楽しそうだった。

「こっちへ来いよ、ハンネス。おれのところへさ。たった一ぱいだけだ。」

「どうもありがとう。おれはもう腹が痛くてな。」

「百ポンドでいくら払ったね。」

「四マルクさ。しかし一級品だ。さあ、飲んでみな。」

ときどき小さな災難がもちあがった。りんご袋があまりに早くひらいて、中味がみんな地面にころがり出てしまった。

「こいつはいけねえ、おれのりんごだぞ。手つだってくれよ、みんな。」

だれもかれも、拾うのを手つだってやったが、二、三人の悪童だけは、ひろいながら得をしようとした。

「ふところに入れちゃいかんぞ、このろくでなしめら。食うぶんには、腹いっぱい食ってもいいが、ふところに入れちゃいかん。待て、このぐうたらの、まぬけ野郎め。」

「これ、お隣りさん、そんなにいばりなさんな。さあ、ちょっと飲んでみなされ。」

「蜜《みつ》みたいだ。まったく蜜みたいだ。どのくらい作りなさるんだね。」

「たったふた樽だがね、なかなか上物だぜ。」

「夏のさかりにしぼらないのが、まだしものことさ。これが夏なら、みんなにすぐ飲まれちまうだろうて。」

今年もやはり、かならずいなくてはならない、二、三の気むずかしい老人たちが来ている。かれらは、もう久しく自分ではしぼらないのだが、なんにでも心得があるような顔をして、果物がただ同然で手にはいった、あの遠い昔のことを話すのだ。何もかもずっと安かったし、上等だったし、砂糖を加えるなぞということは、まだゆめにも知りはしなかったし、そもそも実のなりかたが、あの頃はまったくちがっていた、というのである。

「あの時分はまだ、とりいれという言葉が使えたものだ。わしは小さなりんごの木を、一本もっていたがね、その木だけに五百ポンドもなったからなあ。」

しかし時勢はいかに悪くなったとはいえ、この気むずかしい老人たちは、やはり今年も、ためし飲みを、気前よく手つだった。そしてまだ歯のある連中は、ひとりのこらず、自分のりんごを、さかんにかじっていた。ひとりなぞは、それどころか、大きな梨《なし》をむりにたいらげて、ひどく腹痛を起こしてしまった。

「まったくの話だが、」とかれは不服そうに言う。「昔ならこんなものは、いつでも十個ぐらい食ったものさ。」そして、うそでないため息をつきつき、まだ大きな梨を十個食べても、腹痛なぞ起こさずにいられた時代のことを、思いおこすのである。

雑踏《ざっとう》の真ん中に、フライク氏は自分のしぼり場を設けて、年かさの徒弟に手つだわせていた。かれのりんごは、バアデン地方からとりよせたもので、かれの作る果汁は、いつでも一流品であった。かれは心ひそかに楽しんでいて、「ちょいと一ぱい味見」をするのを、だれにもこばまなかった。もっと楽しんでいたのは、かれの子供たちで、かれらはあたりをぐるぐる走りまわっては、有頂天な気持ちで、群衆にまじって泳いでいた。しかし口にこそ出さないが、いちばん楽しんでいたのは、かれの徒弟だった。この男は、しばらくぶりに戸外で、はげしく動いたり、思いきり働いたりできるというのが、ぞくぞくするほどうれしかったのである。何しろかれはまずしい農家の出で、高地にある森からおりてきた男だったし、この上質の甘い飲み物も、かれにはたまらなくうまかった。かれの健康な農村青年らしい顔は、森の神の仮面のように、にやにやと笑っていた。そしてかれの靴屋らしい手は、どんな日曜日のときよりも、清潔であった。

この広場に来たとき、ハンス・ギイベンラアトは、物も言わず、おびえていた。かれは進んで出てきたわけではなかったのである。しかしいきなり最初のしぼり場で、さかずきがかれにさし出された。しかもさし出したのは、ナアショルト家のリイゼだった。かれは味見をした。そしてぐいと飲みこんだとき、その果汁の甘い、たくましい味といっしょに、以前の秋のほがらかな思い出が、いくつとなく心にわいてくると同時に、久しぶりでまたすこしみんなに加わって、陽気になりたいという、遠慮がちな願望が起ってきた。知人たちがかれに話しかけた。コップがすすめられた。そしてかれがフライクのしぼり場に着いたころには、あたりの快活さと、それから飲み物が、すでにかれをとらえて、別人にしてしまっていた。ごく陽気な調子で、靴屋にあいさつしてから、かれは果酒を飲むときにだれでも言うような、しゃれを二つ三つ口にした。親方はおどろきを隠して、快活に歓迎のことばをのべた。

三十分たったとき、青い上着の少女がやってきて、フライクと徒弟に笑いかけながら、いっしょに手つだいはじめた。

「ああ、そうだ。」と靴屋が言った。「これはハイルブロンから来ている、わしのめいだ。この子はむろん、もっと別の秋というものになれておる。この子の故郷では、ぶどう酒がたっぷりあるでな。」

かの女《じょ》は十八か十九ぐらいで、低地の人間らしく、きびきびしていて、陽気で、背《せい》は高くなかったが、体格はりっぱで、はちきれそうな肉づきだった。まるい顔のなかの黒い、あたたかそうに光る目と、美しい、くちづけを誘うような口とは、陽気で利口そうだった。そして全体からいうと、いかにも健康な快活な、ハイルブロン生まれの婦人らしい様子はしているものの、どうもこの信心ぶかい靴屋の親方の親類とは見えなかった。かの女はどこまでも現世的であって、かの女の目は、いつも夕方と晩に、聖書やゴスナアの金言集を読むような、そういう目とは様子がちがっていた。

ハンスは突然また、浮かぬ顔つきになって、エンマが早くまた行ってくれればいいのに、と心から思った。しかしかの女はそのまま居残って、笑ったりしゃべったりしながら、どんな冗談に対しても、即座に応酬《おうしゅう》することを心得ていた。するとハンスは恥ずかしくなって、すっかりだまってしまった。ていねいな口をきいてやらねばならぬ、若いむすめたちとつきあうのは、もともとかれには、やりきれないことだった。しかもこのむすめは、いかにもはつらつとしていて、いかにも多弁で、かれがそこにいることも、かれが内気なことも、まったく気にかけていないので、かれはあわれな格好で、かつ、いささか気をわるくして、触角をひっこめると同時に、まるで馬車の車輪にさわられたなめくじのように、身をひいてしまって、じっと身うごきもせずに、さも退屈しているようなふりをした。しかしそれはうまく行かなかった。そしてその代りに、なんだか今しがただれかに死なれたとでもいうような、顔つきになってしまった。

だれもそんなことを気にとめる暇はなかった。エンマ自身がいちばん平気だった。かの女は、ハンスが聞かされたところによると、二週間以来フライクの家に客となっているのだが、すでに町全体のことを知っていた。貴賤《きせん》を問わず、どの家にも出入して、新酒の味見をしたり、すこししゃれを言ったり笑ったりしてから、またもどってきて、まるで自分もいっしょになって熱心に働いているようなふうをした。子供たちを抱いたり、りんごを分けてやったりしながら、笑いと楽しさを、ふんだんにあたりへひろげた。どんな浮浪児にも、「りんごいらないかい。」と呼びかけた。それから美しい、頰《ほお》の赤いりんごをひとつとり出すと、両手をうしろにまわして、「右か左か。」と言って当てさせるのであった。しかしりんごはいつも、当たらないほうの手にあった。そして子供たちがののしりはじめてからやっと、りんごを——青い、小さいほうを出した。かの女はハンスのことも聞いているらしく、いつも頭痛がするというのは、あなたなのか、と聞いた。しかしかれが返事をする間もないうちに、かの女はもう近所の人たちとの、別の会話にまきこまれているのだった。

すでにハンスは、その場をぬけ出して、家に帰ろうという気になっていた。するとフライクがかれの手に、てこを渡した。

「さあ、これからすこし仕事をつづけてもろうてもいい。エンマが加勢するでな。わしは仕事場に用がある。」

親方は去った。徒弟はおかみさんといっしょに、果酒をはこび出すように、言いつけられた。そしてハンスは、エンマとふたりきりで、しぼり機のそばに残った。かれは歯をくいしばって、かたきのような気持ちで立ち働いた。

そのときかれは、てこがなぜこんなに動かしにくいのか、とふしぎに思った。そして目をあげてみると、少女がいきなり大きな声で笑いだした。かの女はふざけて、てこにもたれかかっていたのである。そしてハンスがこんどは憤然としてまたてこを動かすと、かの女はもう一度おなじことをやった。

かれはひとことも口をきかなかった。しかし少女のからだが向こう側でさまたげている、そのてこを押しているうちに、かれは突然、恥ずかしさで胸が重たくなるような心持ちになってきて、しだいしだいに、てこをまわしつづけることを、まったくやめてしまった。ある甘い不安がかれをおそった。そしてその若いむすめが、臆面もなく真っ向から笑いかけたとき、かれには、急にかの女が変わってしまったように、前よりも親しみぶかく、それでいて、うとくなったように思われた。そこでかれもすこし笑った——不器用になれなれしい調子で。

しばらくすると、てこはとうとう完全に動かなくなった。

そしてエンマは言った。「こんなにあくせく働くのはやめましょうよ。」そして自分がいま半分干したばかりのコップを、かれのほうへ渡してよこした。

このひとくちの果酒が、かれには非常に強く、前のものよりも甘く感じられた。そしてそれを飲み終わると、かれはあとが欲しそうに、からになったコップをのぞきこんだ。そしてどんなにはげしく心臓が高鳴っているか、どんなに息づかいが苦しくなったかを思って、ふしぎな気がした。

そのあとふたりは、またすこし働いた。そしてハンスは、少女の上着がどうしても自分にかるくふれるような、そしてかの女の手が自分の手にさわるような、そんなぐあいに身を構えようとしながら、自分で自分のしていることが、わからなかった。そういう接触がおこるたびに、かれの心臓は不安な悦楽を感じてとまった。そしてこころよく甘い虚脱感におそわれる結果、かれのひざはいくらかふるえるし、頭の中には、めまいを起こさせるような轟音《ごうおん》が鳴りひびくのだった。

かれは自分が何を言ったか、自分でわからなかったが、しかしかの女に受け答えをしたし、かの女が笑えば、自分も笑ったし、かの女が悪いたずらをすれば、二、三度指でおどかしもした。そしてなお二度も、かの女の手にしたコップを、飲みほした。同時に無数の追想が、かれのそばをかけぬけて行った――夕方、男たちといっしょに、表戸《おもてど》のところに立っているのが見えた女中たち、歴史の書物で読んだ二、三の文章、ヘルマン・ハイルナアがあの当時、かれに与えた接吻《せっぷん》、それから「女の子」と、「いい人ができたときの気持ち」についての、さまざまな文句や物語や、意味のよくわからない、生徒同士の会話なぞである。そしてかれは、山坂をのぼるときの駄馬のように、苦しい息づかいをした。

すべてはすがたを変じた。身のまわりの人々や営みは、色あざやかにほほえんでいるような、架空《かくう》の存在に帰してしまった。ひとつひとつの声やののしりの言葉や笑い声は、たがいにとけ合って、なんとも区別のつかない、にごった轟音となってしまった。河や古い橋は、遠くなって、画《え》にかいたように見えていた。

エンマも様子が変わってしまった。かの女の顔は見えなくなって、見えるのはただもう、黒い快活な目と、赤い口と、その奥にある、白い、とがった歯だけであった。かの女のすがたはとけ去って、かれが見たのはただもう、そのすがたのこまかい点だけであった——それは、黒い長いくつしたの下につづく短靴の片方だったり、うなじに垂れかかる、みだれた巻き毛だったり、青い布地のなかへ消えかかる、日にやけた、まるみをおびた喉くびだったり、ひきしまった肩や、その下のほうの、呼吸で波うっている胸だったり、うす赤くすけて見える耳だったりした。

そしてまたしばらくすると、かの女はコップを手桶《ておけ》のなかへ取りおとして、それをひろいあげようと身をかがめたが、そのさい、手桶のへりのところで、かの女のひざが、かれの手首にぶつかった。するとかれも身をかがめたが、かれのかがめかたは、もっとゆっくりしていた。そしてかれの顔は、かの女の髪とすれすれになった。髪はほのかににおっていた。そしてその下に、ほつれてちぢれた巻き毛のかげに、美しいうなじが、あたたかく褐色に光りながら、青い胴着のなかへ消えこんでいたが、それをきつくしめつけているホックのせいで、うなじがなおすこし、さけ目からちらほら見えていた。

かの女がふたたび身を起こしたとき、そして同時にかの女のひざが、かれの腕にそってすべる一方、かの女の髪がかれの頬をかすめ、かがんだためにかの女が真っ赤になっていたとき、はげしいおののきが、ハンスの全身をつらぬいて走った。かれは血の気を失って、一瞬、ふかいふかい疲労感をおぼえたので、しぼり器のねじにすがりつかざるをえなかった。心臓はけいれんしながら、大きく波打ったし、両腕からは力がぬけて、肩のあたりが痛かった。

このとき以後、かれはほとんどひとことも口をきかなくなった。そして少女の視線を避けた。そのかわりかの女が目をそらすやいなや、目をすえて、かつて知らぬ快感とうしろめたさとのまざり合った気持ちで、かの女に見入った。このひととき、何かがかれの中でちぎれた。そして新しい、異様に気をそそるような国が、遠い青い海岸をともなって、かれのたましいの前にひらけてきた。心のなかの不安と甘い苦悩が、どういう意味のものか、それをかれはまだ知らなかった。もしくはただ予感しただけであった。そして心のなかの苦痛と快感と、どっちのほうが大きいのか、それもかれにはわからなかった。

しかし快感とは、かれの若々しい愛の力と、たくましい生活についての最初の予感とを意味していた。そして苦痛とは、朝の平和がやぶられたことと、かれのたましいが、もう二度と見出《みいだ》すことのない、幼年の国を見すてたことを、意味していた。最初の難破をからくも逃《のが》れた、かれのかるい小舟は、いま、新しい潮流にまきこまれ、待ちかまえている深淵や、危険きわまる絶壁のそばへ来てしまったのである。これらをきりぬけるには、どんなりっぱな教示を受けている青年でも、指導者などはもたず、自力で進路と救いを見つけるよりほかはない。

そこへ徒弟がもどってきて、しぼり機の仕事で、交代してくれたのは、さいわいだった。ハンスはそのあとしばらく、その場に残っていた。かれはなお、エンマにさわるか、やさしい言葉をかけてもらうことを、期待していたのである。かの女はまた、別のしぼり場をあちこちと、むだ口をききながらまわって歩いていた。そしてハンスは、徒弟の手前きまりがわるかったので、まもなく、別れのあいさつもしないで、そっと帰路についた。

すべては妙に様子が変わってしまった――美しく、刺激的になっていた。しぼりかすを食べて、ふとってしまった雀《すずめ》たちは、さわがしくさっと空を横ぎって飛んでいたが、その空がこれほど高く美しく、これほどあこがれをさそうように青かったことは、まだ一度もなかった。河がこれほど清らかな、緑青色《りょくせいしょく》の、はれやかな水面と、これほどまぶしいくらい白い、ごうごうと鳴る水門をもったことは、まだ一度もなかった。すべてはきれいな画像のように、新しくえがかれて、透明な、作りたてのガラス板のむこうに立っているかに見えた。すべては、ある大きな祭りのはじまるのを、待っているように思われた。自分の胸のなかにも、かれは奇妙に不敵な感情の、そして異常な、ぎらぎら光る希望の、しめつけるように強い、不安な、甘い大波を感じた。それが、これは単なる夢で、決して現実になるはずがなかろうという、内気な、うたがいぶかいおそれと、いっしょになっているのであった。このふたつにわれた感情は、ひとつの暗くふきあげる泉にまで――まるで何かあまりにも力づよいものが、かれの胸のなかで身をふりほどいて、自由に呼吸しようとするかのような、そういうひとつの感情にまで、もりあがって行った――それはおそらくすすり泣きか、おそらく歌声か、さけびか、または高笑いだったかもしれない。かれがうちに帰りつくと、ようやくその興奮はいくらかおさまった。そこでは、いうまでもなく、すべてが元どおりであった。

「どこから帰ってきたのかね。」とギイベンラアト氏が聞いた。

「水車場のそばのフライクさんのところからですよ。」

「あの男は、どのくらいしぼったのかい。」

「ふた樽だと思います。」

ハンスは、フライクの家の子供たちを、もし父親が果酒づくりに出かけるなら、招待することを許してもらいたい、とたのんだ。

「言うまでもないさ。」と父親が口のなかで言った。「おれは来週やる。そのとき呼んでくるがいいよ。」

　夕食までには、まだ一時間あった。ハンスは庭へ出た。二本のもみの木のほかには、もう緑のものはあまり見られなかった。はしばみの枝を一本折ると、かれはそれでびゅうびゅう風をきったり、枯れかけた葉のしげみをかきまわしたりした。太陽はすでに山のむこうにあった。山の黒い輪郭が、こまかくえがき出されたもみのこずえを見せながら、うすい緑青色の、しめってあかるい秋空を、断ち切っていた。灰色の、長くのびた雲が、黄色と褐色の余光を受けながら、故郷へ帰る舟のように、ゆったりと、気持ちよげに、うすい、金色の大気のなかを、谷のかみ手のほうへただよって行った。

　夕暮れの成熟した、色彩にあきた美しさに、奇妙な、かつて知らぬ感動をおぼえながら、ハンスは庭じゅうをそぞろ歩いた。ときどき立ちどまって、目をとじては、エンマを頭にえがこうとしてみた――かの女が自分とむき合って、しぼり機のそばに立っていた様子、かの女のさかずきから、自分に飲ませてくれた様子、桶の上に身をかがめて、顔を赤くしながらまた身を起こした様子を。かの女の髪と、きっちりした青い着物につつまれたすがたと、喉もとと、黒い細毛で褐色のかげができているうなじとを、かれは見た。そしていっさいはかれを、快感とおののきでみたしたのだが、ただかの女の顔だけは、どうしても思いえがくことができなくなっていた。

日が沈んだあと、かれは冷たさをおぼえなかった。そして濃くなってゆく夕やみを、名づけようのないさまざまな秘密にみちた、ベエルのように感じた。というのは、なるほどあのハイルブロンの女性にほれこんだということは、自分でわかってはいたものの、しかしめざめかけた男性が自分の血の中で動いているのを、かれはただ、常ならぬ、激した、疲れを覚えさせる心境としか、解していなかったのである。

夕食のとき、かれは、自分が一変した心持ちで、昔ながらの環境のただなかにすわっているのを、奇妙に思った。父親も、年とった女中も、テエブルも調度類も、そして部屋全体も、突然古いものに感じられてきた。そしてかれはすべてを、まるでいま長い旅から帰宅したばかりのような、おどろきといぶかしさと愛着との感じで、ながめたのである。以前、あのおそるべき枝に秋波《しゅうは》を送ったとき、かれはその同じ人間たちや事物を、告別という、悲しいながらも優越した気持ちで、ながめたものだったが、今感じているのは、復帰であり、驚嘆であり、微笑であり、所有の回復であった。

食事がすんで、ハンスがもう席を立とうとすると、父親は例の手みじかな調子で、こう言った。

「おまえ、機械工になりたいか、ハンス。それとも書記のほうがいいかね。」

「どうしてです。」とハンスはおどろいて問い返した。

「おまえ、よかったら、来週の末に機械工のシュウラアの店へはいってもいいし、さもなければ、再来週、役場で見習いになってもいいよ。とっくり考えておくがいい。そうしたら、あしたその話をしよう。」

ハンスは立ちあがって、そこを出た。突然の問いは、かれをまごつかせ、とまどわせた。何カ月このかた縁のなくなっていた、毎日の、能動的な、はつらつとした生活が、かれの前へ来て立った。それはいざなうような顔つきと、おどかすような顔つきとをもっていた。約束もすれば、要請もした。かれは機械工にも、書記にも、ほんとになりたいとは思わなかった。職業にともなう、きびしい肉体労働は、かれをいささかおびえさせた。そのときかれは小学校友だちのアウグストのことを、ふと思い出した。アウグストはたしかに機械工になっているのだから、聞いてみることができるわけである。

いろいろと問題を考えているうちに、かれの想念は、しだいにわびしい、色のうすいものになって行った。この用件は、やはりそうたいして緊急でも重大でもないような気がしてきたのである。何か別のことが、かれをかり立て、かれの心を占めていた。かれはそわそわと、玄関の間《ま》をあちこち歩いていたが、突然、帽子を手にして、家を出ると、ゆっくりと往来へ出て行った。きょうエンマにもう一度会わねばならぬのを、ふと思い出したのである。

もう暗くなっていた。近くの料亭から、さけび声としわがれた歌声が、ひびいてきた。ほうぼうの窓に、明かりがついていた。ところどころの窓には、ひとつまたひとつと、灯《あかり》がともって、ほのかな赤い光を、暗い大気の中へ投げていた。若いむすめたちが、長い列を作って、腕をくみ合わせたまま、大声に笑ったり話したりしながら、たのしそうに往来をしもてのほうへぶらついて行った。ゆらゆらする光の中をゆれ動きながら、青春と快楽の大波のように、眠りかけた街路を通って行くのである。ハンスは長いこと、かの女《じょ》たちを見送っていた。心臓が喉もとまで鼓動を伝えた。カアテンのかかった窓の奥で、バイオリンをひいているのが聞こえた。井戸のところで、女がひとり、サラダ菜を洗っていた。橋の上では、ふたりの若者たちが、それぞれ愛人といっしょに、散歩していた。ひとりのほうは、少女の手をゆるくつかんで、かの女の腕をぶらぶらふり動かしながら、葉巻をふかしていた。別のひと組は、ゆっくりゆっくり、もつれ合うようによりそいながら、足をはこんでいた。若者は少女の腰をかかえるようにしているし、少女は肩と頭を、かれの胸にぴったりと押しつけていた。ハンスはこんな様子を、何べんとなく目にしたことはあるが、じっとながめたことはなかったのである。今はそれがあるひそかな意味を、不明瞭ながら、欲情的にこころよい意義を持っていた。かれのまなざしは、この群像の上にすえられた。そしてかれの空想は、予感しながら、ある身近な理解にむかって、押しせまった。重苦しい気持ちで、しかも心の奥底をゆすぶられながら、かれはある大きな秘密に近づいたのを感じた。それがすばらしいものやら、おそろしいものやら、そこはかれにはわからなかったのだが、しかしその両方のうちのいくらかを、身ぶるいしながら、前もって感じたのである。

フライクの小さい家の前で、かれは立ちどまったが、中へはいる勇気が出なかった。中へはいって何をしたら、何を言ったらいいのであろう。かれは十一、二の子供のころ、たびたびここへ来たことを、考えずにはいられなかった。あのときフライクは、聖書の物語を聞かせてくれたし、地獄だの、悪魔だの、幽霊だのについて、ハンスがはげしい好奇心から、いろいろたずねるのに、受け答えをした。こういう追憶は、都合のわるいものだった。そしてハンスにうしろめたさを感じさせた。ハンスは自分が何をしようとしているか、知らなかった。そもそも何を望んでいるのか、それさえ知らなかったのである。しかし何か秘密な、禁じられたものの前に立っている、というように思われた。暗い中で戸口の前に立ったなり、中へはいらないでいるのが、なんだか靴屋に対してすまないような気がした。そして万一靴屋が、自分のここにたたずんでいるのを見たら、またはかれがいま戸口から出てくるとしたら、かれは自分を叱るどころか、あざ笑ってしまうだろう。そしてハンスはそれが一番こわかったのである。

かれはそっと、家の裏手へまわった。すると庭の垣根から、明かりのともった居間の中を、のぞくことができた。細君は何かを縫うか編むかしているらしく、総領の男の子はまだ起きていて、本を読みながらテエブルについていた。エンマは、あとかたづけの最中と見えて、あちこちと歩きまわっているので、そのすがたは、たえずほんの数瞬間ずつしか、かれの目にはいらなかった。あたりが非常にしずかなので、往来のどんなに遠い足音も、庭のむこうがわの、かすかな河瀬の音も、はっきり聞きとられた。暗さと夜の冷たさが、みるみるつのってきた。

居間の窓々のほかに、玄関のもっと小さな窓がひとつ、暗いままになっていた。長いことたってから、その小窓におぼろげな人かげが現われて、外へ身をのりだしながら、闇《やみ》の中を見つめた。ハンスはそのからだつきで、それがエンマだとわかった。そして不安な期待のうちに、かれの心臓はとまった。かの女は窓わくの中に立ちどまったなり、長いあいだ、しずかにこっちをながめていた。それでも、こっちが見えたのか、こっちの正体をみとめたのか、それはかれにはわからなかった。かれはびくりとも身を動かさず、正体をみとめてくれるかもしれないと、望んだり、同時に怖《おそ》れたりしながら、なんともつかぬためらいの気持ちで、じいっとかの女のほうを見つめていた。

すると、そのおぼろげな人かげは、ふたたび窓から消えてしまったが、そのあとすぐ、小さな庭木戸がかたりとあいて、エンマが家の中から出てきた。ハンスは、はじめびっくりして逃げ出そうとしたが、しかしそのままぐずぐずと、垣根のそばに立ちつづけながら、少女がゆっくりと自分のほうへ、暗い庭を歩いてくるのを見た。そしてかの女の一歩ごとに、かれは逃げ出したい衝動を感じながらも、何かもっとつよい力に引きとめられた。

やがてエンマが、かれの真ん前に、半歩と離れないところに、低い垣根にへだてられただけで、立っていた。そして注意ぶかく、奇妙な見かたで、かれを見つめた。かなり長いあいだ、どちらも全く口をきかなかった。しばらくして、かの女は小声でたずねた。

「なんの用なの。」

「なんでもないよ。」とかれは言った。そしてかの女が親しみぶかい言葉づかいをしてくれたことが、肌をやさしくなでられたような感じで、かれの身うちを走った。

かの女は垣根ごしに、かれのほうへ手をさしのべた。かれはおずおずとやさしくその手をとって、いくらか握りしめた。すると、その手が引っ込められないのを見て、かれは大胆になって、あたたかい少女の手を、そうっと用心ぶかくなでた。そしてその手がなおもおとなしく、そのまま自分にゆだねられていたとき、かれはそれを自分の頰《ほお》に当てた。心にしみとおるような快感と、ふしぎなあたたかさと、うっとりするような疲労との流れが、かれの全身に伝わった。身のまわりの空気は、なまぬるく、南風でしめっているように感じられた。往来も庭も、もはやかれの目にははいらず、見えるのはただ、ちかぢかとせまった、ほの白い顔と黒い髪のもつれだけであった。

そして少女が、ごくかすかに、

「キッスしてくれない？」

と聞いたとき、その声はずっと遠い夜のかなたから、ひびいてくるように思われた。

ほの白い顔は、さらに近寄った。からだの重みが、板をいくらか外側へまげた。ほつれた、ほのかににおう髪が、ハンスの額《ひたい》にさわった。そしてとじられた目が、白い、幅の広いまぶたと黒いまつげで覆われたまま、かれの目のすぐ前にあった。かれが遠慮がちなくちびるを、少女の口につけたとき、はげしいおののきが、かれのからだじゅうを走った。かれはすぐにまた、ふるえながら顔を引いたが、かの女は両手でかれの頭をかかえると、自分の顔をかれの顔におしつけて、かれのくちびるをそのままはなさなかった。かれはかの女の口が燃えているのを感じた。それがひたと押しせまって、まるでかれから生命を飲みつくそうとでもするように、あくことなく吸いついてくるのを感じた。ふかい虚脱がかれをおそった。わがものならぬこのくちびるが、かれからまだ離れないうちに、ふるえるほどの快感は、死の疲労と苦悩とに変じてしまった。そしてエンマが、かれのからだを離したとき、かれはよろよろして、けいれん的にからみつく指で、垣根にしっかりとしがみついた。

「あんた、あしたの晩、また来てね。」とエンマは言って、さっさと家のなかへもどって行った。かの女はものの五分も、外に出てはいなかったのだが、しかしハンスは、長い時間が経過したように思った。うつろな目つきで、かの女を見送りながら、かれはまだあいかわらず、囲い板のそばを動かなかった。そして一歩もふみ出せないくらい、疲れているのを感じた。夢みるように、かれは自分の血の音に聞き入っていた。血はかれの頭の中で、つちを打つようにとどろくとともに、ふぞろいな、苦痛にみちた大波となって、心臓から流れ出してはまた逆流しながら、かれに息をとめさせるのであった。

やがてかれは、中の部屋の戸がひらいて、まだ仕事場にいたらしい親方が、はいってくるのを見た。見つけられるかもしれないという心配が、かれをおそって、逃げ出させた。かれはほろ酔いの男のように、ゆっくり、しぶしぶと、あやふやな調子で歩いた。そしてひと足ごとに、がくんとひざをつかずにはいられないような気持ちだった。眠たそうな破風屋根《はふやね》と、くもった、赤い、窓の目をもった、暗い往来が、そして橋が河が、やしきが、庭園が、色のあせた舞台の書き割りのように、かれのそばを流れすぎて行った。ゲルバア通りの噴泉《ふんせん》が、妙に大きく、ひびきわたるように、水音を立てていた。夢見心地で、ハンスはひとつの門をあけて、真っ暗な廊下をとおって、階段をのぼって、ひとつのドアと、またひとつのドアをあけて、しめて、そこにあったテエブルにむかって腰をおろしたあと、かなり時がたってからようやく、自宅で自分の部屋にいるのだ、という感覚にめざめた。着物をぬごうと決心するまでには、またしばらくかかった。ぼんやりした気持ちで、着物をぬぐと、そのままの格好で窓ぎわにすわりつづけていたが、やがて突然、秋の夜の冷たさにぞくっとして、ふとんにもぐりこんだ。

かれは、即刻ねむってしまうにちがいないと、自分で思っていた。ところが、横になって、すこしあたたまったと思うと、胸のときめきが、血のふぞろいな、強圧的な沸騰《ふっとう》がもどってきた。目をとじるやいなや、なんだかあの少女の口が、まだ自分の口にすがりついているような、自分のたましいを吸いとっているような、そして自分の心を、さいなむほどの熱気でみたしているような気がしたのである。

夜がふけてから、かれは寝入った。そして追い立てられて逃げながら、夢から夢へとあわただしく移って行った。かれは気づかわしいほど深い暗闇の中に立っていた。あたりを手さぐりしながら、エンマの腕をつかんだ。かの女はかれを抱いた。そしてふたりはいっしょに、ゆるやかにおちて行きながら、あたたかい、ふかい潮《うしお》の中へ沈んだ。靴屋が突然そこに立っていた。そして、なぜ自分をたずねてこようとしないのか、と聞いた。それを聞くと、ハンスは笑わずにはいられなかったが、それはフライクではなくて、ヘルマン・ハイルナアだと気がついた。ハイルナアはかれとならんで、マウルブロンの祈禱室《きとうしつ》で、窓がまちに腰かけながら、冗談をとばしているのである。しかもそれもすぐに消えてしまった。そしてかれは果酒のしぼり機のそばに立っていた。エンマがてこにもたれかかった。そしてかれは全力をこめて、それに抵抗した。かの女はかれのほうへ身をかがめて、かれの口をもとめた。あたりがしずかに、真っ暗になったと思うと、かれはまたあたたかい黒い深みの中へ沈んで行って、めまいのために気を失ってしまった。同時にかれは、校長が何か演説をしているのを聞いたが、それが自分のことに関係しているかどうかは、わからなかった。

そのあとかれは、朝ずいぶんおそくなるまで眠った。はればれと輝かしい日であった。かれは長いあいだ庭の中をあちこち歩いて、目をさまそう、はっきりした気持ちになろうと努めたが、しかししつこい、ねむけを誘うような霧が、かれをとりまいていた。かれはむらさき色のえぞぎく――庭に最後までのこった花が、まるでまだ八月ごろのように、美しく、笑いながら、日なたに咲いているのを見た。そして、あたたかい、なつかしい光が、枯れた小枝や大枝や、葉の落ちたつるのまわりに、まるで早春の頃のように、やさしく、こびるように流れているのを見た。しかしかれはそれを見ただけで、体験したわけではなかった。それはかれに、なんの関わりもなかったのである。突然かれは、この庭にまだ、かれのうさぎがはねまわったり、かれの水車や小さなハンマア機械が、動いたりしていた頃の、ある明らかな、あざやかな追憶におそわれた。かれは三年前の九月のある日のことを、考えずにはいられなかったのである。それはセダン祭の前晩のことだった。アウグストがかれのところへやってきて、つたを持ってきてくれた。その時ふたりは、あしたの話をしたり、あしたのことを楽しみにしたりしながら、旗《はた》ざおをきれいに洗って、つたを金色の先端にくくりつけた。そのほかには、何もなかったし、何も起こらなかった。しかしふたりとも、祭りの予想と大きなよろこびで、いっぱいだった。旗は日をあびてかがやいていたし、アンナはすもも入りの菓子をやいてくれたし、それに夜になれば、高い岩の上に、セダンの火が点ぜられるはずなのであった。

ハンスは、なぜ今日にかぎって、あの晩のことを考えずにいられなかったのか、なぜその追憶が、これほど美しくて力づよいのか、また、それがなぜ自分を、これほどみじめな、悲しい気持ちにするのか、そこがわからなかった。この追憶という着物を着て、かれの幼年期と少年期とが、もう一度、たのしげに、笑いながら、かれの前にあらわれたうえ、別れを告げよう、一度去って二度とかえらぬ、大きな幸福というとげのあとを、のこして行こうとしたのを、ハンスは知らなかった。かれはただ、この追憶が、エンマのことや、昨晩のことを考えるのとは両立しないし、またあの時分の幸福な生活と一致しがたいようなあるものが、自分の心の中に生じてしまったのだ、とそう感じただけであった。かれはあの金色の旗の先が、きらきら光るのを、ふたたび見るような、友だちのアウグストの笑い声を聞くような、焼きたての菓子のにおいをかぐような気がした。そしてそういうものはすべていかにもはれやかで、幸福だったのに、いかにも遠くへだたった、無縁なものになってしまったので、かれは大きな赤ばりもみの、ざらざらした幹《みき》に身をもたせたなり、急に絶望的なすすり鳴きをはじめた。そのすすり鳴きが、この瞬間だけ、かれになぐさめを与え、救いをさずけたのである。

正午ごろ、かれはアウグストのところへ走って行った。アウグストはもう徒弟がしらになっていて、ひどくふとってしまったし、背《せい》ものびていた。ハンスはかれに願い事をのべた。

「こいつはちょっと大変な仕事だぜ。」と相手はそう言いながら、いかにも世なれた顔つきをした。「ちょっと大変な仕事だぜ。何しろきみはひどい弱虫だからなあ。最初の一年間は、きたえるときにいつでも、あのやっかいな打ちこみをやらされるんだが、向かいづちというやつは、スウプさじなんかとちがうよ。それに、鉄をあっちこっちへ運ばされたり、晩になれば、あとかたづけをさせられたりするしさ、それからやすりをかけるのも、力のいる仕事なんだがね、はじめのうち、いくらかこつがわかるまでは、なんの役にも立たなくて、猿の尻《しり》みたいにすべすべした、古いやすりしか、使わせてもらえないんだぜ。」

ハンスはたちまち、しょげてしまった。

「そうか。じゃ、むしろそんなことは、ぼくやめたほうがいいというのかい。」とかれはおずおずとたずねた。

「おいおい、ぼくそんなことは言わなかったぜ。いくじのないことを言うなよ。ただね、はじめのうちは、ダンス・ホオルにいるのとはちがうということさ。しかしそれはそれとして、じっさい――機械工っていいものなんだぜ。それにね、頭がよくないとだめなんだ。さもないと、つまらない鍛冶屋《かじや》になってしまうかもしれないんだ。まあ、ちょっとこれを見ろよ。」

かれはいくつかの鋼鉄製の、小さな、精巧な機械の部品を持ってきて、それをハンスに見せた。

「そう。これは半ミリでも短いとだめなんだよ。すっかり手で作ったものさ、ねじまでもね。はっきり目をあけて見てもらいたいな。こいつにこれからまだ、みがきをかけてきたえるんだ。そうすればよくもつからね。」

「うん。そりゃすてきだ。ただぼくにはよくわからないんだが……」

アウグストは笑った。

「心配なのかい。そうさ、見習いの小僧はどうしたってなぐられるものさ。そりゃどうにも仕方がない。しかしぼくだってそばにいるんだし、そういう時には、きっと力になってやるよ。そしてもしきみが、こんどの金曜日からやり出すとすれば、その日にぼくは丸二年、奉公をすましたことになって、土曜日にははじめて週給をもらうわけなんだ。それで日曜日にはお祝いがあってね、ビイルもあれば、菓子もあるし、みんな出てくれるんだよ。きみもね。そうすれば、ぼくたちのところがどんな様子だか、きみに見てもらえる。そうだ。そうなれば、はっきり見てもらえるよ。それにさ、もともとぼくたちは、じっさい前からもう、じつに仲がよかったんだものね。」

食事のとき、ハンスは父親に、自分は機械工になりたいと思うが、一週間したらやり出してもいいだろうか、と言った。

「じゃ、よし。」と父親は言って、午後になると、ハンスをシュウラアの製作所へつれて行って、入所を申しこんだ。

しかし日が暮れかかる頃には、ハンスはそんなことをいっさい、早くもほとんど忘れていた。そしてただもう、晩にはエンマが自分を待っている、ということだけしか考えていなかった。それを考えると、かれはもう今から、息がつまりそうだった。時間のたつのが、おそすぎたり、かと思うと、早すぎたりした。そしてかれは、船頭《せんどう》が早瀬にむかってゆくように、その出会いにむかって、流されて行った。その晩は、食事なぞ考えられもしなかった。からくも一わんの牛乳を飲みくだしただけだった。そのあとで、かれは出かけた。

すべては昨日のとおりであった――暗い、眠くなるような往来、死んだような窓、街灯のほのかな光、そしてゆっくり散歩している幾組もの恋人たち。

靴屋の庭の垣根のところで、かれは大きな不安におそわれた。物音がするたびに、はっとして身をちぢめた。そして、闇の中に立って、様子をうかがっている自分が、なんだか盗賊のように思われた。まだ一分と待たないうちに、エンマがかれの前に立っていた。かれの髪を両手でなでてから、かれのために庭の小門をあけた。かれは用心ぶかく、中へ歩み入った。そしてかの女《じょ》はかれを引っぱって、草むらにふちどられた道をそっと通りぬけると、裏手の出入口から、暗い通路へはいって行った。

そこまで来ると、ふたりは地下室に通じる階段のいちばん上の段に、ならんで腰をおろしたが、真っ暗闇の中で、どうにかたがいの顔が見えるようになるまでには、ずいぶん長い時がかかった。少女は上きげんで、小声ながら、いきおいよくしゃべった。かの女はすでに何度も接吻を味わったことがあって、恋の事情には通じていたのである。おずおずとものやわらかなこの少年が、かの女にはあつらえむきだった。かの女は両手にかれの細い顔をはさむと、額と目と頰《ほお》に接吻した。そして口の番になって、かの女はまたそこを、非常に長いあいだ、吸いとるように接吻したとき、少年はめまいにおそわれて、ぐったりと、気力を失ったように、かの女にもたれかかった。かの女はかすかに笑って、かれの耳をかるくひっぱった。

かの女はさかんにしゃべりつづけた。そしてかれは耳をかたむけながらも、何を聞いているのか、わからなかった。かの女は片手で、かれの腕を、髪を、首すじを、両手をさすった。自分の頰をかれの頰へ、自分の頭をかれの肩へ押しつけた。かれは無言で、すべてされるとおりになっていた――甘いおそれとふかい幸福な不安にみたされながら、ときどき、高熱の人のように、短く、かすかに、全身をけいれんさせながら。

「ほんとに、なんていう恋人なんでしょうね、あなたは。」とかの女は笑った。「何をする勇気もないじゃないの。」

そう言ってかれの手をとると、かの女はそれで自分のうなじをなでさせ、自分の髪のあいだをくぐらせたうえ、自分の胸の上でとめて、そこにぐっと押しつけた。かの女のやわらかなかたちを感じて、甘い、異様なときめきをおぼえると、かれは目をとじて、自分が果てしのない深みへと沈んでゆくように思った。

「いけない。もういけない。」とかれは、かの女がふたたび接吻しようとしたとき、こばみながらそう言った。かの女は笑った。

そしてかれをぐいと引きよせると、両腕でだきしめながら、かれの脇腹を自分の脇腹に押しつけたので、かの女の肉体を感じたかれは、すっかりのぼせあがって、もうなんにも言えなくなってしまった。

「ほんとにあたしが好きなの?」とかの女は聞いた。

かれはそうだと言うつもりだったが、ただうなずくことしかできなかった。そしてかなりのあいだ、うなずきつづけていた。

かの女はもう一度かれの手をとると、それを冗談に自分のコルセットの下へ押しこんだ。そこで他人の生命の脈動と呼吸を、はげしく、ちかぢかと感じとったかれは、心臓の鼓動のとまる思いだった。そして死ぬほかはないような気がした。それほど息が苦しくなったのである。かれは手をひっこめて、うなるように言った。「ぼくもううちへ帰らなければ。」

立ちあがろうとしたとき、かれはよろよろしはじめて、もうすこしのところで、地下室の階段を、ころげおちそうになった。

「どうしたの。」とエンマがおどろいて聞いた。

「わからない。とても疲れているんだ。」

かれは、垣根までゆく途中、かの女が支えてくれたのも、ぴったりとからだを寄せてきたのも感じなかったし、かの女が、おやすみなさいと言って、かれの出たあと、小門をしめたのも、聞かなかった。通りをいくつかぬけて行ったが、どう歩いたかを知らなかった。まるで大きな嵐にさらわれてゆくような、巨大な潮にゆらゆらと運ばれてゆくような気持ちであった。

かれは左右にほの白い家並《やなみ》を、そのずっと上のほうに、山の背と、もみのこずえと、夜の闇と、大きな、動かぬ星々とを見た。風が吹いているのを感じた。河が橋げたをかすめて流れすぎるのを聞いた。そして水のなかに、庭やほの白い家並や夜の闇や、街灯や星々がうつっているのを見た。

橋の上に来て、かれは腰をおろさずにはいられなかった。とても疲れていて、もううちへは帰れない気がした。欄干《らんかん》に腰かけたかれは、橋げたをかすめたり、水門のところで瀬音を立てたり、水車の機械のところで、オルガンのように鳴ったりする水に、じっと耳をかたむけていた。かれの手は冷たく、かれの血は胸と喉のところで、よどんだり、むやみにいそいだりしながら、動いていて、かれの目をくもらせるかと思うと、また突然波立ちながら、心臓へむかって走った――頭の中をめまいでいっぱいにしたまま。

かれは家にもどって、自分の部屋にたどりついて、身を横たえると、すぐに寝入った――夢の中で、深みから深みへと、巨大な空間を横ぎって、突進しながら。真夜中ごろ、かれは苦しい、ぐったりした気持ちで目をさまして、朝がたまで、半醒半眠《はんせいはんみん》のまま、心をかげらせるようなあこがれにみたされ、制御しきれぬ力にこづきまわされながら、横になっていたが、ようやくしらじら明けに、苦悩と窮迫のすべてが、長い涕泣《ていきゅう》となってほとばしり出て、かれは涙にぬれたふとんの上で、もう一度ねむりこんだのであった。

第七章

ギイベンラアト氏は、いかめしい態度で、しかも大きな音を立てながら、果酒のしぼり機を動かしていた。そしてハンスがその手つだいをしていた。靴屋の子供たちのうち、ふたりが招待に応じてやってきて、果物をあつかうのにかかりきっていた。ふたり共同で、味見のための小さなさかずきを使っていたし、黒パンの大きな幾片を手ににぎっていた。しかしエンマは来ていなかった。

父親が桶職人《おけしょくにん》をつれて、半時間ばかり出て行ってから、ようやくハンスはかの女《じょ》のことを、思いきって聞いてみた。

「エンマはいったいどこにいるの。来たくないって言ったのかい。」

子供たちが口の中をからにして、話ができるようになるまでには、しばらくかかった。

「行っちゃったんだもの。」

「行っちゃったって、どこへさ。」

「くにへ。」

「立ってしまったの？　汽車で？」

子供たちはけんめいにうなずいた。

「いったい、いつのことさ。」

「けさ。」

子供たちはふたたび、りんごのほうへ手をのばした。ハンスはしぼり機を、あちこちおさえて、果酒の桶をじっとにらむようにしながら、すこしずつ合点《がてん》が行きはじめた。父親がもどってきた。みんなは働いたり、笑ったりした。子供たちは礼を言って、走り去った。日が暮れてきて、みんなうちへ帰った。

夜食のあと、ハンスはひとりで自分の部屋にすわっていた。十時になり、十一時になった。かれは灯《ひ》をともさなかった。やがて深く長く眠った。

いつもよりおそく目をさましたとき、かれはただ、何か不幸に会って損失を受けたという、漠然とした感情におそわれただけだったが、やがてエンマのことが、また頭に浮かんできた。かの女はあいさつもせず、別れも告げずに行ってしまったのである。昨晩かの女のところへ行ったとき、かの女はいつ出立《しゅったつ》することになるかを、うたがいもなくすでに知っていたにちがいない。かの女の笑いかた、接吻《せっぷん》のしかた、自信たっぷりな身の任せかたを、かれは思い起こした。かの女はかれを、まるきり本気で相手にしてはいなかったのである。

それについての腹立たしい苦痛と、刺激されながら満足させせられない愛情の力のいらだちとが、ひとつにとけ合って、あんたんとした憂悶《ゆうもん》になった。これがハンスを、家の中から庭へ、往来へ、森へ、そしてまた家へとかり立てたのである。

こうしてかれは、おそらくあまりにも早く、恋の秘密のわけまえをもらってしまった。そしてそこには、かれにとって、わずかな甘味と多くの苦味とがふくまれていた。むなしい嘆き、なつかしい思い出、わびしい物思いにみちた幾日。胸の高鳴りと重苦しさで眠れなかったり、おそろしい夢の中へおちこんだりする幾夜。その夢では、かれの血の不可解な波立ちが、途方もない、肝をひやすようなまぼろしになったり、殺人的にからみつく腕になったり、火のような目をした、空想的な動物になったり、めまいを起こさせるような深淵になったり、巨大な、炎々《えんえん》と燃えあがる目になったりするのである。目をさましてみると、肌さむい秋の夜のさびしさにつつまれたまま、かれはひとりぼっちだった。あの少女へのあこがれに悩みながら、かれはうめきうめき、涙にしめったふとんにすがりついた。

かれが機械製作所へ入所するはずの金曜日が、近づいてきた。父親はかれのために、青いリンネル地の服と、青い半毛のふちなし帽を買ってくれた。かれはその服をためしに着てみたが、この錠前屋《じょうまえや》の制服を着た自分が、かなりこっけいに思われた。小学校の校舎のそばだの、校長か数学教師かの自宅のそばだの、フライクの仕事場のそばか、町役場のそばだのを通りすぎるたびに、かれはみじめな気持ちになった。あれだけの苦労と勤勉と汗、あれだけの投げすてられたささやかな楽しみ、あれだけの自尊心と名誉欲と、あかるい望みにみちた夢想——すべてはむなしかった。すべてはただ、今あらゆる仲間よりおくれて、みんなに冷笑されながら、最小の見習い小僧として、製作所へゆくことができるため——そのためのものだったのである。

ハイルナアがこれを聞いたら、なんと言うであろうか。

ようやくすこしずつ、かれは青い錠前屋服になじみはじめたし、その服の着ぞめをするはずの金曜日を、いくらか楽しみにしはじめた。あそこへ行けば、すくなくとも、たしかにまた何か体験が得られるわけだった。

とはいえ、そうした考えは、黒い雲の中からさっときらめくいなずまと、たいした変わりはなかった。少女の出立のことを、かれは忘れなかった。かれの血は、この数日のいろいろな刺激を、なお一層忘れなかった——あるいは、克服していなかった。それは、もっと多くを——めざめたあこがれの実現をもとめて、せまったりさけんだりした。こうして、うっとうしく、たえがたいほどゆっくりと、時がすぎて行った。

秋はかつてないほど美しかった。やわらかな日ざしにみち、銀色の夜明けと、はれやかな昼と、すみきった夕暮れとをともなっていた。遠いほうの山々は、ふかい、ビロオドのような藍色《あいいろ》をおびていたし、栗の木は黄がね色に輝いていたし、囲壁や垣根の上には、野ぶどうの葉がむらさき色に、垂れかかっていた。

ハンスはそわそわして、自分というものから逃げ出そうとしていた。一日じゅう、町や野原を走りまわって、人を避けた。自分の恋の悩みを気《け》どられるにちがいない、と思ったからである。日が暮れると、かれは通りへ出て行って、どんな女中をも、じっと見つめ、どんな恋人同士のあとをも、うしろめたい気持ちで、つけて行った。かれにとっては、エンマとともに、人生のあらゆる願わしいものとあらゆる魔力が、近くまで来ていたのに、それがいじわるくまたどこかへすべり去ってしまったわけだった。かの女《じょ》の場合に感じた、苦しみや不安のことを、かれはもう考えていなかった。かりに今ふたたびかの女に会えるとしたら、自分はもじもじしたりしないで、かの女からあらゆる秘密をはぎとったうえ、今自分の鼻先で入口をぱたんと閉ざしたばかりの、魔法にかけられた恋の花園の中へ、完全にはいりこむのだが、とかれはそう思った。かれの空想のすべては、このむし暑い、危険なやぶの中にまきこまれて、びくびくしながら、その中をあてもなくさまよった。そしこのせまい魔法の世界の外に、美しい広い場所が、あかるく、居心地よく横たわっていることを、頑《かたく》なな自虐の気持ちで、どうしても認めようとしないのだった。

はじめのうち心配しながら待っていた金曜日が、やってきたとき、かれは結局うれしい気持ちだった。朝はやく、新しい、青い労働服を身につけて、ふちなし帽をかぶると、いくらかはにかみがちに、ゲルバア通りを、シュウラア宅にむかって、くだって行った。二、三の知人たちが、物めずらしそうに、かれを見送っていたが、ひとりは果たして、こうたずねた。「どうしたんだ。きみは錠前屋になったのかね。」

製作所ではすでにさかんに仕事がおこなわれていた。親方はちょうど鍛冶《かじ》仕事の最中だった。赤く熱した鉄片が、金敷《かなしき》の上においてあって、ひとりの職人が重たい向こうづちをふるっていると、親方はもっと小きざみな、仕上げるような打ちかたをしたり、やっとこをつかったりする一方、そのあいまあいまに、手ごろな鉄槌《てっつい》で、拍子をとりながら金敷をたたいたが、その音《ね》は澄《す》んだ、ほがらかな調子で、ひろくひらかれた戸口をぬけて、朝の景色の中へと、ひびきわたった。

油と鉄くずで黒くなった、長い仕事台にむかって、年上の職人と、その隣りにアウグストとが立ったまま、めいめい自分のらせん万力にかかっていた。天井では、旋盤《せんばん》と砥《と》石《いし》とふいごと穿孔機《せんこうき》とを動かす、すばやいベルトが、ぶんぶんうなっていた。ここの仕事には、水力が使われていたからである。アウグストは、はいってきた自分の仲間に、うなずいて見せて、親方の手があくまで、入口で待っているようにと、かれに合図した。ハンスは炉《ろ》だの、とまっている旋盤だの、うなっているベルトだの、空転滑車だのを、おそるおそるながめていた。親方は、自分の鉄片をきたえ終わると、そばへ寄ってきて、かれのほうへ、大きな、かたい、あたたかい手をさしのべた。

「あすこにおまえの帽子をかけておくんだ。」とかれは言って、壁に打ってあるあいた釘《くぎ》をゆびさした。

「さあ、おいで。そこがおまえの席とおまえの万力だ。」

そう言いながら、親方はかれを、いちばんうしろの万力の前へ、つれて行って、何よりさきに、万力をどうあつかわねばならぬか、仕事台と工具類を、どうととのえておかねばならぬかを、かれに教えた。

「おまえが決して大男でないとは、おやじさんも前にそう言っていたが、見れば、なるほどそのとおりだな。なに、当分のあいだは、まだ鍛冶の仕事はしなくてもいい——もうすこしふとるまではね。」

かれは仕事台の下へ手をやって、鋳鉄《ちゅうてつ》の小さな歯車をひとつ、引きずり出した。

「さあ、これではじめるといい。この歯車はまだ鋳《い》たまんまでな、小さなこぶや出っぱりがいっぱいある。それを掻《か》き取らにゃいかんのだ。そうせんと、あとで上等な道具が、そのためにだいなしになるでな。」

かれはその歯車を万力にかけると、古いやすりを手にとって、やりかたを教えた。

「さあ、これをつづけてやってごらん。しかし決して別のやすりを使ってはならんよ。昼までは、これで十分仕事がある。昼になったら、わしに見せるんだぞ。そうしてな、仕事をしているときには、言いつけられたことのほかは、なんにも気にするなよ。見習いというものは、考えることなんぞいらないんだ。」

ハンスはやすりを使いはじめた。

「待った。」と親方がさけんだ。「それじゃだめだ。左手はこういうふうに、やすりの上へのせておくんだ。それともおまえは左ぎっちょかね。」

「いいえ。」

「そんならいい。なんとかなるだろう。」

かれは戸口にいちばん近い、自分の万力のところへ立ち去った。そしてハンスはうまくできるかどうか、一生けんめいにやってみた。

最初何度かこすったとき、かれはその代物《しろもの》が、いかにもやわらかで、いかにもわけなくはがれるのを、ふしぎに思った。やがて、ぱらぱらはげおちるのは、一番うわっつらの、ひびわれた、鋳鉄の表皮にすぎないこと、そしてその下にいよいよ、ひどくかたい鉄がひそんでいて、それを砥《と》がなければいけない、ということがわかった。かれは気をとりなおして、一心に働きつづけた。例の遊び半分の、少年らしい手先仕事からこのかた、かれは自分で手を働かせながら、何か具体的な、有用なものができあがってゆくのを見る、という楽しみを、一度も味わったことがなかったのである。

「もっとゆっくりやれ。」と親方がかれのほうへさけんだ。「やすりをかけるときは、拍子をとらにゃいかん――一二、一二とな。そしてうんと押しつけにゃ。そうせんと、やすりがだめになってしもう。」

そのとき、最年長の職人が、旋盤をつかって、何か仕事をしていた。するとハンスは、どうしてもそっちへ横目をつかわずにはいられなかった。はがねのほぞが円盤にはめこまれて、ベルトに移されると、そのほぞはぴかぴか光りながら、いそがしく回転しながら、うなり声を立てた。そのあいだに、職人は髪のように細い、きらきらする切り屑《きくず》を、そこから取りのけていた。

そしていたるところに、いろんな工具だの、鉄や鋼鉄や真鍮《しんちゅう》の断片だの、作りかけの製品だの、ぴかぴかする小さい歯車だの、あらゆる形の鑿《のみ》や錐《きり》、旋盤用の鑿や突き錐だのがあったし、炉のそばには、つちや向こうづちや、金敷の上置《うわお》きや、火ばさみや、ハンダ用のこてなどがあり、壁に添うて、やすりだの削り機だのがならんでいたし、棚の上には、油をふくぼろきれ、小さなほうき、金剛砂《こんごうさ》のやすり、鉄のこぎりなどがのっていたし、油さし、酸類を入れた瓶《びん》、釘やねじの小箱が、乱雑においてあった。たえまなく砥石が使われていた。

ハンスは、自分の手が早くも真っ黒になっているのを見て、満足をおぼえた。そして自分の服も早く、もっと着古したようになってくれればいいのに、と思った。今のところそれはまだ、ほかの連中の黒い、つぎだらけの仕事着にくらべると、あわれなほど新しくて青かった。

午前がすぎてゆくにつれて、外からもなお、活気が製作所の中へ、はいってきた。近所の機械編物工場から、小さな機械の部品の砥ぎと修理をたのみに、工員たちが来た。農夫がひとりやってきて、修繕のためにあずけて行った、洗濯物しぼり機のことをたずねたが、まだできていないと聞くと、口ぎたなくののしった。そのつぎに、上等な身なりの工場主が来て、親方はその人と次の部屋で商談をかわした。

そのかたわら、そしてそのあいまに、人間も歯車もベルトも、一様に働きつづけていた。そこでハンスは生まれてはじめて、労働の讃歌を聞いた。これは、すくなくとも、初心者にとっては、何か深く心を打つような、こころよく酔わせるようなおもむきを持つものなのである。そしてハンスは、自分の小さな一身と、自分の小さな生命とが、ある大きなリズムにつながっているのを見た。

九時に十五分の休みがあって、めいめいがひときれのパンと、一ぱいの果酒をもらった。この時ようやく、アウグストは新米の見習小僧にあいさつした。はげますように話しかけてから、またしても、最初の週給を、同僚たちと、遊興につかってしまうつもりの、次の日曜日のことを、夢中になって語りはじめた。ハンスは、自分がやすりでみがかされているのは、どういう歯車なのか、とたずねたら、それは塔の時計の一部だと聞かされた。アウグストはなおも、それがあとでどんなふうにまわって、どんな働きをすることになっているかを、教えようとしたが、そのとき第一の職人が、またやすりを使いはじめたので、みんなは急いで自分の持場についた。

十時と十一時のあいだになったとき、ハンスは疲れをおぼえはじめた。両ひざと右腕がすこし痛かった。かれは足をふみかえてみたり、そっと伸びをしてみたりしたが、それはたいして役に立たなかった。そこでやすりをちょっと手からはなして、万力の上に身をもたせた。だれもかれに注意している者はなかった。かれはそのまま立って休みながら、頭の上でベルトがうたうような音を立てるのを、聞いているうちに、かるい失神におそわれて、一分間、目をとじていた。ちょうどそのとき、親方がかれのうしろに立った。

「おい、どうした。もう疲れたのかい。」

「ええ、すこし。」とハンスは白状した。

職人たちが笑った。

「そんなことはあたりまえさ。」と親方はおちついて言った。「こんどは、ハンダづけのやりかたを、ちょっと見とくといい。おいで。」

ハンスは物めずらしい気持ちで、ハンダのつけかたを見学した。まずこてがあたためられてから、接合個所《かしょ》にハンダ液がぬられるのだが、そのときには、熱したこてから、白い金属がしたたり落ちながら、しゅうしゅうと音を立てた。

「ぼろきれを持ってきて、こいつをよくふくんだ。ハンダ液は腐蝕《ふしょく》する力があるからな、どんな金属の上にも、そのまま残しておいてはならんのだ。」

そのあと、ハンスはまた自分の万力の前に立って、やすりで小さな歯車を、あちこち引っかいた。腕が痛かったし、やすりをおさえつけねばならぬ左の手は、赤くなって、痛みはじめた。

正午になって、職人がしらがやすりをわきへおいて、手を洗いに行ったとき、ハンスは自分のやった仕事を、親方のところへ持って行った。親方はそれをちらっと見た。

「いいとも。そのままでけっこうだ。おまえの席の下にある箱の中に、同じ歯車がもうひとつはいっている。きょうの午後は、それをやってもらおう。」

　そこでハンスも手を洗って、立ち去った。一時間だけ、食事のための暇があったのである。

　もとかれの小学校の仲間だった、商店の小僧がふたり、往来でかれのうしろから歩いてきて、かれをあざわらった。

「州試験にとおった錠前屋だ。」とひとりがさけんだ。

　かれは足を早めた。そもそも自分が満足しているのか、いないのか、かれにはよくわからなかった。製作所はたしかに気に入ったのだが、ただひどく疲れてしまった。どうにもならないほど疲れてしまったのである。

　そして家の表口にはいりかけながら、すでに坐ることと食べることを予想してよろこんでいたあいだに、かれは突然エンマのことを考えずにはいられなかった。この午前中ずっとかの女《じょ》のことは忘れていたのである。かれはこっそり自分の小部屋までのぼってゆくと、ベッドに身を投げ出して、苦しさにうめき声を立てた。かれは泣こうとしたが、しかし目はいつまでもかわいていた。絶望的な気持ちで、かれは自分がまたしても、身をむしばむようなあこがれに心をうばわれているのを見た。頭の中が荒れ狂って、ずきずきした。そして喉《のど》は、押しころされた忍び泣きのために痛かった。

昼食は苦痛だった。かれは父親の問いに一々答えて、物語りながら、いろいろ小さな冗談を言われても、だまって我慢するよりほかはなかった。父親は上きげんだったからである。食事がすむかすまないうちに、ハンスは庭へ走り出ると、そこで日なたぼっこをしながら、なかば夢見心地で十五分ばかりすごした。と思うと、製作所へもどる時刻になってしまった。

すでに午前中、かれは両手に赤い血まめを作ってしまったが、いま、それが真剣に痛みはじめた。そして夕方になると、ひどくはれあがってきて、痛みを感じずには、何ひとつつかむことができないくらいになった。しかも仕事じまいの前には、なお、アウグストに指示されながら、製作所全体のあとかたづけをしなければならなかった。

土曜日はなお一層ひどかった。両手はひりひりした。血まめはさらにふくれあがって、火ぶくれになった。親方はきげんがわるくて、ほんのささいなきっかけがあっても、すぐに口ぎたなくののしった。なるほどアウグストは、血まめなんぞ、ほんの二、三日でなおってしまう、そうなれば手がかたくなって、なんにも感じなくなる、と言ってなぐさめてはくれたが、しかしハンスは、死ぬほど不仕合わせな気持ちで、終日横目で時計ばかり見ては、すてばちになって、小さな歯車を、がりがり引っかいていた。

夕方、あとかたづけのとき、アウグストはささやき声で、自分はあした、二、三の仲間といっしょに、ビイラッハに出かける、きっとはでな愉快なことになるだろう、だからどんなことがあってもぜひやってこい、二時にさそいにきてくれ、とハンスに告げた。ハンスは承知のむねを答えた。ただしかれは、日曜日は一日中、家に寝ていたくてならない気がしていた。それほどみじめな、疲れた気持ちだったのである。家では老アンナが、いたむ両手に軟膏《なんこう》をぬってくれた。ハンスはすでに八時には寝床にはいって、朝おそくまで眠ってしまったあげく、おくれずに父親と教会へ出かけるために、あわてなければならなかった。

昼食のとき、かれはアウグストのことを話しはじめて、きょうはかれといっしょに郊外へ出かけるつもりだ、と言った。父親は何も文句は言わないどころか、五十ペニヒくれて、ただ、夕食にはかならずもどるように、と要求しただけであった。

美しい日ざしをあびながら、往来をぶらぶら歩いて行ったとき、ハンスは何カ月ぶりかで、また日曜日のたのしみを味わった。手を黒く染めたり、からだのふしぶしを疲れさせたりする、勤労の日々をすごしたあと、街路は一層おごそかで、太陽は一層はれやかで、すべては一層はれがましくて美しいのであった。かれはこのとき、自分たちの家のまえで、日あたりのいいベンチに腰かけながら、いかにもゆうゆうとしたほがらかな様子を見せている、肉屋だの製革工だの、パン屋だの鍛冶屋だのの気持ちがわかった。

そしてもうかれらを、くだらぬ俗物とは考えなかった。帽子をいくらかななめにかぶったまま、まっ白いシャツのえりと、きれいにブラシのかかった日曜の晴れ着で、列を組んだなり、散歩したり、料亭にはいって行ったりする、労働者や職人や徒弟のあとを、かれは見送っていた。かならずとは言えないにしても、たいていは同業者同士が仲間になっていた。指物師は指物師と、左官屋は左官屋と、それぞれいっしょに組んで、自分たちの職業の名誉を守っていた。そしてその中では、錠前屋がいちばん上品な職分で、最上段が機械工だった。これらすべてには、何かふるさとをしのばせるものがあった。そしてたとえそこには、ずいぶんいろいろとやや素朴でこっけいな所があったもせよ、たしかにその奥には、生業《なりわい》の美しさと誇りが、ひめられていた。それは今日《こんにち》なお依然として、何やらよろこばしいもの、有能なものを表わしているし、そこからなおささやかな微光が、どんなにみすぼらしい仕立屋の徒弟の上にも、さしてきているのである。

シュウラアの家の前で、若い機械工たちが、通行人にうなずいてみせたり、たがいに雑談をかわしたりしながら、ゆったりと誇らしげに立っているのを見れば、かれらがたのもしい共同体を成していて、日曜日の娯楽のときでさえも、決してよそ者を必要としない——ということが、はっきりわかるのだった。

ハンスもそれを感じて、この連中の一員であることを、うれしいと思った。それでもかれは、計画されている日曜日の遊楽に、かすかな不安を感じていた。というのは、機械工たちが、生活をたのしむことにかけて、実質的なぜいたくな行きかたをするのを、かれはすでに知っていたからである。おそらくかれらは、そのうえダンスもするだろう。それはハンスにはできなかったが、しかしそのほかのことでは、できるだけ男らしいところを見せよう、必要とあらば、ちょっとしたふつか酔いぐらい、あえておそれまい、というつもりだった。かれはビイルを大いに飲むことには、なれていなかったし、喫煙にかけても、たとえば一本の葉巻を用心ぶかく吸い終わっても、そのために胸がわるくなったり、不面目《ふめんぼく》な結果になったりしないですむ、というところにまでこぎつけるのには、骨が折れたものなのである。

アウグストは、はれがましいよろこばしさで、かれをむかえた。例の年上の職人は同行しようと言わないのだが、その代り別の製作所から、同輩がひとり加わるので、自分たちはすくなくとも四人づれだ、これだけそろえば、村のひとつぐらい、全部きりきりまいをさせることができる、とかれは語った。ビイルなら、今日はだれでも、飲みたいだけ飲んでいい、自分がみんなをおごってやるのだから――というわけである。かれはハンスに葉巻をすすめた。それからこの四人は、ゆっくりと歩きはじめて、ゆっくりと、さっそうとぶらつきながら、町をとおりぬけたすえ、町はずれのぼだい樹広場まで来てはじめて、時をはずさずビイラッハに着くために、歩度をはやめ出した。

鏡のような河面《かわも》は、青く、金色に、また白く微光していたし、街並木のほとんど葉の落ちつくした楓《かえで》やアカシアをすけて、おだやかな十月の日ざしが、あたたかさを降らせていたし、高い空は、一点の雲もない淡青であった。それはあのしずかな、きよらかな、のどかな秋びより――すぎ去った夏のあらゆる美しいものが、悩みのない、ほほえむ思い出のように、おだやかな大気をみたしている――子供たちは季節というものを忘れて、花をさがさずにはいられないような気になる――そして老人たちは、その年のだけでなく、流れ去った全生涯の、こころよい思い出が、目に見えて、すんだ青空を横ざまにとんでゆくような心持ちがするので、考えぶかい目つきをしながら、窓から、または、家の前のベンチから、空中をじっと見つめる――そういう秋びよりの一日なのだった。若い連中はしかし上きげんで、才能と気質のまにまに、酒をささげたりまたは肉をささげたり、歌ったりまたはおどったり、宴会をひらいたり、または大がかりなけんかをしたりすることで、この美しい日をほめたたえている。何しろどこへ行っても、新鮮な果物入りの菓子が焼かれているし、できたてのりんご酒が、わきたちながら、あなぐらにおさまっているし、それにバイオリンかハモニカが、料亭の前だの、ぼだい樹のうわった広場だので、一年のなごりの美しい日々を祝いながら、おどりと唱歌と恋愛遊戯へと、人をまねきよせているからである。

若い朋輩《ほうばい》たちは、急ぎ足でまっさきに進んで行った。ハンスは、いかにものんきそうな様子で、例の葉巻をふかしていたが、それがけっこういい味がするのを、われながらふしぎに思った。職人は自分の旅かせぎ時代のことを話した。そしてかれが大たばなことを言うのを、だれひとりとがめる者はなかった。それが本すじだったからである。どんなにつまらない職人でも、自分が職にありついていて、目撃者がそばにいないとわかっていれば、その遍歴時代のことを、大げさな、景気のいい、それどころか伝説めいた口調で、語るものなのだ。なぜといって、職人生活のすばらしい詩というものは、大衆の共有財産であって、それはあらゆるささいなことから、伝統的な古い冒険談を、新しいアラビア模様で飾りながら、新しく創作する。そしてどんな乞食《こじき》でも、話が調子にのってくれば、あの不朽のオイレンシュピイゲルの片りんと、あの不朽のシュトラウビンガアの片りんとを、内に蔵しているわけなのである。

「つまりね、その頃おれのいたフランクフルトじゃ、まったくの話、まだまだおもしろい暮らしができたものさ。金持ちの商人で、きどった猿みたいな野郎が、おれの親方のむすめを、女房に欲しがった話を、おれはまだいっぺんも聞かせなかったかい。ところがむすめは、おれのほうがちっとばかり好きだったもんで、そいつをふってしまってさ、四カ月のあいだ、おれの恋人になっていたんだよ。だからもしもおれが、おやじとけんかしなかったら、いまごろおれはあの土地に住みついて、おやじのところのむこになっていることだろうよ。」

さらにかれの語ったところによると、その親方のちくしょうが——あさましい人買い野郎が、かれをなぐろうと思っていて、あるとき、なまいきにも手をのばして、なぐりかかってきた。すると、かれはそれでもひと言もいわないで、ただ鉄のハンマアをふりあげたまま、老人を一度ぐっとにらみつけただけだったが、老人は自分の脳天が大切だったので、まったく無言でその場を去った。そしてあとになってから、筆頭でかれに解雇を言い渡したのだ——あの臆病なばか者は。さらにかれは、オッフェンブルクでの大きな果たし合いのことを語った。そのときは、かれをふくめて三人の錠前師が、七人の工員をなぐりころしたのである——だれでもオッフェンブルクに行く者があったら、のっぽのショルシュに聞きさえすればわかる。その男はまだあの土地にいるし、当時いっしょの仲間だったのである。

これらの事件は、すべて冷静で残忍な語調で、しかし大きな、心からの熱意と好感をこめて、報告された。そしてめいめいが深い満足を感じながら耳をかたむけた。そして心ひそかに、この物語をあとで自分もいつか、どこかほかで、別の朋輩のところで、語り聞かせようと決心したのである。何しろどんな錠前師でも、一度は自分の親方のむすめを、恋人にもったことがあるし、一度はハンマアをふりあげて、よこしまな親方におそいかかったことがあるし、一度は七人の工員たちを、手ひどくたたきのめしたことがあるのだ。物語の場面も、あるときはバアデン地方だったり、あるときはヘッセン州またはスイスだったりした。道具も、あるときはハンマアのかわりに、やすりまたはまっかにやけた鉄塊《てっかい》だったり、相手も、あるときは工員ではなくて、パン屋か仕立屋だったりした。しかし語られるのは、常にもとの物語にきまっていて、それがよろこんで聞かれる。古くて、いい話で、その生業《なりわい》の名誉になるものだからである。とは言っても、旅かせぎの職人連中のなかに、体験の天才か、または創作の天才か——このふたつは結局同じものにちがいないのだが——であるような人物が、あとからあとから、今日《こんにち》もなお現われない、という意味にとられては困る。

とりわけアウグストは、夢中になってもいたし、おもしろがってもいた。たえまなく笑って、賛意を表しながら、自分もすでに半人前の職人になったような気持ちで、見くだしたような、遊蕩児《ゆうとうじ》めいた顔つきのまま、たばこの煙を、金色の大気のなかへ吹きつけていた。そして語り手は、そのまま自分の役割を演じつづけて行った。というのは、かれにとって、自分が同席していることを、好意的な卑下《ひげ》のように見せるのが、大事なことだった。つまり、職人としてのかれは、本来、日曜日に、徒弟の仲間入りなどしてはおかしいのだし、小僧が自分のわずかな金《かね》を飲んでしまうのをそばから手つだうなどは、そもそも恥ずべきことなのであった。

一行はかなり長いあいだ、国道を川下《かわしも》のほうへ歩いて行った。やがて、ゆるいのぼり坂の、迂回《うかい》して山地へ通じている、細い車道と、その半分の距離しかない、けわしい歩道とのわかれ道へ来た。みんなは車道をえらんだ——遠いし、ほこりっぽかったけれども。歩道とは、平日のため、散歩する紳士がたのためのものである。しかし大衆は、とりわけ日曜日には、国道を好む。国道のもっている詩趣が、大衆にはまだ感じられるのである。けわしい歩道をよじのぼるというのは、百姓に向いたことか、都会から来た自然愛好家に向いたことだ。それは労働か、さもなければスポオツだが、決して大衆向きの娯楽ではない。ところが国道はちがう。そこではのんびり足をはこびながら、雑談をかわすことができるし、靴や晴れ着をいたわってやれるし、馬車や馬が見えるし、ほかのぶらつき連中に出会ったり追いついたりするし、着かざった少女たちや、歌う徒弟たちに出くわすし、うしろから冗談をあびせられれば、笑いながら返礼をするし、立ちどまったり、むだ口をきいたり、暇があれば、少女たちの列を追いかけたり、うしろから笑い声を送ったり　または、晩になって、親しい朋輩たちとの個人同士のいさかいを、腕力ざたではっきりあらわしたり、解消したりすることもできるのである。

そういうわけで、一行は車道をすすんだ。時間にゆとりがあって、汗をながすことをきらう人間のように、大きく弧をえがきながら、ゆうゆうと、ふみごこちよく、山地のほうへ通じている、その車道である。職人は上着をぬぐと、それをステッキにそえて肩にかついで、話をするかわりに、こんどは、ひどく不敵な、快活きわまる調子で、口笛を吹きはじめた。そして一時間後にビイラッハに着くまで、吹いていた。ハンスは二、三の皮肉をあびせられたが、別にたいして気になるようなものではなかったし、アウグストがハンス自身よりも熱心に、そのほこさきをかわしてくれた。やがて一行はビイラッハの村はずれまで来た。

村は赤いかわら屋根と銀灰色のわら屋根を見せながら、秋らしい色の果樹のあいだに埋まっていて、うしろのほうには、黒い山林がそびえ立っていた。

若い人たちは、これから立ち寄ろうとする料亭について、なかなか意見がまとまらなかった。「いかり屋」には、最上等のビイルがある。しかし「白鳥屋」には、最上等の菓子がある。そして「とんがり屋」には、きれいな店のむすめがいた。とうとうアウグストが、「いかり屋」へゆくという言いぶんをとおした。そして「とんがり屋」だって、こっちが四、五杯かたむけているうちに、まさか逃げ出すことはなかろうから、あとでも行けるじゃないか、という意味を目までほのめかした。みんなそれでいいと言った。そこで村へはいって行って、家畜小屋だの、ジェラニュウムの鉢植でかざられた、農家の低い窓だのをとおりすぎながら、「いかり屋」へ直行した。この料亭の金看板《きんかんばん》は、二本の若いまるい栗の木ごしに、日に光りながら、さそいかけていたのである。ぜひとも屋内にすわろうと思っていた職人が、がっかりしたことには、居酒屋の店内は超満員で、一行は庭に席をとらざるをえなかった。

「いかり屋」は、そこへ来る客の考えによると、上等な店だった。つまり決して古いいなかくさい居酒屋ではなく、近代的な、れんがづくりの四角い建物で、多すぎるほどの窓と、ベンチのかわりに椅子《いす》と、色さまざまな、ブリキの広告板とか、いくつもいくつもあったし、さらに、都会風な身なりの女給がひとりと、主人は一度もシャツすがたでいたことはなく、いつでも流行どおりの、完全な茶色の服を着ているのが見られた。かれはじつをいうと、破産していたのだが、しかし自分自身の家を、かれの最大の債権者たる、大きなビイル醸造家《じょうぞうか》から、賃借りしていて、それ以来、なお一層上品になっていたのである。庭は一本のアカシアの木と、大きなはりがね格子《ごうし》で、できあがっていた。格子は今のところ、野生のぶどうで、なかば覆われていた。

「おい、みんな、乾杯《かんぱい》だ。」と職人がさけんで、三人のひとりひとりと、さかずきをかち合わせた。そしていいところを見せようとして、一滴もあまさず、ひと息にさかずきを飲みほした。

「きみ、きれいなねえさん、これにはなんにもはいっていなかったぜ。すぐに、もうひとつ持ってきてくれよ。」とかれは女給にさけびかけながら、テエブルごしに、かの女のほうへさかずきをさし出した。

ビイルは優秀だった。冷たくて、にがすぎなかった。そして、ハンスは楽しく自分のコップを味わっていた。アウグストは通人《つうじん》ぶった顔つきで、飲みながら、舌をならしては、そのかたわら、そまつなストオブのように、煙を吐いた。それをハンスは、心ひそかに感嘆していた。

こうやって愉快な日曜日をすごすのは、そして当然許されもし、それだけの値打ちもある人間のように、しかも生きること、楽しむことを心得ている人々を相手に、料亭の食卓についているのは、なんといっても悪いことではなかった。いっしょに笑ったり、時には自分でも思いきって冗談をとばしたりするのは、愉快だった。飲みほしてから、さかずきをいきおいよく、どんとテエブルの上において、気らくな調子で、「もう一ぱいくれよ、ねえさん。」とさけぶのは、愉快でもあり、男らしくもあった。別のテエブルにいる知人にむかって、さかずきをあげたり、冷たくなった葉巻の吸いさしを、左手にちょいとはさんだまま、帽子をほかの連中と同じように、ぐいとあみだにかぶったりするのは、いい気持ちだった。

いっしょに来た、よそ者の職人も、やがて酔いがまわってきて、話を聞かせはじめた。かれはウルムのある錠前師のことを知っていたが、この男はビイルを――上等なウルム産のビイルを、二十ぱいも飲むことができた。そしてそれを飲み終わると、いつも口をぬぐって、「さあ、あとは上等のぶどう酒を一本。」と言うのであった。そして職人はカンシュタタットでひとりの火夫と知り合いだったが、この男はかたいソオセエジを、十二個もつづけざまに食べて、それで賭《かけ》に勝った。しかしもう一度同じような賭をしたら、負けてしまった。かれは思いあがって、ある小さな料亭の献立表《こんだてひょう》に書いてあるものを、片っぱしからすっかり平らげようとしたのである。そしてじっさい、もうすこしで残らず食べつくすところだった。ところが献立表の終りのほうに、いろんな種類のチイズが出てきた。そして三番目のを食べる段になると、かれは皿をおしのけて、このうえひと口でも食べるくらいなら、死んだほうがましだ、と言った。

こういう話も、大かっさいを博した。そしてこの地上のあちこちには、根気のいい飲み手や食い手がいるものだ、ということがわかってきた。なぜなら、だれもかれもが、そういう英雄とその事蹟《じせき》のことを、物語ることができたからである。あるひとりの場合、それは「シュッツットガルトにいたある男」だったし、もうひとりの場合は、「たしかルウドヴィヒスブルクにいたある竜騎兵」だったし、ある者の場合は、じゃがいも十七個であり、別の者の場合は、サラダをそえたオムレツ十一個であった。かれらはこういう事件を、客観的な真剣さでのべたてた。そして世の中にはやはり、さまざまなすぐれた才能と、風変りな人間と、それにまじって、きちがいじみた奇人もいる、というさとりに、こころよく身をまかせたのである。この快感とこの客観性は、常連のテエブルにすわる、あらゆる社会人の、古い、りっぱな世襲物で、若い人たちは、飲酒、政論、喫煙、結婚、死などと同じように、これを模倣するものなのである。

三杯目のさかずきをふくんでいるとき、だれかが、いったい菓子はないのか、とたずねた。女給を呼んで聞くと、ええ、お菓子はありません、とのことだった。するとみんなひどく腹を立てた。アウグストは立ちあがって、菓子ひとつないというなら、もう一軒さきへ行ってもいいじゃないか、と言った。よそ者の職人は、貧弱な店だとののしった。ただフランクフルト出の男だけは、居残ることに賛成した。というのは、かれはいささか女給と親しくなって、すでに二、三度力をこめてかの女《じょ》をなでたのである。ハンスはその様子に見入っていた。そしてその光景は、ビイルともども、かれを妙に興奮させた。今、ほかへ行くことになったのが、かれはうれしかった。

酒代を払って、みんなが往来に出たとき、ハンスは自分の飲んだ三杯を、いくらか感じはじめた。それは疲労と企業欲との相なかばする、こころよい感情だった。それにかれの目の前には、うすいベエルのようなものがかかっていて、いっさいは、それをとおして、夢の中の景色のように、一層遠くに、ほとんど非現実的に見えるのであった。かれはたえまなく笑わずにはいられなかった。帽子をなおいくらか一層思いきってななめにかぶっていて、自分がとびきり陽気な男になったような気持ちだった。フランクフルトの男は、また例の軍歌調で口笛を吹いた。そしてハンスは、それに拍子を合わせながら歩こうとした。

「とんがり屋」の店内はかなりしずかだった。二、三の農夫が新しいぶどう酒を飲んでいた。生《なま》ビイルはなく、あるのは瓶づめだけだった。そしてすぐめいめいの前に一本ずつおかれた。よそ者の職人は、気前のいいところを見せようとして、一座全体のために、大きなりんご菓子をひとつ、注文した。ハンスは突然はげしい空腹をおぼえて、たてつづけにそのいくきれかを食べた。この古い茶色の客室の、がっしりした、幅の広い、壁ぎわのベンチの上は、うっとりするような、ぐあいのいい坐り心地であった。旧式なスタンドと巨大なストオブは、うす闇の中にかすんでいたし、木の格子のはまった大きな鳥かごの中で、やまがらが二羽、身をひるがえしていた。赤いみやまななかまどの枝が、そっくり一本、かれらのえさとして、格子のあいだにさしこんであった。

主人がちょっとのあいだ、テエブルのところへ寄ってきて、客人たちに歓迎の意を表した。そのあとは、話が調子にのるまで、しばらく時間がかかった。ハンスはふたくち、みくち、つよい瓶づめのビイルを、そっと飲んでみて、この、一本が完全にかたづけられるかどうか、自分ながらあやふやだった。

フランクフルトの男は、またものすごい調子で、ラインランド地方のぶどう畑の祭りや、旅かせぎのことや、木賃宿《きちんやど》の暮らしなどについて、大ぼらをふいた。みんなは楽しそうに、かれの話に聞き入っていた。ハンスも、もう笑いがとまらないくらいだった。

突然かれは、自分の調子がどうも尋常でなくなっているのに、気がついた。たえまなく部屋もテエブルも瓶も、コップも朋輩たちも、みんなひとつに溶け合って、やわらかな、茶色の雲になってしまうような気がした。そしてかれがむりに気を取りなおすときだけ、またもとの形にもどるのであった。ときおり、会話や笑い声が、一段とはげしく盛りあがると、かれもいっしょになって大声で笑ったり、何か言ったりしたが、言ったことはそばから忘れてしまった。乾杯のたびに、かれも加わった。そして一時間後には、自分の瓶が空《から》になっているのを見て、あきれた。

「なかなか行けるんだね。」とアウグストが言った。「もう一本どうだい。」

ハンスは笑いながらうなずいた。かれはこうした酒盛を、もっとずっと危険なものと想像していたのである。そして、やがてフランクフルトの男が、何か歌をうたいはじめて、みんながそれに和したとき、かれもやはり精いっぱいの声で、いっしょにうたった。

そのうちに、店がたてこんできた。そして女給のサアビスに加勢するために、店のむすめが出てきた。大柄な、美しいすがたの女で、健康そうな、元気な顔と、おちついた茶色の目をしていた。

かの女が新しい瓶を、ハンスの前においたとき、そばにすわっていた例の職人が、たちまち、できるだけ気どったおせじを、かの女に雨あられとあびせかけた。しかしかの女はそれを耳にもかけなかった。無視していることをその男に見せようとしたのか、または、上品な、少年らしい小さな頭が気に入ったのか、ともかくかの女はハンスのほうへ身をふりむけて、さっと片手でかれの髪をなでた。そのあと、かの女はスタンドの中へ引っこんでしまった。

すでに三本目にかかっていた職人は、かの女のあとについて行って、苦心さんたんしながら、かの女と会話をはじめようとしたが、しかし成功しなかった。大柄な娘はそっけなくかれをながめて、返事もせず、まもなくかれに背をむけてしまった。そこでかれはテエブルへもどってくると、空になった瓶で、とんとんとテエブルをたたきながら、突然感激してさけんだ。「おい、おまえたち、愉快にやろうじゃないか。乾杯だ。」

それから今度は、きわどい女ばなしをしはじめた。

ハンスには、もう雑然といりまじった声が聞こえるだけだった。二本目をほとんど飲みつくしたとき、かれは口をきくどころか、笑うのさえ、つらくなってきた。やまがらのかごのところまで、歩いて行って、小鳥をすこしからかってみようとした。ところが、ふたあし歩くと、めまいがしてきて、もうすこしで倒れそうになった。そこで用心ぶかくあともどりした。

このとき以後、かれの度はずれの陽気な気分は、しだいにおとろえてきた。かれは自分が酔っぱらっているのを、知っていた。そしてこの酒盛全体が、もう楽しいとは思えなくなった。そしてなんだか遠くのほうで、いろんなわざわいが、自分を待ち受けているのが見えた。帰路、父親とのやっかいな場面、そして次の朝はまた製作所。だんだんと頭も痛くなりはじめた。

ほかの連中も、もう充分歓《かん》をつくしていた。頭のはっきりしている瞬間に、アウグストは支払いを請求したが、かれの出した一タアレルの銀貨に対して、つりはわずかしかこなかった。しゃべったり、笑ったりして、みんなは往来へ出た――あかるい夕ばえをまぶしく感じながら。ハンスはもうほとんど、からだをまっすぐにしていることができなかった。よろめきよろめき、アウグストにもたれかかったなり、かれに引っぱられて歩いた。

よそ者の錠前師は、感傷的になっていた。かれは「あすはぜひなくこの地を去らん。」という歌をうたいながら、目に涙をためていた。

ほんとはみんな、うちへ帰るつもりだったのだが、「白鳥屋」の前に来かかると、職人は、なおそこへはいって行こうと言って聞かなかった。戸口にはいりかけて、ハンスは身をふりほどいた。

「ぼくどうしても帰る。」

「おまえ、ひとりで歩けるもんか。」と職人は笑った。

「なに、歩けるとも、ぼく――どうしても――帰る。」

「じゃ、せめてもう一ぱいブランデエを飲んで行けよ、小さいの。飲めば、足がしっかりするし、胃のぐあいだってよくなるよ。そうとも、きっとそうなるさ。」

ハンスは小さなさかずきを持たされるのを感じた。中味をだいぶこぼしてしまったが、残りをぐいと飲みくだすと、それが火のように喉の中で燃えるのをおぼえた。はげしいむかつきが、かれをゆすぶった。ひとりで、よろよろと外階段をおりると、どこを通ったか自分でも知らずに、村を出はずれていた。家々や垣根や庭が、ゆがんだりもつれたりして、ぐるぐるまわりながら、かれのそばを通りすぎて行った。

一本のりんごの木の下で、かれはしめった草生《くさふ》の中へ、身を横たえた。無数の不愉快きわまる感じ、せめさいなむような憂慮《ゆうりょ》、そして考えになりきらない考えが、かれの寝入るのをさまたげた。かれは自分が汚《けが》され、はずかしめられたような気がしていた。どうしてうちへ帰ったらいいのだろう。父親になんと言ったらいいのだろう。そうしてあすになったら、自分はどうなるというのだろう。かれはいかにも打ちのめされたような、なさけない気がして、なんだかこれから、長い長いあいだ、休み、眠り、恥じなければならぬように思うのであった。頭と目が痛かった。そしてかれは、立ちあがって歩きつづけるだけの気力さえ、心に感じられなかった。

突然、時おくれの、あわただしい波のように、さっきの楽しさのほのかな名残《なごり》が、もどってきた。かれは顔をしかめて、余念なく歌を口ずさんだ――

かわいいアウグスチン、
アウグスチン、アウグスチン、
かわいいアウグスチン、
もうおしまいだ。

そしてうたい終わったか終わらないうちに、何かが、かれの心の奥底で、きりりと痛んだ。そしておぼろげな観念と追憶、羞恥《しゅうち》と自責との、にごった流れが、かれの上に落ちかかってきた。かれは大きなうめき声を立てると、すすり泣きながら、草の中へ倒れた。

一時間ののち、もう日が暮れていたが、かれは身を起こして、あやふやな、つらそうな足どりで、山をおりて行った。

ギイベンラアト氏は、むすこが夜食にも帰ってこなかったとき、さんざん口ぎたなくののしった。九時になっても、ハンスが依然としてまだもどってこなかったとき、かれは久しく使わなかった、太い籐《とう》のステッキを準備した。――あいつはきっと、もう父親にむちをくらわされるほど、子供っぽくはない、と思っているのだろう。帰ってきたら、ただではおかない。

十時になると、かれは表戸《おもてど》に錠をおろしてしまった。むすこどのが、夜遊びをしようというなら、自分で居場所を見つけるがいいのだ。

とはいうものの、かれは眠らなかった。そしてある手がかけがねにさわってみて、おずおずと呼鈴《よびりん》のひもを引くのを、つのってくる怒りの気持ちで、一時間一時間と、待ちかまえていた。かれはその場景を、頭にえがいた——あの浮浪児はひどい目にあうことになるぞ。たぶんあの悪童は、酔っぱらっていることだろう。しかし帰ってくれば、かならず酔いがさめるだろう——あのならず者、あの腹黒いやつ、あのあさましいやつは。たとえ、あいつの骨という骨がばらばらになるほど、打ちのめさざるをえないとしてもだ。

とうとうしまいに、眠りがかれとかれの激怒を征服してしまった。

それと同じころ、こんなふうにおびやかされていたハンスは、すでに冷たく無言で、ゆっくりと、暗い河の中を、谷のしも手のほうへ、流されていた。むかつきと恥と悩みは、かれから取り去られて、かれのくろぐろとただよってゆく、やせこけた肉体を、冷たい、ほの青い秋の夜が見おろしていた。かれの手と髪と、色のあせたくちびるには、黒い水がたわむれていた。だれもかれを見た者はなかった。見たとすれば、夜あけ前にえさをさがしに出る、臆病なかわうそだったかもしれない。かわうそはずるそうにかれをちらっと見て、音も立てずに、かれのそばをするりと通って行ったのである。かれがどうして水に落ちたのか、それも知る者がなかった。おそらく道にまよって、急傾斜の個所で足をふみすべらしたのであろう。水を飲もうとして、バランスを失ったのかもしれない。あるいは美しい水のながめに誘惑されて、その上に身をかがめたのかもしれない。そして夜と月のほの白さが、いかにも平和と深い休息にみちみちて、かれのほうをながめていたために、疲れと不安が、しずかな強制力で、かれを死の影の中へかり立てたのであろう。

昼間になってから、かれは発見されて、うちへ運ばれた。愕然《がくぜん》とした父親は、例のステッキをかたづけて、積もり積もった怒りを放棄するよりほかはなかった。泣きはしなかったし、ほとんどそれとさとらせはしなかったものの、それにつづく夜、また眠らずにいて、ときどき、ドアのすきまから、もう物を言わなくなった子供のほうを見やっていた。子供は清らかなベッドに寝ていて、きれいな額《ひたい》と、青白い聡明《そうめい》な顔を見れば、なお依然として、なんだか特別な存在ででもあるかのような、そして他人とはちがった運命を持つという、生まれついての権利を持っているかのような観があった。額と両手のところで、皮膚《ひふ》がいくらかむらさき色にすりむけていた。きれいな面《おも》ざしは、まどろんでいたし、目の上には白いまぶたがかぶさっていたし、すっかり閉じきってない口は、満足げな、ほとんどはればれとしたおもむきを見せていた。その様子からみると、なんだかこの少年は、突然花のさかりに折りとられてしまったように、楽しい進路からむりにはずされたように思えるのであった。そして父親もまた、疲労とさびしい悲しみの中で、そうしたほほえましい錯覚におちいっていた。

葬儀は、多数の参列者と物見高い人たちとを、引きよせた。ふたたびハンス・ギイベンラアトは、だれでもが関心をよせる著名人になった。そしてふたたび、先生たちと校長と町の牧師が、かれの運命に参与した。かれらはひとり残らず、フロックコオトといかめしいシルクハットというでたちで現われて、葬列について行って、墓のほとりで、たがいにささやきかわしながら、一瞬間たちどまっていた。ラテン語教師は、とりわけゆううつそうな顔つきだった。そして校長は小声でかれにこう言った。「まったくですよ、先生。ほんとうなら、この子はひとかどの者になれたでしょうにね。最も優秀な連中にかぎって、うまく行かないのは、じつになさけない話じゃありませんか。」

父親と、たえず泣きつづけている老アンナのそばを去らずに、フライク親方は墓のほとりに、あとまで残っていた。

「そう、こういうことはつらいものですね、ギイベンラアトさん。」とかれは、思いやりをこめて言った。「わたしもこの子が好きでしたよ。」

「どうも合点《がてん》が行かん。」とギイベンラアトはためいきをついた。「この子はじつにできがよかったし、また何もかもうまく行ってたのだがね――学校といい、試験といい――ところが、それから急に、つぎつぎと不幸がかさなってきた。」

靴屋は、墓地の門をぬけて立ち去ってゆくフロックコオトの連中を、ゆびさした。

「あそこを紳士がたが何人か歩いていますがね、」とかれは小声で言った。「あの連中も、この子をこんな目にあわせるのに、手をかしたわけですよ。」

「なんだって？」と相手ははっとして、うたがわしそうに、おどろいたように、靴屋をじっと見つめた。「いや、冗談じゃない。それはどういうわけだね。」

「心配なさることはありませんよ、お隣りの旦那《だんな》。わたしは学校の先生がたのことを、言っただけでさあ。」

「なぜだね。どういう意味かね。」

「なに、別になんでもありません。それにあなたとわたしも、この子に対していろいろと手ぬかりがあったのでしょうね。そうは思いませんか。」

小さい町の上には、楽しげに青く澄《す》んだ空が、はりわたされ、谷間では河がきらめき、もみに覆われた山々は、やわらかく、あこがれるように、遠くのほうまで青くかすんでいた。靴屋は悲しそうに微笑しながら、相手の男の腕をとった。男はこのひとときの静けさと、妙にせつない想念のおびただしさの中から、ためらいがちに、間がわるそうに、なれきった生活の低地へむかって、歩を進めた。

解説

ヘルマン・ヘッセ(Hermann Hesse)は、一八七七年七月二日、南ドイツ、ウュルテンベルク州のカルヴ(Calw)という町に生まれた。父は敬虔《けいけん》な伝道師、母は東インドで生まれたドイツ人で、フランスの血もいくらか引いていた。この事実と、かれのおいたちが、美しいシュワルツワルト地方の自然を背景としていたことが、かれの芸術の形成のうえに、決定的な作用をおよぼしたのはあきらかである。

かれの作品を特色づけている傾向——早くから内心の分裂を意識して、これと徹底的にたたかいながら、Sichwiederfinden(自己の再発見)というかたちの、より高い調和をめざして、しんぼうづよく進んでゆく傾向、その進みかたの誠実さ、瞑想《めいそう》のふかさ、心情のあたたかさのゆえに、かれのゆく悩みの道は、決してかれ個人のものにとどまらず、いつのまにか、はっきりと普遍的な色調をおびている、という傾向、それに、ほとんどのテエマの展開にも、牧歌的な、叙情的なひびきが、こころよい伴奏をなしている——という傾向、これらはいずれも、かれの幼年期をとりまいていた環境なしには、生じなかったにちがいないと思う。

はじめかれは、父の職業をつぐべく、マウルブロンの神学校にはいったが、学業の途中でいや気がさして、寄宿舎から脱走してしまった。それが十五のときだった。そのあと、本屋の見習い店員になったり、錠前師《じょうまえし》のところにつとめたり、という苦しい長い遍歴時代をすごしてから、ようやく作家として立つ自信を、得るようになった。

この『車輪の下』(*Unterm Rad*)が発表されたのは、一九〇五年、かれが二十八歳のときだったが、その前年に書かれた『ペエタア・カアメンツィント(青春彷徨)』(*Peter Camenzind*)という、やはり少年の自我のめざめをあつかった、叙情味のゆたかな小説によって、かれはすでに、一夜にして堅実な作家の座を占めていたのである。

つづいて一九〇七年には、短編集『此岸《しがん》』(*Diesseits*)を、一九〇八年には、同じく『隣人たち』(*Nachbarn*)を、一九一〇年には、小説『ゲルトルウト』(*Gertrud*)を、一九一二年には短編集『まわりみち』(*Umwege*)を、一九一四年には、小説『ロスハルデ』(*Rosshalde*)を、一九一五年には、小説『クヌルプ(漂泊の魂)』(*Knulp*)を——というふうに、ぞくぞくとすぐれた業績をつみかさねて行った。

その間《かん》、故郷をはなれて、はじめはスイスのバアゼルで暮らし、のちベルンに移ったが、第一次大戦(一九一四—一九一八年)の終わった翌年、同じくスイス、テッシン州のモンタニョオラに転じ、一九二三年スイスの国籍を得た。

大戦をきっかけとして、かれの内面的な相克は、一段と深いはげしいものになり、高い調和をめざしての精進《しょうじん》は、さらにひたむきな、きびしいものになって行った。そしてその精進が結晶して、つぎつぎに次の諸作ができたのである。

一九一九年、デミアン（*Demian*）

一九二〇年、クリングゾオルの最後の夏（*Klingsors Letzter Sommer*）

一九二二年、悉達多《シッダルタ》（*Siddhartha*）

一九二七年、草原のおおかみ（*Der Steppenwolf*）

一九三〇年、ナルチスとゴルトムント（*Narziss und Goldmund*）

一九三二年、東方紀行（*Morgenlandfahrt*）

一九四三年、ガラス玉演戯（*Das Glasperlenspiel*）

そしてかれの創作活動の真実性と普遍性が、ついに世界的にみとめられたしるしとして、第二次大戦直後の一九四六年に、かれはノオベル文学賞を贈られた。それ以後も、世界の良心ともいうべき、貴重な文化人のひとりとして、期待の目で仰がれながら、引きつづき指導的な存在となっている。

ちなみに、本年（一九五七年）七月二日、かれの生誕八十年を記念して、第一回のヘッセ賞が、ある新進の青年作家に授けられたと聞く。これが誘因となって、こんごあとからあとから、広い意味でかれの衣鉢《いはつ》をつぐ、若い人たちが出てくるだろうと思うと、まことにたのもしい気がする。

本編第四章のなかほどに、神学校の校長が、ハンスをはげましながら、

「――決して弱気になってはいけない。さもないと、車にひかれてしまうよ。」

といっている所がある。この「車にひかれる」(*unters Rad kommen*)は、直訳すると、「車輪の下にはいる」だが、この作の標題は、もちろんこの成句に由来している。つまり、おとなの無理解、利己主義という、ざんこくな、重たい「車輪の下」で、あわれにもあえぎつづけながら、とうとうその圧力につぶされてしまう少年の運命が、この標題で端的に象徴されているのは、言うまでもあるまい。

そして主人公が、決して非凡な英雄ではなく、単にやや秀才肌の、かよわい少年――われわれの周囲にもよく見かけるような、きずつきやすいたましいをもった、いくらか腺病質《せんびょうしつ》なタイプの少年にすぎない、ということで、この作はどれだけわれわれにとって、親しみぶかいものになっているかしれない。じじつわれわれは、ハンス・ギイベンラアトのなかに、少年時代のわれわれ自身を見出《みいだ》して、かれと喜憂をともにするような、思いにかられはしないだろうか。

それに、この主人公のたどった道は、ほとんどそのまま、作者自身が少年期にたどった、苦難の道である。つまり、作者自身が神学校から逃げ出した前後の体験が、そっくりありのままに、この作に織りこまれている。だからこそ、すみからすみまで、脈々と血がかよっているのが感じられるし、そのためにまた、作品全体が、いよいよ生き生きした、いよいよあざやかな感銘を、与えるわけなのである。

なお、テエマのあつかいかたに、ちっともひねったところや、きどったところがなく、どこまでもすなおな、地道な線が、まっすぐに一本とおっていること、そして文体も、それにふさわしく、淡白平明をむねとしている、と見られること――それも、この小説の大きな芸術的強味になっていると思う。(一九五七年十月、訳者)

(本書中に差別的な表現とされるような語が用いられているところがあるが、訳者が故人であることも鑑み、改めるようなことはしなかった――二〇〇九年三月、岩波文庫編集部)

車輪《しゃりん》の下《した》　ヘルマン・ヘッセ作

1958年1月7日　第1刷発行
2009年4月8日　第68刷改版発行
2024年9月5日　第79刷発行

訳　者　実吉捷郎《さねよしはやお》

発行者　坂本政謙

発行所　株式会社　岩波書店
〒101-8002 東京都千代田区一ツ橋 2-5-5

案内 03-5210-4000　営業部 03-5210-4111
文庫編集部 03-5210-4051
https://www.iwanami.co.jp/

印刷・三陽社　カバー・精興社　製本・中永製本

ISBN 978-4-00-324352-7　　Printed in Japan

読書子に寄す

——岩波文庫発刊に際して——

岩波茂雄

真理は万人によって求められることを自ら欲し、芸術は万人によって愛されることを自ら望む。かつては民を愚昧ならしめるために学芸が最も狭き堂宇に閉鎖されたことがあった。今や知識と美とを特権階級の独占より奪い返すことはつねに進取的なる民衆の切実なる要求である。岩波文庫はこの要求に応じそれに励まされて生まれた。それは生命ある不朽の書を少数者の書斎と研究室とより解放して街頭にくまなく立たしめ民衆に伍せしめるであろう。近時大量生産予約出版の流行を見る。その広告宣伝の狂態はしばらくおくも、後代にのこすと誇称する全集がその編集に万全の用意をなしたるか。千古の典籍の翻訳企図に敬虔の態度を欠かざりしか。さらに分売を許さず読者を繋縛して数十冊を強うるがごとき、はたしてその揚言する学芸解放のゆえんなりや。吾人は天下の名士の声に和してこれを推挙するに躊躇するものである。このときにあたって、岩波書店は自己の責務のいよいよ重大なるを思い、従来の方針の徹底を期するため、すでに十数年以前より志して来た計画を慎重審議この際断然実行することにした。吾人は範をかのレクラム文庫にとり、古今東西にわたって文芸・哲学・社会科学・自然科学等種類のいかんを問わず、いやしくも万人の必読すべき真に古典的価値ある書をきわめて簡易なる形式において逐次刊行し、あらゆる人間に須要なる生活向上の資料、生活批判の原理を提供せんと欲する。この文庫は予約出版の方法を排したるがゆえに、読者は自己の欲する時に自己の欲する書物を各個に自由に選択することができる。携帯に便にして価格の低きを最主とするがゆえに、外観を顧みざるも内容に至っては厳選最も力を尽くし、従来の岩波出版物の特色をますます発揮せしめようとする。この計画たるや世間の一時の投機的なるものと異なり、永遠の事業として吾人は微力を傾倒し、あらゆる犠牲を忍んで今後永久に継続発展せしめ、もって文庫の使命を遺憾なく果たさしめることを期する。芸術を愛し知識を求むる士の自ら進んでこの挙に参加し、希望と忠言とを寄せられることは吾人の熱望するところである。その性質上経済的には最も困難多きこの事業にあえて当たらんとする吾人の志を諒として、その達成のため世の読書子とのうるわしき共同を期待する。

昭和二年七月

《ドイツ文学》〔赤〕

ニーベルンゲンの歌 全二冊　相良守峯訳
若きウェルテルの悩み　ゲーテ　竹山道雄訳
ヴィルヘルム・マイスターの修業時代 全三冊　ゲーテ　山崎章甫訳
イタリア紀行 全三冊　ゲーテ　相良守峯訳
ファウスト 全二冊　ゲーテ　相良守峯訳
ゲーテとの対話 全三冊　エッカーマン　山下肇訳
スペインの太子 ドン・カルロス　シルレル　佐藤通次訳
ヒュペーリオン —希臘の世捨人　ヘルダーリーン　渡辺格司訳
青い花　ノヴァーリス　青山隆夫訳
夜の讃歌・サイスの弟子たち 他一篇　ノヴァーリス　今泉文子訳
完訳 グリム童話集 全五冊　金田鬼一訳
黄金の壺　ホフマン　神品芳夫訳
ホフマン短篇集　池内紀編訳
ミヒャエル・コールハース チリの地震 他一篇　クライスト　山口裕之訳
影をなくした男　シャミッソー　池内紀訳
流刑の神々・精霊物語　ハイネ　小沢俊夫訳

ブリギッタ・森の泉 他一篇　シュティフター　宇多五郎　高安国世訳
みずうみ 他四篇　シュトルム　関泰祐訳
沈鐘　ハウプトマン　阿部六郎訳
地霊・パンドラの箱 ルル二部作　F・ヴェデキント　岩淵達治訳
春のめざめ　F・ヴェデキント　酒寄進一訳
花・死人に口なし 他七篇　シュニッツラー　番匠谷英一・山本有三訳
ゲオルゲ詩集　手塚富雄訳
リルケ詩集　高安国世訳
ドゥイノの悲歌　リルケ　手塚富雄訳
ブッデンブローク家の人びと 全三冊　トーマス・マン　望月市恵訳
魔の山 全二冊　トーマス・マン　関泰祐・望月市恵訳
トニオ・クレエゲル　トオマス・マン　実吉捷郎訳
ヴェニスに死す　トオマス・マン　実吉捷郎訳
講演集 ドイツとドイツ人 他五篇　トーマス・マン　青木順三訳
講演集 リヒアルト・ヴァーグナーの苦悩と偉大 他一篇　トーマス・マン　青木順三訳
車輪の下　ヘルマン・ヘッセ　実吉捷郎訳
デミアン　ヘルマン・ヘッセ　実吉捷郎訳

シッダルタ　ヘッセ　手塚富雄訳
幼年時代　カロッサ　斎藤栄治訳
ジョゼフ・フーシェ —ある政治的人間の肖像　シュテファン・ツワイク　高橋禎二・秋山英夫訳
変身・断食芸人　カフカ　山下肇・山下萬里訳
審判　カフカ　辻瑆訳
カフカ短篇集　池内紀編訳
カフカ寓話集　池内紀編訳
ドイツ炉辺ばなし集 —カレンダーゲシヒテン　ヘーベル　木下康光編訳
ウィーン世紀末文学選　池内紀編訳
ティル・オイレンシュピーゲルの愉快ないたずら　阿部謹也訳
チャンドス卿の手紙 他十篇　ホフマンスタール　檜山哲彦訳
ホフマンスタール詩集　川村二郎訳
インド紀行 全二冊　ボンゼルス　実吉捷郎訳
ドイツ名詩選　生野幸吉・檜山哲彦編
聖なる酔っぱらいの伝説 他四篇　ヨーゼフ・ロート　池内紀訳
ラデツキー行進曲 全二冊　ヨーゼフ・ロート　平田達治訳
ボードレール 他五篇 —ベンヤミンの仕事2　ベンヤミン　野村修編訳

パサージュ論 全五冊　ヴァルター・ベンヤミン　今村仁司・三島憲一・大貫敦子・高橋順一・塚原史・細見和之・村岡晋一・山本尤・横張誠・與謝野文子・吉村和明 訳
ジャクリーヌと日本人　ヤーコプ　相良守峯訳
ヴォイツェク ダントンの死 レンツ　ビューヒナー　岩淵達治訳
人生処方詩集　エーリヒ・ケストナー　小松太郎訳
終戦日記一九四五　エーリヒ・ケストナー　酒寄進一訳
独裁者の学校　エーリヒ・ケストナー　酒寄進一訳
第七の十字架 全二冊　アンナ・ゼーガース　山下肇・新村浩訳

《フランス文学》〔赤〕

ラブレー第一之書 ガルガンチュワ物語　渡辺一夫訳
ラブレー第二之書 パンタグリュエル物語　渡辺一夫訳
ラブレー第三之書 パンタグリュエル物語　渡辺一夫訳
ラブレー第四之書 パンタグリュエル物語　渡辺一夫訳
ラブレー第五之書 パンタグリュエル物語　渡辺一夫訳
エセー 全六冊　モンテーニュ　原二郎訳
ラ・ロシュフコー箴言集　二宮フサ訳
ブリタニキュス ベレニス　ラシーヌ　渡辺守章訳
いやいやながら医者にされ　モリエール　鈴木力衛訳
守銭奴　モリエール　鈴木力衛訳
完訳ペロー童話集　新倉朗子訳
ラ・フォンテーヌ寓話 全二冊　ラ・フォンテーヌ　今野一雄訳
カンディード 他五篇　ヴォルテール　植田祐次訳
哲学書簡　ヴォルテール　林達夫訳
ルイ十四世の世紀 全四冊　ヴォルテール　丸山熊雄訳
美味礼讃 全二冊　ブリア-サヴァラン　関根秀雄・戸部松実訳
近代人の自由と古代人の自由・征服の精神と簒奪 他一篇　コンスタン　堤林剣・堤林恵訳
恋愛論 全二冊　スタンダール　杉本圭子訳
赤と黒 全二冊　スタンダール　桑原武夫・生島遼一訳
艶笑滑稽譚 全三冊　バルザック　石井晴一訳
レ・ミゼラブル 全四冊　ユーゴー　豊島与志雄訳
ライン河幻想紀行　ユーゴー　榊原晃三編訳
ノートル=ダム・ド・パリ 全二冊　ユーゴー　辻昶・松下和則訳
モンテ・クリスト伯 全七冊　アレクサンドル・デュマ　山内義雄訳
三銃士 全二冊　デュマ　生島遼一訳
カルメン　メリメ　杉捷夫訳
愛の妖精（プチット・ファデット）　ジョルジュ・サンド　宮崎嶺雄訳
ボードレール 悪の華　鈴木信太郎訳
ボヴァリー夫人 全二冊　フローベール　伊吹武彦訳
感情教育 全二冊　フローベール　生島遼一訳
紋切型辞典　フローベール　小倉孝誠訳
サラムボー 全二冊　フローベール　中條屋進訳
未来のイヴ 全二冊　ヴィリエ・ド・リラダン　渡辺一夫訳